Ingeborg Bachmann

インゲボルク・バッハマンの文学

髙井 絹子

鳥影社

インゲボルク・バッハマンの文学

目次

論文中の略記号について

本論文中、インゲボルク・バッハマンの作品を引用する場合には、作品名は以下のように略号で示し、巻数、頁数はその後にアラビア数字で記す。

W　Ingeborg Bachmann: *Werke*. 4 Bände. (Hg.) Christine Koschel, Inge von Weidenbaum und Clemens Münster. München und Zürich 1978.

GuI　Ingeborg Bachmann: *Wir müssen wahre Sätze finden. Gespräche und Interviews*. (Hg.) Christine Koschel und Inge von Weidenbaum. München und Zürich 1983.

TKA　Ingeborg Bachmann: *Todesarten-Projekt. Kritische Ausgabe*. 5 Bände. Unter Leitung von Robert Pichel hg. von Monika Albrecht und Dirk Göttsche. München und Zürich 1995.

インゲボルク・バッハマンの文学

序

一九七三年十月十七日、インゲボルク・バッハマンはローマの病院で亡くなった。四十七歳だった。亡くなる三週間前の九月二十六日未明、バッハマンは寝煙草からの出火で火傷を負い、病院に搬送されている。今日では、多量に摂取していた薬物による中毒症状が回復を難しくしたという情報が付加されて、死因は過失による事故死で落ち着いている。しかし当時は、あれは事故ではなく自殺であるとささやかれ、あるいは彼女は犯罪に巻き込まれて殺害されたのだと警察に再調査を依頼する近しい友人もいて、その死因については様々な臆測が飛び交っていた。そんななか、バッハマンと同じく四七年グループのメンバーで、彼女の間近にいたハインリヒ・ベルは、彼女の死を悼んで十月二十二日付けシュピーゲル誌に一文を寄稿し、次のように書き始める。

インゲボルク・バッハマンの恐ろしい死に方を、彼女が構想していた小説群「様々な死に方」と性急に結びつけ、作品の中に焼死の暗示や予感を探してはいけないと私は思う。人々はそれが作品の中の恐ろしい場面の一部のように見えるので、その苦痛を、そして彼女の文学の高度な抽象性と同じ程度の具象性をあまりにも文学的に表現してきた。人々は、呼びかけの中にある叫びを、それが悲鳴に変わるのを聞こうとはしなかった、インゲボルク・バッハマンその人を文学に、あるイメージに、ひとつの神話にし、ローマへ行かせローマに奪われたのだ。［…］生きている人間を偶像化することによって、密かにじわじわと殺すことができる、このことは彼女を見れば明らかになるに違いない。私は彼女の死に方をシンボル化し、神話化したくない、まして形而上学をまとわりつかせたくはない。インゲボルク・バッハマンは他の人々が自分たちのために作り上げたイメージの中に捉えられてはいなかったか？　私が知っているのはただ、彼女はいつでも二重の存在だったということだ、彼女はいつでもそこにいながら不在だった……。

バッハマンの死の二年前、一九七一年に発表されていた。小説の最終部分から問題の箇所を抜粋してみよう。ベルが言及している「様々な死に方」は未完の小説群で、その序章にあたるとされる長篇『マリーナ』だけが

昔、一人の王女がいた。昔、無窮に達する国からハンガリー人たちが馬に乗ってやってきた。昔、ドナウ河のほとりで柳がさやさやと音を立てていた。昔、マルタゴンの群生と黒いマントがあった……。私の王国、私のウンガーガッセ国、私のはかない両手で保ってきた国、私のすばらしい国、いまではそれも赤く熱し始めたレンジの鉄板よりも大きくはない。湯の残りがフィルターからたれている……。倒れて顔をレンジの鉄板で焼いてしまわないように、自分自身を損なってしまわないように、火傷しないように注意しなければならない。さもないと、マリーナが警察と救急車を呼ばなければならなくなるから。彼は、自分のところの一人の女性が半分こげてしまったことに対する過失を認めざるを得ないだろう。私は身を起こす、赤く熱している鉄板から顔を火照らせながら。そこで私は夜にはよく、紙切れに火をつけた、何か書いたものを燃やすためではなく、最後の、これが最後の煙草に火をつけるために。しかし私はもう煙草は吸わない。いまではもうすっかりその習慣はない。スイッチをゼロのところに戻すことがまだできる。昔々……、だが私は、火傷はしない、まっすぐに姿勢を保つ、コーヒーは出来上がり、ポットに蓋をする。できた。中庭の窓から音楽が聞こえる、イイキモチ、イイキモチ。（W 3, 334f.）

小説の「私」はもう煙草は吸わないし、ひどい火傷を負うわけでもない。むしろ危機的状況を脱し、回復の兆しさえ見せているように思われる。だが、このあと「私」は壁の裂け目に消え、同居人マリーナによってその部屋に住んでいた痕跡を完全に消し去られる。

ベルの追悼文は、寝煙草の火の不始末で亡くなるなんてお行儀の悪いことだと思わないでほしいという一文で締めくくられていて、晩年のバッハマンの、生活破綻者としての生活ぶりを知る者として、彼女の亡くなり方に彼自身が当惑しているようでもある。と同時に彼女の死が小説のなかに描かれたそれに重なりあって見えるということを言わずにはおれない点で、彼もまたこの作家の持つ不可思議なアウラにあてられ、その神話化に一役買ってしまったとは言えまいか。なぜなら、ベルの追悼文を読む限り、当時の世論のみならずバッハマンという作家をよく知らない後世の人間の好奇心はいたく刺激されるのではなかろうか。この作家は一体どのような作品を書き、どのような成功を収めたのだろう。「生きている人間を偶像化することによって、密かにじわじわと殺すことができる」という一文は、作家のどのような運命を言っているのだろうかと。

インゲボルク・バッハマンは、五〇年代はその抒情詩によって「言葉の魔術師」あるいは戦後ドイツ文学の「希望」とまで呼ばれたが、六〇年代以降の評価は芳しくなく、その散文作品は詩が書けなくなった詩人の苦悩の痕跡といった扱いでしかなかった。日本において、バッハマンの生前、詩の一部を翻訳した生野幸吉は「第二詩集の末尾に置かれた絶唱『逃亡の途上の歌』からのちは、抒情詩の作はとぼしい。[…]作者ははじめての小説集によっていったん乗り超えたが、その後は散文作品『偶然（ママ）のための場所』（一九六五）や長篇小説の試みがあるものの、停滞の兆しがあるのは否定できない。しかしながら認識のためにまことの挫折を願う、この内面的で孤独な、新しい正統の詩人に、託された期待は少なくないし、ドイツの若い人たちの間にその詩の愛読者は多いようである」[2] と短い作家紹介の文を添えており、書けなくなった抒情詩人のイメージは日本でも共有されていたことがわかる。バッハマンの事故死は、若くして成功した詩人の栄光と転落といったストーリーにふさわしい、最後まで耳目をそばだてる出来事だった。

　バッハマン自身、自分が若く才能ある女性詩人というイメージゆえにもてはやされ、そのために肝心の作品が曲解されるという認識を早くから持っていたように思われる。すなわち、五〇年代のバッハマンは戦後ドイツ語圏の文学市場を舞台に世論のジェンダー・バイアスに幾分翻弄された観があるのだが、六〇年代以降はこれを逆手に取り、世論のジェンダー規範に意図的に抵触する作品を世に送り出し挑発するようになるのである。これまでの称賛が、称賛と失望と酷評の入り交じった複雑なものに変わったとしても、それはある程度までは予期されていたことだろう。だがバッハマンの場合、話はそれで終わらなかった。時代のジェンダー規範を疑問視してこれに意図的に逆らおうとする人間は、世論のみならず私的な男女関係においても過激な反応を呼び起こす。バッハマンは、一九六四年に発表された、マックス・フリッシュの『私の名前をガンテンバインとしよう』によって文学スキャンダルに巻き込まれる。フリッシュとバッハマンは数年間生活を共にしており、小説にはバッハマンを思わせる人物が登場するのみならず様々な、好ましくない臆測を生む描き方がされていたのである。時代のジェンダー規範が孕む問題は文学の中に留めておけるものではなかった。バッハマンはこのスキャンダルを通じ「現実と芸術、日常と政治の不可分」[三]を、身を以て証明することになる。

　バッハマンとスキャンダルは切っても切り離せない。本書はそのスキャンダルが、公的には文学市場で作品と作家が商品化されることに抗し、私的には個人が安直に作品の素材とされることに抗した、その結果であることを明らかにし、バッハマンの文学世界の一端を示すことを目的としている。論述の手順は以下の通りである。

　第一章では、バッハマン像の形成に大きな役割を果たしたと考えられる五〇年代当時の書評やシュピーゲル誌の特集記事を取り上げる一方で、バッハマン没後の研究成果を踏まえて、バッハマンの詩がどのような内容をもっているのかを考察する。ここでは、当時のバッハマン評とバッハマンの作品世界のずれを確認することができるはずである。そこから自ずと、その後バッハマンがドイツ語圏を出てイタリアに滞在する理由、抒情詩から散文にジャンルを変更する内的動機が明らかになろう。

五〇年代のバッハマン作品について語る際には、パウル・ツェランとの関係に触れないわけにはいかない。バッハマンの抒情詩のテクストの中では、政治的なものと私的な事柄とが分ち難く絡まりあっているが、これはこの時期の彼女の抒情詩が、ホロコーストを生き延びたユダヤ人ツェランに対する恋愛感情に根ざしているからである。バッハマンはこの関係から多くのことを学ぶが、独自の文学様式を確立するためには、ツェラン体験の消化とツェラン離れもまた不可欠であった。

続く第二章では、まず、バッハマンが五九年から六〇年にかけてフランクフルト大学で行った詩学講義からその文学観を見る。六一年刊行の短篇集『三十歳』は、詩学講義で述べられた文学観がそのまま作品化されたものだと言って差し支えない。バッハマンが五〇年代の抒情詩人として得た名声を犠牲にして、どのような文学的自己主張をはじめたのかを短篇集七篇のうちの三篇「ゴモラへの一歩」、「すべて」、「ウンディーネ去る」の作品解釈を通して確認する。バッハマン作品の見せるフェミニズム的傾向に世論はどう反応するのか。ここでは五〇年代にバッハマンの抒情詩の一部を熱狂的に称賛した人々の評価の変化も見ておかなければならない。

第三章では、フリッシュの小説に端を発する文学スキャンダルの顚末を見る。まず文学スキャンダルとは何か、ドイツ語圏の文学スキャンダルを扱った研究書を手掛かりに考察したあと、フリッシュ作品に対する世論の反応を見るが、この一件はバッハマン個人の問題というよりはむしろ、大きく文学史の流れの中に置いて見るべき現象であろう。結論から言えば、バッハマンの長篇小説『マリーナ』は、「私的な事柄」を素材としているフリッシュ作品に対する異議申し立てのために書かれている。フリッシュのジェンダー観とバッハマンのそれは、合わせ鏡となって読者の前に提示された時に多くのことを示唆する。この文学スキャンダルは、作品の素材にされた側が作品で応答したことによって、特異な文学スキャンダルに変化した。バッハマンは自分のことをフェミニストとは思っていなかったようだが、彼女の作家活動は「私的なことは政治的なこと」というフェミニズムの

スローガンに鑑みて議論されるべき問題を常に提起していたのである。[四]

バッハマンは美学的な内省に終始する作家ではないということは作品解釈によって明らかにされねばならないが、バッハマン自身の口からもこのことは語られている。フリッシュとの関係が破綻し、さらにフリッシュの『私の名前をガンテンバインとしよう』が世に出たのちの一九六五年、まだ居場所が定まらなかったバッハマンは、インタヴュアーに、あなたはどうしてオーストリアに居着かないのかと問われて次のように答えている。

私には自由が必要です、たくさんの自由が。でも、カール・クラウスのように生きるためにはお金がたくさん必要です。私は口を封じられるつもりはありません。もしかするとこうも言えるでしょう、私は戦う性分なのだと。でも、とりわけ静かに仕事がしたいのです。邪魔をされずに。私は両親に会い散歩をするために、このところよくクラーゲンフルトへ行きますが、静けさを求め、それゆえ無名性の中に避難所を探すのです。(GuI, 59)

バッハマンはこのあと、再びローマに居を定め、連作「様々な死に方」の執筆に本格的に取りかかることになる。

バッハマンの作品世界を貫いているのは、抒情詩、散文といった文学ジャンルにかかわらず、反ファシズムおよびフェミニズムを特徴とする反骨的な文学的姿勢である。そしてその姿勢を支えているのは、相手が個人であれ、批評家であれ、作品を通しての他者とのコミュニケーションを断念しないという彼女の明確な意志である。バッハマンがメタファを多用し、先行作品から直接引用し、あるいは先行作品の構成を模倣するのは、この姿勢を貫くための文学的戦略であった。本書の目的が達せられるためには、それゆえ、彼女の「言葉の複雑な編み細工」であるテクストを、作家を取り巻く批評家や文学市場、広く世論の反応を視野に入れて俯瞰しつつ解読する作業が必要となるのである。

註

一　Heinrich Böll: Ich denke an sie wie ein Mädchen. In: Der Spiegel. Hamburg, Jg. 27, No. 43 v. 22. Oktober 1983, S. 206.

二　『世界詩人全集22』川村二郎・小笠原豊樹編著、新潮社、一九六八年、九八頁。

三　Hans Höller: *Ingeborg Bachmann*. Hamburg 1999, S. 162.

四　Vgl. Franziska Frei Gerlach: *Schrift und Geschlecht. Feministische Entwürfe und Lektüren von Marlen Haushofer, Ingeborg Bachmann und Anne Duden*. Berlin 1998, S. 25.

フェミニズムの歴史を概観すれば、フランス革命に端を発し、ドイツの場合は一九三三年までの女性運動を第一波フェミニズムと呼ぶ。この時期は、ブルジョワ階級、労働者階級を問わず、男性と同等の、選挙権、労働賃金、労働条件の改善、母性保護、教育の権利などの獲得、民法上の平等という目的を共有することができた。（ゲルラッハが die neue Frauenbewegung と呼ぶ）第二波フェミニズムは、一九六七、六八年、合衆国発信の、いわゆるウーマンリブ運動として世界的な広がりを見せる。新左翼のイデオロギーを受け継ぎ、反権威、反帝国主義、反資本主義を掲げ学生運動と連動する側面と、女性の社会進出に歯止めをかける、女性の存在領域は家庭とする伝統的市民社会的女性観と職業婦人の意識の齟齬が生みだした緊張を原動力とする側面とを持つ。女性運動は、この時期、「白人、ミドルクラス、専業主婦」という比較的特権的な女性たちの状況改善を謳っていたため、第三世界の女性たちの賛同は得られなかったが、初めから「社会全体の構造変化を目的としていた」ことは明らかである。合衆国の女性運動は、西ヨーロッパにも飛び火し、一九七〇年イギリス、フランス、一九七一年にはドイツでも女性運動のための集会、抗議デモが行われている。ゲルラッハは、ドイツでは六八、六九年までに社会主義ドイツ学生連盟（SDS）内で、男性同志のダブルモラルを批判し、「女性評議会」を結成していた例を紹介している。この問題については、リディア・サージェント他『マルクス主義とフェミニズムの不幸な結婚』田中かず子訳、勁草書房、一九九一年参照。バッハマンの巻き込まれた文学スキャンダルを考える上で、示唆に富む。

第一章　五〇年代のインゲボルク・バッハマン

第一節　バッハマンの文学的履歴

はじめに伝記的事実として確認できるバッハマンの足跡を、作品履歴を軸にまとめておく。インゲボルク・バッハマンは一九二六年六月二十五日にオーストリアのケルンテン州、クラーゲンフルトに生まれる。インスブルック大学、グラーツ大学、ヴィーン大学で心理学と哲学を修めた。学位請求論文のタイトルは『マルティン・ハイデガーの存在論哲学の批判的受容』*Die kritische Aufnahme der Existentialphilosophie Martin Heideggers* である。一九五一年、ヴィーンの放送局ロート・ヴァイス・ロート社にその英語力を買われて就職、のち編集部員。一九五二年二月には最初の自作ラジオドラマ『夢商い』*Ein Geschäft mit Träumen* が放送されている。ヴィーン大学在学中からカフェ・ライムントを拠点とするハンス・ヴァイゲル主催の文学サークルに属し文学活動を開始していたが、新人発掘のために当地を訪れていたドイツの文学集団四七年グループの中心人物ハンス・ヴェルナー・リヒターから招待を受け、一九五二年五月、北ドイツのニーンドルフの会合で数篇の詩を朗読。好意的な評価を受け、翌一九五三年五月のマインツでの会合では四七年グループ賞を受賞する。バッハマンはこれを機にヴィーンには戻らずイタリアに入った。イタリアではまず、四七年グループで知己を得た音楽家のハンス・ヴェルナー・ヘンツェの招きでイスキア島に滞在、二ヶ月後にはローマに移り、一九五三年には詩集『猶予期間』*Die gestundete Zeit* を、一九五六年に第二詩集『大熊座への呼びかけ』*Anrufung des Großen Bären* を発表。その間の一九五四年にシュピーゲル誌の表紙を彼女の肖像写真が飾り、新進女性詩人として紹介されると知名度は高まり、特に二冊目の詩集によって、戦後ドイツを代表する詩人に数えられるようになった。他方、この時期には

『蟬』*Die Zikaden*（一九五四年放送）などのラジオドラマを引き続き手がけている。また近年明らかになったところでは、ルート・ケラーの筆名でドイツのラジオ・ブレーメンと西ドイツ新聞にイタリアレポートを書き送ってもいた。[一] 一九五五年にはヘンリー・キッシンジャーの招待を受け、ハーバード大学のサマースクールに参加。この時にズーアカンプ社のジークフリート・ウンゼルト、ジャーナリストのピエール・エヴラールの知己を得ている。一九五七年一月、自由ハンザ都市ブレーメン賞受賞、経済的な理由からローマで知己を得たグスタフ・ルネ・ホッケに放送局への就職を斡旋してもらいミュンヘンに移る。一九五八年五月、ラジオドラマ『マンハッタンの善良な神』*Der gute Gott von Manhattan* が放送される。秋にはジュネーブへ転居。一九五九年の冬学期、フランクフルト大学にて「同時代の文学の諸問題」(Frankfurter Vorlesungen: Probleme zeitgenössischer Dichtung) というテーマで文学講義。一九六〇年ハンス・ヴェルナー・ヘンツェ作曲、バッハマン脚本のオペラ『ホンブルク公子』*Der Prinz von Homburg* 初演。一九六一年には短篇集『三十歳』*Das dreißigste Jahr* を発表。この短篇集によりベルリン批評家連盟賞を受賞。一九六三年春からフォード財団の奨学金を受けてベルリンに滞在、一九六四年にはゲオルク・ビュヒナー賞を受賞し、ベルリンで受賞講演を行っている。一九六五年に再びローマに入る。このローマ滞在は以前のものより長く八年に及んだ。短篇集『三十歳』発表後、作家としては沈黙を続けていたが、執筆中の原稿の一部を朗読するなどして披露。一九六八年雑誌「クルスブーフ」*Kursbuch* に四篇の詩を載せる。一九七一年三月に長篇小説『マリーナ』*Malina*、一九七二年には短篇集『ジムルターン』*Simultan* を発表。ヴィーンにてアントン・ヴィルトガンス賞受賞。その翌年一九七三年十月十七日にローマで客死。[二]

第二節　抒情詩人としての成功

二―一　一九五二年、ニーンドルフ

バッハマンについての評伝が彼女の文学的履歴に触れる際、必ず引用されるヴァルター・イェンスの『現在のドイツ文学』（一九六一）の中の次の一節は、バッハマンが叙情詩人として恵まれたデビューの仕方をしたことを簡潔に伝えている。

> 一九五二年、振り子が大きくそして長く、反対側に振れた。私は一変したその時点を名ざすことができるように思う。それは北海沿岸のニーンドルフでのことであった。一九五二年春、四七年グループの会合が開かれていた。職人の熟練を見せる写実主義者たちがその小説から朗読をした。それから突然ことは起きた。パウル・ツェランという名の男が（だれもその名を聞いたことがなかった）歌いながら浮世離れした様子で詩を語り始めた。インゲボルク・バッハマンはクラーゲンフルトから来た新人だったが、とぎれとぎれにかすれた声でいくつかの詩行をささやいた。イルゼ・アイヒンガーはヴィーンなまりの小さな声で『鏡物語』*Spiegelgeschichte* を朗読した。[三]

この時、ツェランはあの「死のフーガ」*Todesfuge* を朗読している。グループ賞はアイヒンガーが受賞した。

バッハマンはと言えば、彼女の朗読の声は小声でかすれて聞き取れず、他の参加者が詩をもう一度代読することになり、批評や議論が終わって席を離れ別室に移動するや気を失うという失態を演じている。だが、会の主催者であるハンス・ヴェルナー・リヒターが「成功のあとの気絶」[四]と回想録の中に記したように、彼女の「暗いことを言う」*Dunkles zu sagen* をはじめとする数篇の詩は好感を持って受け入れられた。

遠くヴィーンから招かれ、ドイツでは新人扱いされたバッハマンだが、彼女がこの会合で得たものは多かった。この会合以降「アルフレット・アンデルシュ、ハインリヒ・ベル、ギュンター・アイヒ、ハンス・マグヌス・エンツェンスベルガー、ギュンター・グラス、ハンス・ヴェルナー・ヘンツェ、ヴォルフガング・ヒルデスハイマー、ウヴェ・ヨンゾン、マルティン・ヴァルザーのような参加者たちの何人かと緊密かつ持続的な交友関係を結ぶ」[五]。また、会の二日後には参加者の仲介で、ハンブルクの北西ドイツ放送（ＮＷＤＲ）で十一篇の詩を朗読し報酬を得る。バッハマンはのちに「私は銀行で三百マルクを受け取った。私は金額を間違えたのだと思って窓口に戻ったが、その男は、それで正しいのです、三百マルクとありましたからと言った。私はひと月にそんなにたくさん稼いだことはなかった」（W 4, 325）と書いている。さらに、翌一九五三年五月にはマインツで行われた会合で「ヴィーン郊外の広大な風景」*Große Landschaft bei Wien*、「夜間飛行」*Nachtflug*、「大きな積み荷」*Die große Fracht*、「丸太とおがくず」*Holz und Späne* を朗読して四七年グループ賞を受賞。賞金二千マルクを得る。ここで朗読された詩は同じ年の十二月、アンデルシュによって編集された第一詩集『猶予期間』に収められて出版された。

四七年グループの会合は、作家たちを出版社またはラジオ放送局の関係者と引き合わせる役割も果たしていた。そもそも賞金の出所が出版社ローヴォルトと南西放送である。[六] バッハマンが受賞した直後、六月十三日付のミュンヘンの新聞記事を読むと、この時代、四七年グループ賞を受賞するということが何を意味したのかその一端が窺える。

二十六歳の抒情詩人は、ヴィーンの放送グループ「ロート・ヴァイス・ロート」で「スクリプト・エディター」として原稿に朱を入れているが、そこへ戻る直前にミュンヘンを訪れた。［…］西ドイツの放送局がインゲボルクを頼りにするペースは、彼女にとっては、それと結びついた物質的財貨同様息を呑むようなものだった。NWDRは彼女が安心してラジオドラマを書けるようにイタリア滞在費を出す。フランクフルトとミュンヘンは、夜のスタジオ放送の契約を折半した。ほとんどの放送局が詩を放送したが、彼女が認めるように、彼女自身は必ずしもそれらの詩の最良の解説者ではない。七月には彼女は今度はイタリアへ行くつもりだ。そこで、故郷喪失者たちがとあるパリのホテルで演じるラジオドラマ「四つ辻の風の吹く通り」に取りかかるために。[七]

四七年グループ賞受賞後、「作家の名前の市場価値」は跳ね上がった。[八] ヴィーンでは経済的に切り詰めた学生生活を送り、ようやく地元放送局に就職したばかりのバッハマンにとって、この状況の変化は劇的だったと思われる。バッハマンは「これで一生、生活できるだろう[九]」と考えてヴィーンの放送局を辞し、ヴィーンの文学サークルとも袂を分かち、同年八月にはイタリアのイスキア島に入る。十月以降一九五六年までローマに住むことになった。

二―二　シュピーゲル誌のバッハマン紹介記事

バッハマンがローマに滞在していた時期に当たる一九五四年八月十八日、シュピーゲル誌の表紙をバッハマンの肖像写真が飾り、三ページ強の特集記事が掲載された。これは戦後ドイツの文学市場における事件であった。

なぜなら「冊子の中の記事はローマ滞在中の彼女について、彼女がどんな生活をし、どんな風に仕事をし、イタリアの隣人たちがシニョリーナ・バッハマンについて何と言っているか報告する。ドイツの戦後文学のどんな作家もこれまで、こんなに人目を引く紹介のされ方はしなかった。彼女には、登場するや直ちにひとつのストーリーが捧げられた。インゲボルク・バッハマンの名前を、彼女の詩を読んだことのない人々も知った〔〇〕」のだから。この時点では、バッハマンの抒情詩人としての評価を決定づけた第二詩集はまだ発表されていない。シュピーゲル誌は、バッハマンの何をもって特集記事を組むに値すると判断したのだろう。バッハマンに捧げられたストーリーとはどのようなものか少し詳しく記事の内容を見ておこう。

記事はバッハマンのローマでの暮らしぶりの紹介から始まり、人物紹介と絡めた作品評へと続く。文章のからかうような軽い調子に驚かされるが、二十八歳のバッハマンはまずは小難しい抽象詩を書くお嬢さん扱いである。

ささやかな詩篇がケルンテン生まれのローマ市民インゲボルク・バッハマンに、一九五三年、おそらく飛び抜けて高尚というのではない、しかし効果という点では絶大な文学賞、「四七年グループ」作家賞をもたらした。［…］若き審査員たちはグループ賞を授与することで、彼らが、当時はまだ世に出ていなかった一握りのバッハマンの詩を彼らの世代の最良のドイツ語詩と見なした旨、表明したのだった。こんなふうに称賛された作品は、そのあとまもなく喪の黒光りする装幀をほどこされた『猶予期間』というタイトルの薄い本に収められ刊行された。［…］若き女性詩人の控えめな声は——「美しいお嬢さん（Mädchen）」、書き始めて間もない人間の謙虚さの微光を放ちながら（ヴォルフガング・ヴァイラオホ評）——そこでは奇妙に抽象的に語っている。「離反せよ、心」*Fall ab, Herz* という詩の終わりはこんな感じだ、そしてあなたの心がすでに示しているものは何か？
昨日と明日のあいだで揺れている、
音もなくそしてよそよそしく、
告げているのは、
きっと時から生まれた心の離反。

Und was bezeugt schon dein Herz?
Zwischen gestern und morgen schwingt es,
lautlos und fremd,
und was es schlägt,
ist schon sein Fall aus der Zeit.

これは詩なのか？　これは抒情的に粉飾された、ほとんど哲学の響きである。そして実際、インゲ・バッハマンは哲学に感化されている。一九五〇年、彼女はヴィーンで「マルティン・ハイデガーの実存哲学の批判的受容」といったひどく難しいテーマで博士になった[二]。

バッハマンの哲学博士の肩書き同様、彼女の抽象的な現代詩は記者の肯定的評価を受けているとは言えまい。口調からして彼女に賞を与えた四七年グループも揶揄の対象である。記事の書き手クラウス・ヴァーグナーは、バッハマンのオーストリア出自と絡め、彼女の「お気に入り」はヴィトゲンシュタインと厳密に数学的なムージルであるとやはり軽い調子で続ける。だが、この調子は続く箇所では変化する。

イタリアで書かれた詩は、しかるに、すでに全く別物だ、

それは地面の下の炎
そしてこの炎は純粋だ。

それは地下の炎
そして溶けた石。

それは地下の流れ、
それは私たちの中に流れ入る。

それは地下の流れ、
それは全身を焼く。

大きな炎が来る、
流れが地上に出てくる。

私たちは証人になろう。

Es ist Feuer unter der Erde,
und das Feuer ist rein.

Es ist Feuer unter der Erde,
und flüssiger Stein.

Es ist ein Strom unter der Erde,
der strömt in uns ein.

Es ist ein Strom unter der Erde,
der sengt das Gebein.

Es kommt ein großes Feuer,
es kommt ein Strom über die Erde.

Wir werden Zeuge sein.

これは、捉えやすい感覚的なイメージによる時代の速記原稿だ。若きバッハマンは南方の視覚的な経験を持ったのだ、彼女以前の世代の北方出身の芸術家たちと同じように。彼女は思考の拷問を受けているあいだ、感情的には十分に単純だった、ローマを一目見て具体的なイメージに至るほどに。[二一]

「イタリアで書かれた詩」とは、第二詩集に収められることになる「ある島の歌」*Lieder von einer Insel* のことで、引用箇所はその最終連である。記事は、この辺りからバッハマンの詩を二種類に分け、優劣を付けはじめる。引用されているバッハマンの詩は全部で八篇、書き手はこれを第一詩集（初版）に収められているものから順に「離反せよ、心」、「無のための証拠」*Beweis zu nichts*、「正午前」*Früher Mittag*、「薔薇の雷雨の中で」*Im Gewitter der Rosen*、「詩篇」*Psalm*、「ムイシュキン公爵の独白」*Monolog des Fürsten Myschkin* と紹介していく。すなわち、「離反せよ、心」評については先に見た通りである。「無のための証拠」については、いまだ「哲学論文を書いていた時に」発揮されていた「抽象的なヴィーンの知性」が顔を出している[一三]とし、「正午前」に見られるように第一詩集のテーマは「悲しみと嘆き」であるが、「すべては非常に暗示的に言われているので、感情や思考をあちらへ向けようがこちらへ向けようがそれは読者の自由である[一四]」と、詩の解釈を放棄する。「薔薇の雷雨の中で」や「詩篇」では、「すでに抽象的なものから離れ具象的なものへ向かうかなり強い傾向を示している[一五]」ものの「ローマ以前の『猶予期間』ではとりわけ、バッハマンには個別には力強い表現が多々あるにせよ、詩の完結性という点で不足がある。詩行のすべて、イメージ、かなり多くの抽象的な表現を関連づけるための核となる考えがない[一六]」のだ。しかし、と記者は続ける、ローマで書かれたものは違うのである。「遊びは終わり」*Das Spiel ist aus* では、バッハマンははじめて形式の統一性を手に入れ、きちんと韻を踏んだ詩を書いている。「ある島の歌」では、バッハマンの以前からのテーマ「別離と罪」が引き継がれているが、今度はすべてイメージで扱われる、とここでようやく書き手の肯定的な評価が述べられるのである。

詩の分析が主眼ではないこの記事の中でキーワードとなるのはローマである。詩の内容よりも詩が書かれたのがローマ以前かローマ以後かが評価の基準となる。記事の書き手にとって大切なのは永遠の都ローマに住む抒情詩人のイメージであり、哲学博士の肩書きを持ち小難しい詩を書いていた若い女性詩人がイタリアに入って本来の感覚性を取り戻すというストーリー作りだからである。
ドイツ語で詩を書く人間がなぜローマに住むのかという問題について、この記事は二つの理由を用意している。一つは戦後の新しい世代に属する詩人たちの動向を踏まえた現実的な理由である。

故郷を離れ遠方で詩を作るというのは新しい抒情詩全体の共通項である。二大戦間に生まれた者の特徴なのだ。すなわち、ツェラン（一九二〇生）、ヘレラー（一九二二生）、フォレスティーア（一九二二生）、ピオンテク（一九二五生）、インゲボルク・バッハマン（一九二六生）。［…］ミュンヘンの出版人であり作家であるクルト・ホーホフ（『ヴォイナ―ヴォイナ』）は、これらの若い詩人たちの経歴の類似点を指摘した。彼らのほとんどが普通でない運命の刻印を受けているのである。すなわち、ツェランのルーマニアのドイツ人である両親はガス室で殺された、ピオンテクはなんといっても東欧難民である、エルザス人のフォレスティーアは初めＳＳ兵士だったが、そのあと外人部隊に入り一九五一年以降、インドシナで行方不明になっている。（一七）

バッハマンの名前をこの中に含めながら、記者はしかし、このような「普通でない運命」をバッハマンのために見つけることができない。結局、彼女はパリやロンドンなどあちこちに移動する「定住しない人間」のひとりであって、博士号の肩書きも若い詩人たちを屋根裏部屋暮らしから解放してくれはしないと、バッハマンがローマに住んでいる理由については曖昧なまま、記事のこの部分は終わる。そして、バッハマンがインタヴューに答えなかったのか記者が問わなかったのかは不明だが、この曖昧さが、バッハマンがローマに住む別の、臆測に過ぎない理由づけを容易にする。すなわち、バッハマンは、同じ若い世代の抱えた複雑な事情とは無縁に、ドイツの古き良き伝統に組み込まれようとするのである。

ドイツ人たちは、ヴィンケルマン、ゲーテ、「ナザレ派」と呼ばれた画家の一団の時代から途切れることなく、不羈の人として永遠の都へやって来た。南の国へ向かう癖、前例のある芸術的解放への希望は、瓦礫とコンクリートの世代のドイツの後進たちの中でも絶えてはいなかったのだ。[一八]

バッハマンの「ある島の歌」が二度目に引用されたあと、記事はバッハマン像に一貫性を与えるべくまとめにかかる。

滅びのこのように悲劇的で美しいイメージや雰囲気にドイツの若き抒情詩は身を捧げる。「美のうちに死ぬこと」がすでに伝統となっているある都市で、ケスチウスのピラミッドに沿ったアウレリアヌスの城壁の影に百年以上前から美に病んだ北方の移民たち、たいていはドイツ人やイギリス人が葬られている都市で。彼らは冥界の都市の亡霊たちに心を開きすぎたのだ。[…] 詩人アウグスト・フォン・プラーテン伯爵は南の地で亡くなったが、糸杉の下の大理石の墓に密かにあこがれ、死に酔いしれた詩句をものした。

美しいものを見た者は、
すでに死の手に委ねられている。

Wer die Schönheit angeschaut mit Augen,
ist dem Tode schon anheimgegeben.

インゲボルク・バッハマンはこの詩句をお気に入りに数えている。[一九]

バッハマンの真価は抽象的な現代詩にあるのではない、ローマ以後の感覚的な頌歌にあるという書き手の判断は、これまで見てきたように内容的にはもちろん形式的にさえ根拠の示され得ない単に嗜好の問題である。この書き手の好みを形成する要件は何であるのか、記事の中から拾いだしてみよう。なぜなら、この好みの問題がバッハマンを神話化する最大の原動力なのだから。

書き手の中には、抒情詩とは感情で書かれるものであり、思考の産物である抽象詩には感情を込めることはできないという定式があることは、次のような一文からもわかる。

> 詩は「作られる」。製造法は、ほとんど教授可能、習得可能である。詩を書くことほど熟考が必要な作家の創作活動はないと私は思います、とバッハマンは言う。
>
> ロマン主義時代には抒情的才能の敵と見なされたもの、すなわち、博士の鋭く鍛錬された知性が、現代的見解によれば、彼女に詩を作ることを可能にする。[二〇]

だが、バッハマンの詩には抽象的現代詩として排除するには惜しい別の特質がある。

> しかし、現代詩が思考の見取り図の上に成立するというのとはまた別のものが一緒に流れている。すなわち、勢いよく繁茂する感情の非論理性――たとえそれが否定、悲嘆、諦めといった形をとるとしても――加えて、意味をなさない「響きつつ動く形式」という遊びの域に達するほどの心地よく構成された言葉の音楽の子守唄で寝かしつけるような刺激のための本能的で健全な感覚。[二一]

形式にとらわれず、言葉を自在に操り、硬質なものとそうでないものとの混在を許す、これこそがバッハマンの詩の特質であり魅力なのだが、記者はこれをそのまま受け入れることができないのである。それはなぜなのか。バッハマンの抽象的現代詩に対する心理的抵抗は、この記事の通奏低音となっている若い女性と論理性とは結びつけ難いという書き手のジェンダー・バイアスに由来するとひとまずは指摘できよう。しかし、それだけではない。

第一詩集に収められた「正午前」については記事の中で少しスペースが割かれており、書き手の心理的抵抗の別の理由が読み取りやすくなっているように思われる。

「正午前」は、消滅したドイツの夏の正午を詩的に整えて描写している。

ドイツの空が大地を黒く染めるところで、
首をはねられた天使が憎しみを葬る墓を探し、
お前に心の器を差し出す。
一握りの苦痛は丘の向こうへ消える。

Wo Deutschlands Himmel die Erde schwärzt,
sucht sein enthaupteter Engel ein Grab für den Haß
und reicht dir die Schüssel des Herzens.
Eine Handvoll Schmerz verliert sich über den Hügel.

それからこの詩の中で唯一韻を踏んだ詩行が続く。

七年の後、
またお前の心に浮かぶ、
市門の前の井戸のそば、
深く覗き込んではいけない、
お前の目に涙が溢れる。

七年の後、
死者の家の中で、
昨日の死刑執行人が
黄金の杯から酒を飲む。
お前の眼は沈んで行くとしても。

Sieben Jahre später
fällt es dir wieder ein,
am Brunnen vor dem Tore,
blick nicht zu tief hinein,
die Augen gehen dir über.

Sieben Jahre später,
in einem Totenhaus,
trinken die Henker von gestern
den goldenen Becher aus.
Die Augen täten dir sinken.

民謡調の詩型と引用（「市門の前の井戸のそば」と「お前の眼は沈んでゆくとしても」）は、（「トゥーレの王」へのパラフレーズとして）意図的に用いられている。ドイツの情緒とドイツの残酷、一方について語る者は、他方について沈黙してはいけない。詩行の対比が生むきしみ音は、ここで非常に現代的な効果を発揮している。そしてこの詩は韻を踏まない詩行へと進み、この詩の意味はほぼこの詩行の中に含まれている。

希望だけが光に盲いてうずくまっている。

Nur die Hoffnung kauert erblindet im Licht.

ここで提示されている、たとえばドイツを悼むというテーマは、戦争や戦後と関連づけることによってこのケースでは非常に具体的に与えられている。一般に『猶予期間』に収められている詩の表現は揺れがあって定まらない[三]。

詩の中のduが誰なのか、七年という数字が何を表すか解説せずにおくとしても、記事はこの詩が戦争や戦後に関係していることは認めている。また、ゲーテ『ファウスト』第一部からの引用と改変があることにも気づいている。「トゥーレの王」とは、北方の伝説の国トゥーレの王が年老いて亡くなる時、とどめ置いた妃の形見の杯から最後の酒を飲み干し、海辺の城に住む老王の手から滑り落ちたその杯が波にのまれ沈んでいく様を歌った劇中歌である。しかし、この詩の中では、伝説の海辺の城は「死者の家」であり、杯から酒を飲んでいるのは「昨日の死刑執行人」である。詩人は、戦前戦中ドイツ文学の精華と奉られたゲーテ作品をグロテスクに改変しており、その反ファシズム的姿勢を表明するやり方は過激でさえあろう。にもかかわらずこの記事は、この詩のテーマを「たとえばドイツを悼む」ものだと穏便にまとめて、詩のもつ本来の批判精神を覆い隠そうとしているように見える。同じような、解釈の二つの可能性があることを示しつつ、片方をやんわりと否定するという態度は、バッハマンのローマ在住の理由を探るところでも示されていた。わざわざヘレラーやツェランのような政治的理由を持つ者たちを紹介しておきながら、バッハマンと彼らとの間に一線を画そうとした書き手は、記事の最後でプラーテンの詩を引用して、記事全体を唯美的にまとめ、バッハマンの詩の中にあるドイツの復古的傾向に対する批判を隠蔽しようとしているように読めるのである。

このように、実際にシュピーゲル誌の記事に目を通すならば、バッハマンの「神話化」とは数々のミスリードによって支えられているのではないかと思えるのである。バッハマン像改変の強い意図があるとは言わないまでも、記事の書き手クラウス・ヴァーグナーはバッハマンという新現象を消化しきれていない、という印象は拭えまい。

ではなぜ、シュピーゲル誌は心情的に積極的に評価できない詩人を肖像写真を表紙に飾ってまで取りあげたのか。この疑問に対して、コンスタンツェ・ホッツは次のような説明を試みる。

「シュピーゲル」によれば、バッハマンは戦後ドイツという状況下にあって、国際的文化的モデルネと自国の古典的伝統とに再接続を果たしている。インゲボルク・バッハマンはここでは、ドイツが復興し国際標準を再び達成し世界に再び承認されるためのモデルでもある。バッハマン・ストーリーは実際のところ政治的意味をも持っている。[三]

シュピーゲル誌が用意する、バッハマンのファシズム批判の読み取れる現代詩を紹介しつつ批判を溶解するような解釈をし、バッハマンのローマ滞在の真の理由を当人に語らせず、イタリアで書かれた詩を「感覚的」で完成度の高いものだとして、ヴィンケルマンやゲーテのドイツ文学の伝統の中に組み入れようとする強引な筋書きの背後には、あの戦争のあとでは対外的に何か新しいドイツのイメージを打ち出さなければならないが、それがドイツの伝統を否定するものであることは許容できない、そのような屈折した書き手の心理があるのだと言えようか。

バッハマンの文学市場における成功は、バッハマンに詩人として独り立ちできる経済力、ドイツ語圏を脱出するチャンスを与えた。しかしシュピーゲル誌の取りあげ方を見ると、五〇年代のバッハマンに寄せられた賛辞とは必ずしもバッハマンの作品が理解された上でのものではなかったと言うことができよう。その上バッハマン作品に対する評価はこの時すでに否定的なものを幾分かは含み、称賛はいつでも反転する気配を秘めていたのである。

二―三　バッハマン作品をめぐる評論

一九五六年、第二詩集『大熊座への呼びかけ』が出版されると抒情詩人バッハマンの人気は一段と高まった。シュピーゲル誌がまじめに取りあげようとしなかった前衛的な詩はこの詩集からは姿を消している。この点が、「シュピーゲル」的趣味をもつ人々による称賛を一段と高めたのである。

(a)　ジークフリート・ウンゼルトの評

まず、一九五六年のジークフリート・ウンゼルトの短評を見よう。詩について解釈を云々する紙枚は与えられておらず、紹介文の体裁である。

> インゲボルク・バッハマンの第一詩集『猶予期間』（一九五三）はすでに独自の響きを漏らしている。それ以来彼女は「希望」と見なされている。彼女の新しい詩集はこの抒情詩人の独創性と水準を最高度に証明している。[二四]

ウンゼルトは、詩集のタイトルにある大熊座は、すでにホメロスが方位の目印として言及している星座である、ギリシア人は星座を、方向づけをし、道を示す「ファイノメナ」（現象）と呼んでいたと、バッハマンの詩と古代ギリシア世界とをいきなり接続する。しかしその一方で、この詩集においても「人がそもそも何者であり、何を有しているのかを示す諸現象が、いまだ中身が構想されぬまま、しばしば曖昧に表現され、言い表されている」[二五]と批評する。そして、ウンゼルトがもっとも高い評価を与えるのは「島の歌」あるいは「太陽に寄せて」*An die Sonne* といった頌歌である。

この詩集は「粉々に打ち砕かれた」文学というテーゼを論駁することに貢献するばかりではない、私たちの抒情詩に根本的に重要であるものを遵守しているのだ。文学とはそもそも歌であり、また叙事詩、劇である。抒情詩にとってはそして、音楽との結びつきが根源的事実なのだ。それがどれほど否定されてきたことか、それがこの上なく本質的なことだというのに！[二六]

バッハマンの抒情詩はそのまま現代詩のアンチテーゼとなる。「バッハマンの詩は、抒情詩における流行のどんな悪ふざけとも、すなわち小文字書き、句読点の省略、技巧の過剰、実験とも無縁である。[二七]」そのために「彼女の詩は、流行に乗った新しさはないが、伝統を拒否しない、意識詩でも自然詩でもない、純粋で偉大なポエジーなのだ。[二八]」

現代詩批判のための好個の例、ロマン主義時代の古代ギリシア熱をさえ想起させるような復古礼賛の果てのドイツ文学の「希望」として、バッハマンの詩は過剰な荷を背負わされているように見える。

(b) ヘルムート・ハイセンビュッテルの評

次に、翌一九五七年ヘルムート・ハイセンビュッテルが書いた短評を見よう。これは詩を雰囲気で読んでしまい解釈をおろそかにする人々への一種の警告文と言ってよい。「今度出版されたインゲボルク・バッハマンの第二詩集の宣伝文は、すでに第一詩集のなかで『ポエジーそのものの純粋な声』が響いていたと言っているが、これは全くの間違いだった。[二九]」なぜなら、バッハマンの詩集の中で響いていた声は耳をすまさなければ聞き取れないような声ではなく、「耐え忍び、絶望し、嘆きつつ、希望なくこの私たちの時代、この世界へと漂着し、言葉で、イメージで、詩の中で、自分の身に起こっていることを鮮明にしようとしている人間」[三〇]の声だからである。「第二次世界大戦を生き延びた世代」は、「いまだに非常な恐怖の中にあり、決してこの意識を失うことはできない」[三一]、バッハマンが言語化しようとしているのはそういう世代の経験なのだ。第二詩集の頌歌からさえその姿勢は読み取られねばならない。「太陽に寄せて」にすら戦後世代の心理状態の痕跡は見られる。

「太陽の下にあって、太陽の下にあるということほど美しいものはない」という詩行は、無条件の肯定により単に「美しいものはない」ということを主張しているのである。同じような手法で「北と南」*Nord und Süd*、「何年もあとで」*Nach vielen Jahren*、「ハーレム」*Harlem* といった詩は、硬直し、装飾の唐草模様と化している。言葉は空虚に歩みを進める。純粋な飛行は不可能だ。[…]私たちのこの世界は無傷ではない。この救い難い世界での生は、ユートピアの魔法という盾が世界をとどめ持ちこたえていれば可能だ。[三二]

　宣伝文は、詩行の「驚くべきインパクトと美しさ」について語っている。驚いたのはだれだ？　出版社か？　「驚くべきインパクトと美しさ」をインゲボルク・バッハマンの詩は特徴とするのではない、絶望と希望のこの二つを、分ち難く一枚の布の横糸と縦糸のように撚り合わされて色とりどりに輝いてはいるが、丸ごと受け取ることを拒まないときにしか理解できない、これを理解することである。両者を同時に認識するときにだけ見える真実を。

　ほかのすべて（「ポエジーそのものの純粋な声、インパクトと美しさ」）は、モードであり誤解である。[三三]

　ハイセンビュッテルは、バッハマンの詩の形式が第一詩集に比べ、伝統に回帰したように見えるからといって、内容まで変化したと考えるのは早計だと言う。バッハマンの詩は、一貫して絶望と希望の混成物、それも希望の言葉の方は、現実的根拠に乏しいユートピアの言葉、魔法の言葉、いや粉飾でさえあるとハイセンビュッテルは警告する。

(c) ハンス・エゴン・ホルトゥーゼンの評

次に見るホルトゥーゼンは、バッハマン礼賛の流れを汲む、五〇年代当時のバッハマン評論の一方の極に位置している。少し詳しく見ておこう。

一九五八年、批評家であり詩人であるハンス・エゴン・ホルトゥーゼンは、著書『美しいものと真正なるもの―現代文学のための新研究』の中でバッハマンの抒情詩のために「闘う言語精神―インゲボルク・バッハマンの抒情詩」という一章を割いている。ホルトゥーゼンは二冊の詩集を刊行順に個々の詩をとりあげながら評価を試みているが、冒頭部分では当時のバッハマン人気の実態が示されている。

一九五二年頃に、オーストリア女性インゲボルク・バッハマン(一九二六年、クラーゲンフルト生)は、数篇の詩とともにドイツの雑誌に登場した。最初はわずかな、やがて急激に増えた読者は熱狂的だった。批評は、非常に困難な課題を前にしているのに気づいた、称賛の声が大きくなればなるほど、その感銘の根拠を示すことができなくなったのである。[三四]

バッハマンの詩には不可解な部分が多いのだ。だがホルトゥーゼンは、これまでの好意的な作品評を紹介した上で、基本的に自らも肯定的評価をする側に立つ。まずは『猶予期間』についてである。

インゲボルク・バッハマンは、その根深い言語懐疑のために、普遍的結びつきを声高に希求し世界を解釈する偉大な観念に対するその冷静さと不信のためにあれこれ言われる世代に属する。とくに第一詩集の中の詩は、精神を信頼する因襲的な態度を拒絶すると繰り返し表明し、ブレヒトやベンやその他の詩人たちあたりからおなじみだが、伝承された思考形式や詩的な特徴をパロディ化し、意味を逆転させることによって、この風評を証明している。[三五]

ホルトゥーゼンはバッハマンの詩の反骨的な姿勢に目をつぶることはしない。さらに彼女の詩には既成のものに対する批判的姿勢と希望とのあいだで揺れがあると指摘する。たとえば「ヴィーン郊外の広大な風景」（一九五三）では「時代の精神的心的運命によって規定されているという意識は、それ自身、世界の既知性に対する懐疑に結び」ついているが「ムイシュキン公爵の独白」で示される存在や言語に対する懐疑の背後には「信じるに足る存在、信じるに足る言語への密かな希望が隠れている。[三六]」バッハマンの言語懐疑はつまり「論理の問題ではなく、実存の問題なのである。[三七]」バッハマンの『猶予期間』のテーマが「揺れがあって定まらない」のは、それこそが彼女の主張したいところだからである。

どこかに定住すること、住居を整えること、それが形而上的世界における場であれ、信仰や確信、説明可能な芸術的形式においてであれ、それは私たちの詩人にとってはそれだけでもうその使命に対する裏切り行為であろう。彼女の精神的な不安、言語的貪欲さは絶えざる変化を望む。旅と逃亡が存在感を最高度に呼び起こし自己存在の本質を言い表す好みのライトモチーフである。[三八]

ホルトゥーゼンは、バッハマンの形而上学的思考を軽視することも、テクストを離れた議論に横滑りすることもしない。しかし、第二詩集『大熊座への呼びかけ』に言及する橋渡しのためにはめ込まれた次の一文は、ホルトゥーゼンのこれらの文言が彼の真のバッハマン評の露払いに過ぎなかったことを示す。すなわち、「『猶予期間』は私たちに、いまだ自分自身に至る途上にあり、その世代が一般に使いこなす表現形式やモチーフの複合体から完全に自由になってはいない才能を提示している。[三九]」彼女の詩の本質は、「道徳的政治的警告」の中にも「夢のパン」、「沈黙の弦」といった二格表現の多用、すなわち同世代の現代詩にありがちな表現の中にも姿を現さない。彼女の詩人としての本領は「教えておくれ、愛よ」のような「時を超えたなにかヘルダーリン的なもの[四〇]」を開花させた作品の中にあるのである。

『大熊座への呼びかけ』の中で抒情詩の中の「私」の舌はほぐれる。愛の不幸への嘆きが奔放に歌われる。これまでは先取りであって、いわば根拠のなかった憂愁は、その根拠を見いだした。これまで空虚だった、しかし詩人のテーマの中では不可欠な箇所が満たされる。アリストテレスによれば詩の二つの基本であるところの嘆きと賛美が均衡を保っている。[四一]

そしてバッハマンの長詩「逃亡の途上の歌」*Lieder auf der Flucht* に至って、「愛のために招命され、愛の可能性に絶望する女性の心でなければ、一体何が、世界が凍え死ぬのを恐れるに値するだろうか、情熱と認識する力を通じてその価値があるだろうか。[四二]」あるいは「愛が挫折した時だけ、愛は存在の堅固な法則を捉えることができるのか。私たちが、幸福な女ではなく、愛の巫女としての嘆きのサッフォーに価値を置くのはなぜなのか？そしてバッハマンのもっとも苦しみに満ち、もっとも美しい詩の一つの冒頭すぐに、それが意識的引用であれ、無意識的一致であれ、サッフォーの一行を見つけてしまうのはどうしてなのか[四三]」と、批評家ホルトゥーゼンはいつしか姿を消し、バッハマン頌歌が歌い上げられるのである。

　この現代の若き女性詩人が民族の最古の知恵と無意識のうちに一致することは、どんな真摯な批評家をも感動と喜ばしい充足感で満たすに違いない。なぜなら彼女は、「後世の」神経質な的外れな言葉がいかに由々しき発展を遂げても、もっとも根源的な生の源泉は完全に埋め立てられ得ないことを証明する。力に満ちた才能、唯一つの情熱的な魂が、水をふたたび湧き出させることができるのである。[四四]

　これがホルトゥーゼンのエッセイの締めくくりである。

　一見するとホルトゥーゼンによるバッハマンの抒情詩論は形式論に則った美学的見地から行われているように見えるのだが、結果的にはここでもやはり古代ギリシアの世界をバッハマンの頌歌とだぶらせ、そこにホルトゥーゼン自身の抒情詩の理想を見、その理想を称揚しているのだと言えよう。しかしながら、すでにシュピーゲル誌の記事で見たように、抽象的現代詩批判は単に形式論では片づけられない内容を含んでいる。ホルトゥーゼンもまた政治的主張の込められた詩が好みではない。このことは別の著書『アヴァンギャルディスムスと現代芸術の未来』（一九六四）において、前衛芸術と左翼思想の結びつきを指摘した上で前衛芸術を否定的に扱うその論調から読み取ることができる。

　アヴァンギャルドという言葉は軍隊思想の語彙に由来している。それは軍隊の前衛または前衛部隊、機動的な小隊を表す。その任務は未知の地形の中へ先遣されて敵と接触し、後続の主力のための進軍路を偵察することにある。百年以上も前から我々はこの表現が歴史的発展に転用されるのを見慣れてきた。すなわち、現在の状況に対していつでも革命的に、先んじて帆をあげ、そのつど明日の自由の名において、今

日の表現分野の限界を「左に」むかって突破しようとする芸術、政治、社会における諸傾向の標語として、
しかしなによりもまず芸術における諸傾向の標語として転用されるのを。[四五]

確かに、レーニンが共産党を「プロレタリアートのアヴァンギャルド」と呼んだように、「芸術的表現のアヴァンギャリストと社会的現実の革命家とは、相互に隠喩を共有しあう」[四六]ことは、この言葉の来歴からしていたしかたないことではあった。しかし、古典と呼ばれ伝統に組み込まれている「言語史的にきわめて重要」なゲーテも、ヘルダーリンやジャン・パウルも政治的志向においては「保守的」ではあるものの、芸術的にはアヴァンギャルドの名にふさわしい[四七]と、ホルトゥーゼンは、アヴァンギャルドという語から政治色を排そうとするのである。言語的美学的観点からのみアヴァンギャルドを論じるならば、すなわち作品の内容には一切言及せずに、次のように主張することも当然可能になる。

ただ隠喩の構造に注目するとき、ゴンゴラの「赤い雪」とツェランの「早朝の黒いミルク」とのあいだに一体歴史的進歩というものがあるのだろうか。[四八]

そしてこのような論を展開するホルトゥーゼンは、エッセイの末尾でブレヒトの叙事的演劇の展開に言及したあとでバッハマンの抒情詩を次のように性格づけようとする。

晩年のブレヒトの場合には、非アリストテレス的演劇がアリストテレス的つまり古典的伝統と和解しているのを我々は目にする。インゲボルク・バッハマンの抒情詩では——ブレヒトの世界からも『ブリキの太鼓』の世界からも遠ざかって——頂点が極められている、そこでは表現の新手の厳しさと相が効果を発

揮しているが、これをマニエリスム的、奇矯な言語態度に対する、言ってしまえば昨日のアヴァンギャルディスムスに対する拒絶、新古典的様式理想への方向転換と解釈したい誘惑にかられる。[四九]

ホルトゥーゼンにとって、ブレヒトも結局は形式的に古典に回帰した、そしてバッハマンは、ブレヒトにもギュンター・グラスにも縁のない、つまり政治的なものとは無縁かつ美学的評価にも耐えうる抒情詩の書き手なのである。

ここで注目すべきは、伝統的な詩の形式を擁護する人々が、耳に快くないというその一点で、前衛的形式を持つ抒情詩を評価の対象からはずすというやり方である。シュピーゲル誌もこれと同じやり方でバッハマンの抒情詩の一部を処理している。では形式的に問題のない抒情詩であれば、そこに批判的言辞が含まれていても承認されるのか。いや、ホルトゥーゼンのアヴァンギャルド論から読み取れるのは、彼らにとって抒情詩とは政治臭のするものであってはいけないという文学観であると同時に、共産主義思想を臭わせてはいけない、ドイツがくり抜けてきたほんの数年前のあの戦争を批判するものであってはいけないという彼らの政治観なのである。

非政治性という条件にかない、形式的にも伝統回帰を思わせる詩は、ハイセンビュッテルのような冷静な読みをするならば、バッハマンの抒情詩でもごく一部、第二詩集『大熊座への呼びかけ』の中の幾篇かの頌歌にすぎない。ホルトゥーゼンが絶賛するのは、それら彼にとっての選りすぐりの頌歌なのである。

(d)　ペーター・リュームコルフの評

最後にホルトゥーゼンとは反対の、バッハマンの詩に政治性を見る論者の言葉を引くことにする。ペーター・リュームコルフの「戦後ドイツ人の抒情的世界観」（一九六〇）の一節である。

しかしまさしく時代の境界線上で、一九五二年、五三年の若干の若い詩人たちが連動する態度を取っていた。彼らの希望と恐れは、まさに現在という危険な時期へと向けられていたのだ、すなわち、『戦争の合間』（リーゲル）、『猶予期間』（バッハマン）である。このようなドイツ語タイトルが現れるようになるまでずいぶん時間がかかった。これらのタイトルは、自意識の変化と同時に表現意思の変化をも暗示している。[五〇]

そしてリュームコルフが取りあげるのは『猶予期間』に収められた「日常」*Alle Tage* という詩である。

戦争はもう布告されない、
継続されている。前代未聞のことが
日常になった。英雄は
戦いから遠ざかっている。非力な男が
射程範囲へ移動させられている。
日中の制服は忍耐、
心臓の上に希望の
みすぼらしい星の勲章。

星は授与される、
もう何も起きなくて、
集中砲火が沈黙し、

敵が見えなくなって
永遠の武装の影が
天を覆っている時に。

星は授与される
軍旗を前に逃亡すると、
友人を前にした勇ましさゆえに、
価値のない秘密を漏洩し
どんな命令にも注意を払わないことのために。

Der Krieg wird nicht mehr erklärt,
sondern fortgesetzt. Das Unerhörte
ist alltäglich geworden. Der Held
bleibt den Kämpfen fern. Der Schwache
ist in die Feuerzonen gerückt.
Die Uniform des Tages ist die Geduld,
die Auszeichnung der armselige Stern
der Hoffnung über dem Herzen.

Er wird verliehen,
wenn nichts mehr geschieht,
wenn das Trommelfeuer verstummt,
wenn der Feind unsichtbar geworden ist
und der Schatten ewiger Rüstung
den Himmel bedeckt.

Er wird verliehen
für die Flucht von den Fahnen,
für die Tapferkeit vor dem Freund,
für den Verrat unwürdiger Geheimnisse
und die Nichtachtung
jeglichen Befehls.

インゲボルク・バッハマンは、彼女の尺度によると逆転された世界に大仰な耳慣れた単語の意味体系を逆転することで対応する。この詩はアンチテーゼになった。慣用句を真逆の判断、抗議によって拒否し、真実をふたたび正しい場所に置き、そこで耳慣れた嘘を嘘だと暴いている[五一]。

リュームコルフは『猶予期間』から右の詩を選び、これをすぐれた時代批判詩として評価する。バッハマンの名前はここでもシュピーゲル誌で取りあげられていたヴァルター・ヘレラー、パウル・ツェランらと列記されている。

「どちらかといえば右傾した」ホルトゥーゼンの称賛する詩と「どちらかといえば左傾した」リュームコルフ[五二]が選び出す詩は、実際、ずいぶんと異なった印象を読む者に与える。だが、持論を展開するのに都合の良い詩を選んで進められる議論のただなかで、バッハマンは両方の嗜好を刺激する詩を書いたという事実を認めることができれば、おそらくはハイセンビュッテルの評がバッハマンの詩を一過性のモードではなく、文学テクストとして読み直す、最良の手掛かりになるだろう。

第三節　成功の裏側

三―一　再び一九五二年、ニーンドルフ

一九五二年、ニーンドルフでの四七年グループ会合は、ツェラン、バッハマン、アイヒンガーの登場により、戦後ドイツ文学の新しい幕開けを告げるものとなった。第二節の冒頭で引用したヴァルター・イェンスの一九六一年の回想はこの事実を簡潔に伝えている。しかしながら四七年グループはこの三人に対し同じ顔を見せたわけではなかった。テオ・ブークは論文「パウル・ツェランと四七年グループ」（一九九七）の中で、同じイェンスの言葉を引用し、長らく伝えられなかったこの会合の雰囲気を明らかにしている。

一九七六年の彼の記述は、ちなみに言い添えておくと、一九六一年の同じ著者による、すでに引用したニーンドルフ賛歌とは全く響きが異なるのだが、気づかされずにはおかない拒絶を明らかに際立たせている。「ツェランが初めて登場したとき、そこに居た人々は『これは聞いてられないな』と言った。彼は非常に大仰に朗読したのだ。私たちはこれを笑った。『やつはゲッペルスみたいに朗読するじゃないか』とだれかが言った。彼は笑い飛ばされてしまい、そのあとで四七年グループのスポークスマン、フランクフルト出身のヴァルター・ヒルスベッヒャーが詩をもう一度朗読しなければならなかった。『死のフーガ』はなんといってもグループ内では幻滅だった！　全く違う世界だった。」イェンスはこう確言し、実情を正確に再

現する。疑いようもなく、ここにいたグループの大多数の不機嫌さは美的言語能力の欠如を証明するものだ。しかしイェンスの、明らかに屈託のない同調の笑い（「私たちはこれを笑った」）、それ以上にゲッペルスの比喩がコメントなしのまま残されていることを少なからずいぶかしく思う。[五三]

ブークはイェンスの言葉が当時の状況を誇張しているわけではないことを、ヘルムート・ベッティガーの『パウル・ツェランの場所』（一九九六）に引用されているクラウス・ヴァーゲンバッハの言葉によって確認する。「彼らはただ笑っていただけだった」、会合では「兵隊言葉」がまだ普通に使われていた、なぜなら「ほとんど全員が軍隊経験者だったから。[五四]」さらにブークは、当時の四七年グループのプレス向けコメントがこの出来事には もちろん口を閉ざしていること、ツェランをオーストリア人と書いたりルーマニア系ドイツ人と書いたりしているること、あるいはツェランの朗読のあとは純粋詩か政治参加詩かといった結論の出ない議論が行われたと報告していること、ツェランは「死のフーガ」、「砂漠の歌」*Ein Lied in der Wüste*、「エジプトで」*In Ägypten*、「眠りと食事」*Schlaf und Speise*、「あなたから私への年」*Die Jahren von dir zu mir*、「アーモンドを数えよ」*Zähle die Mandeln* の六篇の詩を朗読したが、「死のフーガ」はグループの作成した記録から抜け落ちていることを付け加えている。[五五]

ブークが参照するように指示している『パウル・ツェランの場所』には、ブークとは状況についての解釈が異なると思われる「ツェランの詩、とりわけ彼の朗読の仕方は、醒めきった知性を代表する四七年グループの関心とは、そもそも相容れないものだったのである[五六]」というベッティガーの記述がありはするのだが、ハインツ・ルートヴィッヒ・アルノルトは、『四七年グループ』（二〇〇四）において、この状況について次のようにまとめる。

グループを批判する人々は、この記述（イェンスの一九七六年の発言を指す）の、四七年グループにおけるユダヤ人詩人パウル・ツェランの挫折から、グループ内には潜在的に反ユダヤ主義があったと推測した。私は、これは行き過ぎだと思う——四七年グループはおそらく当時のドイツ人たちもそうであったのと同程度に潜在的に反ユダヤ主義的であった。ツェランに対するグループメンバーの大部分の態度はいずれにしても認識不足であった、無理解なのではなく、粗野な態度をとったという点で無神経であった。[五七]

アルノルトは、四七年グループの会合で聴衆がツェランの「死のフーガ」に対して見せた反応を、ブークのように一旦は聴衆の美的言語能力の欠如に帰して、間接的に反ユダヤ主義的感情の存在を匂わせるということはせずに、率直にこの時代には反ユダヤ主義的感情が根強く残っていたことを認める。だが、四七年グループはこの時、ユダヤ系のイルゼ・アイヒンガーにグループ賞を与えている。この扱いの違いからすると、一口に反ユダヤ主義的感情といっても、聴衆は厳密にはツェランの「死のフーガ」の内容に拒絶反応を示したのだと言うべきだろう。聴衆はツェランの詩を理解したからこそ拒絶した。戦争犯罪の被害者による、加害者への剝き出しの告発の言葉に対し、同程度の強い不快感を示したのである。四七年グループ会合の、ツェランの詩の朗読の仕方を云々して詩の内容には一切触れないという態度はまた、ホルトゥーゼンがアヴァンギャルド論で、ツェランの「死のフーガ」の詩句「明け方の黒いミルク」を隠喩の方法として目新しいものではないとしたあと、内容については触れなかったあの態度の意味をよりよく説明してくれるかもしれない。

ツェランの「死のフーガ」はドイツで朗読されるには時期尚早であった。ツェランは二日間にわたる会合を途中で抜け出しパリへ帰る。四七年グループのメンバーにはツェランの詩を評価しツェランに対するグループの非礼を心苦しく思う者もおり、主催者リヒターから再度招待状を送らせたが、ツェランは四七年グループにはこれ以後近づかなかった。

三―二　五〇年代の四七年グループにおけるバッハマン

アイヒンガーとバッハマンにグループ賞を与え、ツェランを拒絶した四七年グループとはそもそもどのような集団だったのか。

四七年グループの歴史は一九四五年三月に発行された雑誌「デア・ルーフ　USAにおけるドイツ戦争捕虜の新聞」にさかのぼる。米国の全収容所に配布されたこの新聞は、編集こそ戦争捕虜となっていたドイツ人のクルト・ヴィンツ、あるいはグスタフ・ルネ・ホッケに任されてはいたものの、米国によるドイツ人再教育を目的としていた。四六年四月までに二十六号を発行している。四五年四月、この新聞にアルフレッド・アンデルシュが文学記事の掲載を求め、ハンス・ヴェルナー・リヒターと共に編集に携わる。関係者の帰国が認められたあと、四六年八月にはクルト・ヴィンツの呼びかけに応じて、今度はドイツ本国で雑誌「デア・ルーフ　若い世代の独立した冊子」が発行された。発行部数を三万五千から七万部に延ばす中、雑誌の方向性に関して、ドイツ人の再教育、すなわちドイツに民主主義を定着させることを目的とする呼びかけ人のヴィンツと占領軍の政策を批判的に見るアンデルシュらとの間に齟齬が生じ、リヒターとアンデルシュは雑誌の発行作業から外される。[五八] リヒターは新しい雑誌「スコルピオン」の編集発行を計画するが占領軍当局の許可が下りず、アンデルシュと共に四七年九月、ホーエンシュヴァンガウ近郊のバンヴァルトゼーの同調者の私邸に十数名の知識人、出版人を集め会合を持った。「スコルピオン」発行に見切りをつけたリヒターらはこの集まりを第一回目として文学集団を立ち上げ、開催年をそのままグループ名とした。

四七年グループは、刊行されなかった「スコルピオン」の、新しい文学が世に出る手助けをするという目的をそのまま引き継ぐ。会の進行に関しては、まずは批評なき文学の集いという体裁をとるが、この集団は「文学を高めて儀式的に扱う代わりに」、「教養市民的な負荷のない、仮借ない批評」を行うという新しいスタイルを徐々に獲得していった。[五九]アンデルシュが一九四八年の二度目の会合で「この時代の文学は国家社会主義とは敵対関係にある」[六〇]と反ファシズムの態度を表明すると、これがグループの政治的姿勢として内外に認知された。このあとの四七年グループは、グループが招待した詩人や作家たちが文学市場で地歩を固めていくにつれ、その存在感を増していくことになる。

　この集団に対してはもちろん批判も少なくなかった。グループの問題点は、会合の参加者の選定方法に如実に現れていると言ってよいだろう。新たな参加者はリヒターから招待された人間に限られ、リヒターは「私はまずもって、私が招待したいと思った人間を招待した」[六一]と述べている。四七年グループの対外的なイメージは、基本的にはリヒターの四七年グループに関するいくつかの著作によって形成されたが、後年、参加者の個人的な回想録が掘り起こされることによって別の見方も提示されるようになる。

　一九九七年、クラウス・ブリークレップ――アルノルトが四七年グループを批判する人々の筆頭にその名を挙げるゲルマニスト――は、その論文「インゲボルク・バッハマン、パウル・ツェラン。四七年グループにおける彼らの場所」を次のようにはじめる。

> 四七年グループの始まり、発展は、その自らの対外的コンセンサスと最重要メンバーの何人かとの間にはっきりとした矛盾を生みだした、その何人かのことを私は「グループ内アウトサイダー」と呼びたい。初期の頃から、イルゼ・アイヒンガー、ハインリヒ・ベル、ヴォルフガング・ヒルデスハイマー、遅れて、ウヴェ・ヨンゾン、ペーター・ヴァイス、フーベルト・フィヒテ、そして一九五二年にはじめてグループに登場した時からバッハマンとツェランも、グループとの大多数とは異なり、その記憶の空間に仕事の前

提条件を持っていた、そしてその空間で最前の過去と自己との関係を文学的に仕上げたのである。この空間に彼らが一緒になって足を踏み入れることは、グループ最大のタブーだった。テクスト朗読の際、個人的にタブーを犯すことがあっても、それが気づかれようと気づかれまいと、全体の進行の中で忘れられてしまうことはありえた。全体の進行は絶対だったが、朗読はそうではなかったのだ。[六二]

ツェランについては、先ほど事の顚末を見た。しかし、グループ賞を受賞したアイヒンガーやバッハマンがここに名を連ねているのを見ると意外な感じがする。バッハマンはのちに四七年グループのファースト・レディーと呼ばれさえするからである。だが、ブリークレップは、そのようなイメージはリヒターの計算によって準備されたものだったと主張する。すなわち、リヒターは一九五二年のニーンドルフのグループ会合のために、ヴィーンからイルゼ・アイヒンガー、ミロ・ドール、バッハマンを招待するが、結果としてこの三人は、ドイツの文学グループにオーストリアのエキゾティックな雰囲気を持ち込み、かつ、そのうち二人の女性詩人がほぼ男性だけの会合に女性的な要素を効果的に付加した。これはリヒターの目論見どおりだったというのである。なぜならば、これ以前の四七年グループの会合のプログラムは、リヒターらのつい数年前までの「戦争体験同様ぎすぎすして」おり、「文学市場では見向きもされなくなり始めていた」から。

目下のところ、グループの中のだれひとりとして文学的な手段で文学市場に対処し、あるいは少なくとも、いまだよく手入れの行き届いた根源的神話――戦後の新たな男たちの文学――を実際に映し出し、開花させたりできる者はいなかったので、無意識的に補完的な救済を求めるのはごく自然だった、欠けているものの存在は予感されていたのだから。[六三]

回想録『一九五二年ヴィーン、私の十日間』の中で語られるのは、リヒターの四七年グループ運営上の計算のために必要だったバッハマン発見神話である。リヒターはグループ刷新のための人材発掘のために訪れたヴィーンで、知己のあったアイヒンガーを訪ね、そこではじめてバッハマンに紹介される。

私は四、五段の階段を上がった、［…］再会を前に緊張して。私たちの関係はとても友好的だったが、同時に奇妙な気恥ずかしさを伴ったものだった。だが、彼女がドアを開けた時、すぐにこだわりはすべて消えた。彼女は輝いて見えた。とてものびのびと自由に、まるで私たちが古くからの知り合いであるかのように振る舞った。［…］彼女は一人ではなかった。女友達と一緒だったが、その人はソファの隅に腰を下ろし、私の来訪中一言も口をきかなかった。イルゼは私を紹介し彼女の名前も言ったが、私はすぐに忘れてしまった。[六四]

ブリークレップは、この箇所を引用して次のように続ける。「リヒターの、グループの構成に関して私たちに多くの秘密を漏らしてくれるあっさりとした言葉は、空っぽの場所――親密さと無名性――を生みだす、そこにグループのために女性的なものを獲得するという物語のモチーフが登場できるような。[六五]」女性二人は、グループのイメージを刷新するという目的とグループの現状とをうまく接続してくれる雰囲気を持っていた。では欠けているもの、女性的なものとは一体何だったのか。グループの創設メンバーにはイルゼ・シュナイダー＝レングイエルという女性作家がいる。ブリークレップによれば、彼女は左翼思想の持ち主で国内亡命者であり、フランス文化に造詣が深く、煙草をふかし、時に男装もする。グループの男性メンバーにとっては性差を意識せずにすむ存在である。「イルゼ・シュナイダー＝レングイエルが偽装することで、グループ内の曇った視線には、特別ではない特別なものとして映った、なぜならその偽装は男性本来のものだったから。[六六]」そしてリヒターが必要性を痛感していたのは、「男に似たものではない、男性の庇護下にあり男性とは全く別のもの。」そして「この役割機能の中で一人の女性が宣伝塔の条件を満たした。[六七]」それが、オーストリアから招かれた二人のうち、最終的にはアイヒンガーではなく、バッハマンだった。ブリークレップは、リヒターの回想録からふたたび二箇所を引用する。ヴィーンでは、ロート・ヴァイス・ロート社でリヒターとハンス・ヴァイゲルのインタヴューがセッティングされる。バッハマンはそこに世話係として登場するが、リヒターは待ち時間に、彼女のタイプライターに書きさしの韻文があるのを認めて尋ねる。

一体この詩は誰が書いたのですか？　彼女はすぐには答えない。彼女は［…］内側に神経質なひどく感じやすい緊張を孕んで私の前に立っている。彼女はまるで少女のように、子供っぽく赤くなる、長い間をおいてやっと「私です」と答える。

彼女には、これと見られずに観察できたある場面が象徴的だった、彼女は、カフェの張りめぐらされた鏡の下にたった一人で座っている。化粧をする、会見に備えて（リヒターとの会見だ！）、神経質に、感じやすく、おずおずして、一見無力そうに。[六八]

身なりには気を使い、きちんと化粧もし、しかし、落ち着きがなく、よくハンドバックの中をかき回している女性、神経質で、無力そうに見えるという性格描写は、後年バッハマン自身によって『マリーナ』のなかで、また名前こそ伏せられているものの、バッハマンとおぼしき人物のためにフリッシュの作品のなかでそのまま借用されている。アイヒンガーの陰に隠れて影の薄かった人物が、驚くべき抒情詩の才能を持っていたという話の展開だけではない、バッハマンの物腰も、イルゼ・シュナイダー＝レングイェルとは違うタイプの女性像を求めていたリヒターにとってはうってつけだった。バッハマン発見神話は、リヒターのグループの長としての手腕を証明するものになるが、ブリークレップに言わせるとこれも、バッハマンの「発見はこのように物語られているので、詩と詩人を分けるということは、最初からもう構造化されているのだ。バッハマン神話のリヒター・ヴァージョンは『自分の』自我をもった詩人が、グループ内で『自分の』困難を『必然的に』被らざるを得なかったことを示している」ことになる。[六九]

今日では、リヒターが一九五二年以前にも推薦を受けていたのにもかかわらずツェランに招待状を送らず、再度バッハマンやミロ・ドールから推薦されたのでツェランを招待することにしたという経緯が明らかになっている。リヒターにとってツェランは最初から招かれざる客、それに対してヴィーン出身かつ女性であるアイヒンガーとバッハマンには、グループのイメージ刷新のための効果的な素材として密かな期待がかけられていた。一九五二年の、ツェランにとっては不愉快な出来事とアイヒンガーやバッハマンに与えられた栄誉とは、実のところ表裏一体のものであった。

三―三　ジェンダー・バイアスという観点

バッハマンの文学市場での成功が、彼女が若く魅力的で、控えめで知的な女性であったことに負っているという見解はある程度までは考慮されるべきであろう。ハプケマイアーは、かかわり合いのあった周辺人物の証言も資料に加えて一九九一年バッハマンの評伝をまとめた。その中で五〇年代のバッハマンの抒情詩人としての成功の舞台裏を垣間見せるべく、いくつかの資料を提示する。

人々は彼女のことを、時代にふさわしいやり方で文学の伝統に接続する詩人として称賛する。批評家ヨアヒム・カイザーにとって、彼女の詩行の中には、ゲーテやヘルダーリンからリルケ、トラークル、ハイムに至るまでの「ドイツ抒情詩の高き山々が連なっているのだ。」彼女の物腰もまた、決して無視できない作用を及ぼしている、とりわけ男性諸氏による多くの、感情を揺さぶられた熱狂的な評論が明らかにしているように。カイザーは、マインツで賞を受けた「非凡な」オーストリア女性について書いている。「その人はとても若く、二十六歳である、同時に控えめな、はっきりしない謎めいた印象を与えた。若い御婦人はしかし——グリルパルツァーを引用するとすれば——どこか別の時代からやって来たように見え、私たち他の者たちとは別の時代へ行こうとしていた。」カイザーもまた、彼女の様子に「女性詩人」、「プリンセス」という概念を付与することを思いつくが、これは重要であってはならず、すぐに、彼女は政治的社会的なものから遊離していると付け加える。しばしば強調される女性的なぎこちなさは、その際、多くの男性にとっては魅力的なやり方で、彼女の詩と知性の確固不動の性格とコントラストをなしている。ラインハルト・バウムガルトは、ひどく皮肉だが的を射ていると思える調子で、インゲボルク・バッハマン効果について報告する。「彼女が立っていた、四人の紳士方が取り巻いていた——ここでは紳士方という表現がふさわしい——彼女はすぐに何かを落とす、コンパクトとかハンカチをね、すると四人の紳士方が、四人目はすぐそばにいたんだが、一緒になって身をかがめ、四つの頭が、四人の紳士方の頭が、彼女の足元でごっつんこというわけさ。[七〇]」

ハプケマイアーは、ヨアヒム・カイザーを魅了したのはどうやらバッハマンの詩のもつ復古的な調子だけではない、バッハマン個人から受けた印象も評価の中に紛れ込んでいるらしいことを示す。続いてラインハルト・バウムガルトの言葉を引用して、バッハマン個人の魅力が端的に言えば、周囲の男性たちの気遣いを引き出すバッハマンの頼りなげな様子――続く箇所ではコケットリーという語を用いている――にあったことを示唆する。ハプケマイアーはその上でバッハマンの詩の効果について次のように述べる。

インゲボルク・バッハマンは、彼女の聴衆を本質的には彼女の詩の構成に寄与するところのしばしば長い韻を踏んだ一文で驚かせた。時にヘルダーリンを思い起こさせる詩行の運びは、用いられるイメージとともに彼女のパトスを知覚可能なものに変換するが、これは「ヴィーン郊外の広大な風景」導入の詩行にも姿を現す。

平原の聖霊よ、広がってゆく流れの聖霊よ、
私たちの終わりに呼び出されて、市門の前で足を止めるな！
葡萄を、脆い縁から
こぼれたものを受け取れ、細い流れへ導け
逃げ道を求めるものを、ステップを開け！

Geister der Ebene, Geister des wachsenden Stroms,
zu unsrem Ende gerufen, haltet nicht vor der Stadt!
Nehmt auch mit euch, was vom Wein überhing
auf brüchigen Rändern, und führt an ein Rinnsal,
wen nach Ausweg verlangt, und öffnet die Steppen!

これまで四七年グループを眼の前にして、こんな呪文のような調子で歌うことをあえてやってのけた者がいただろうか？　だれが無傷で切り抜けられたろうか？[七一]

ハプケマイアーは、バッハマンの個人的な魅力が詩の評価にも影響している例を挙げたあとでこの詩行を引用している。ホルトゥーゼンも礼賛したバッハマンの詩のある側面、ヘルダーリンを思い起こさせる、すなわち古き良きドイツを思い出させる詩の伝統の痕跡を切り出してみせるのである。しかしバッハマンのこの詩には美的なものへの陶酔に終わることを許さないもう一つの側面がある。

演劇的な身振りを断念していない同じ詩の詩行では、

夢見よ、お前が純粋であることを、宣誓せよ、
お前を打ち負かすお前の性を夢見よ、夢見よ
しかし神秘的な遁世には抵抗して身を守れ

Träum, daß du rein bist, heb die Hand zum Schwur,
träum dein Geschlecht, das dich besiegt, träum
und wehr dennoch mystischer Abkehr im Protest

と、彼女の同時代人にはあまねく理解できる道徳的衝動と共にインゲボルク・バッハマンの芸術的行為のアンビヴァレンツが現れている。絶対的なものへと向けられた夢と、これが現実からの逃避になっては

いけないという洞察が同じ比重で存在している。彼女の詩は「純粋存在」へ向かう衝動と時代への参与とが同時に存在していることを特徴とする。この危険な混在がインゲボルク・バッハマンの読者や聴衆を呪縛するのである。[七二]

ハプケマイアーが、まずバッハマンの個人的な印象について当時の証言を提示しつつ言及し、そのあとで詩を分析するというこの手順はシュピーゲル誌のような情報誌ならともかく、バッハマンのテクストのみに集中したい研究者にとっては理解し難いものではあろう。しかし、先ほどのブリークレップの考察にも示されていたように、五〇年代当時の文学市場におけるバッハマンの立ち位置は、ジェンダー規範を切り口にしなければ説明できないのである。すなわち、バッハマンの詩はその性別ゆえに過度に読みたいように読まれた。ツェランのように激しい拒絶にはあわなかったが、その代わり真意は汲んでもらえず、適当な読みと的外れな称賛の果ての神話化という憂き目を見たのである。シュピーゲル誌のヴァーグナーの記事にしても、ホルトゥーゼンにしても、うら若い女性と批判精神はミスマッチで興ざめであり、これを見ないでおくという態度が見え隠れしてはいなかったか。バッハマンの詩の現代性、批判性を無視はしないまでもそこに彼女の本領はないとし、ギリシア古典、ドイツ古典主義、ロマン主義の詩人たちと結びつけることが可能な側面を、女性詩人と愛の嘆きのモチーフの結びつきを強調しつつ称揚してはいなかったか。

ハプケマイアーが、バッハマンの詩には「純粋存在」へのあこがれとそのような芸術的欲求が現実逃避と紙一重であることを言う醒めた態度が同置されていると二度繰り返すとき、かつてハイセンビュッテルが警告を発していたように、五〇年代当時のバッハマン人気はバッハマンの詩が冷静に読まれ理解された上でのものではなかったことが確認されている。ハプケマイアーは五〇年代のバッハマン人気の孕むもう一つの問題性――ジェンダー規範がバイアスとなったテクスト曲解――の可能性をここで言おうとしているのである。

三―四　受容の曲折 1

興味深いことにバッハマンの抒情詩は、生前に書評や批評が書かれたものの長らく研究対象として本格的に取りあげられてこなかった。理由の一つに、バッハマンが六〇年代抒情詩から散文へとジャンルを変えた際、世論の評価が大きく変化したことを挙げることができよう。これまで見てきたように、五〇年代に書かれたバッハマンに関する記事や書評に目を通してみるならば、当時のバッハマン人気の文学市場によって意図的に作り上げられた側面を指摘することができる。すなわち、文学市場はバッハマンの詩の一部、ドイツ文学の伝統に則して理想的な女性抒情詩人の理想型をつくり、その鋳型にはめ込める部分を称賛する。世論はバッハマンの詩の中に含まれるほんの数年前までの戦争に対する批判や戦争犯罪の告発には気づかぬ振りをする。もしくはそのような批判的側面は抒情詩にはあるまじき彼女の詩の欠陥であると断じ、書くべき詩の方向性を詩人に教示しようとさえするのである。若くて美しく、哲学博士の肩書きによってその知性を保証され、しかし公の場ではあくまでも控えめで神経質な女性というバッハマンの個人的な資質もしくは印象もまた――もちろんこれらの要素は詩の才能に準じるべきもので声高には語られないが――女性抒情詩人のイメージ作りという点で効果的に流布された。

時代のジェンダー観を切り口にバッハマンの受容史を再吟味するなら、彼女の抒情詩と六〇年代以降の散文作品の間に何か断絶があるように見えるのは、この五〇年代の詩の取りあげられ方に問題があったと言わざるを得ない。バッハマンの詩は隠喩に富み、一義的解釈を易々とは許さない。抒情詩人として短時日に神話化されることを許した要因はなによりもバッハマンの詩の特質にあったが、他方、世論はバッハマンの詩をもっと慎重に取り扱うべきだったとも言えよう。六〇年代にバッハマンが散文作品の中でそのアンガージュマン的傾向を鮮明にし始めたとき世論の評価は割れ始める、いや否定的な評価が大半を占めるようになる。「序」でも述べたように、バッハマンには終生、抒情詩人としてのイメージがつきまとった、いや、バッハマンを神話化した人々はバッハマンのジャンル替えを一種裏切り行為と捉え認めようとしなかったという方が実情に近いかもしれない。

　一九七八年にクリスティーネ・コシェルらが中心となってピーパー社から四巻のバッハマン全集が出版され、いわゆるバッハマン・ルネサンスがはじまる。この全集の刊行には未完の長篇小説が収録されるというその編集方針からして散文作品再評価の意図が見え、以後、バッハマン研究は散文作品を中心に行われる。このバッハマンの抒情詩から散文への読み手の側の関心の極端な変化は、五〇年代のバッハマンの抒情詩は熱狂的に祭り上げたが、六〇年代以降の散文作品は全く評価しないという——一見文学ジャンルの問題であるかのように見える——一部の批評家たちの極端な態度と見事な対照をなしていると言えよう。八〇年代の散文中心の研究は、五〇年代の男性中心のバッハマン評価に対する反動という側面があるのである。時系列に反しバッハマンの抒情詩研究が後回しになったのには、バッハマンの詩が難解だからという以外にこのようなジェンダー・バイアス絡みの事情があったのだといえよう。

　抒情詩に対する研究者の関心は、一九五二年に四七年グループの会合で朗読されたバッハマンの「暗いことを言う」に、パウル・ツェランの詩「コロナ」*Corona* が引用されていることが指摘されて再燃する。ツェランの詩とバッハマンの詩の形式上の類似はすでに六〇年代から言われ始め、長篇『マリーナ』にツェランの詩「コロナ」からの引用があることは七〇年代に入って指摘されていた。しかし先ほども述べたように、しばらくフェミニズムの視点から散文作品を見ようとする研究の時代が続く。両者の関係が注目されるのは、一九九七年に、ベルンハルト・ベッシェンシュタイン、ジークリット・ヴァイゲルをはじめとするツェランとバッハマンの研究者による十四の論文を収めた『インゲボルク・バッハマン-パウル・ツェラン　詩的通信』[七三]が刊行され、両者の関係性とその関係性から生みだされた文学テクストについて報告してからである。これによって、せいぜい恋愛ゴシップとしてしか語り得なかったツェランとバッハマンの関係が、テクスト解釈のためにも考慮欠くべからざるものであると認知され、バッハマンの抒情詩は当時のバッハマンの実情に即して読み直されることが可能になった。すなわち、バッハマンの五〇年代の抒情詩は、ツェランへの恋愛感情に基づいて書かれている、ツェランはそして、ショアーの生き残りという過去を背負い、ドイツの戦争犯罪を告発する詩を書き続けるユダヤ人の詩人であったという事実に即して。バッハマンの第一詩集『猶予期間』には、形式的にツェランの影響を受けたものが含まれているが、当時から前述の一部の批評家たちの間では、バッハマンが自分の声を獲得する以前の未熟な作品、実験的作品であるという低い評価しか与えられなかった。しかし、これらの批評家たちのツェランに対する評価がそもそも否定的であることを考えると、バッハマンに対するこの評言も、単に美学的見地から言われているのかどうか再吟味する必要があろう。バッハマンの神話化という点に関して、ここでは時代のジェンダー規範とは別に時代の反ユダヤ主義的雰囲気を考慮する必要性があることが見えてくるのである。

第四節　第一詩集『猶予期間』に見られる間テクスト性の問題

四―一　バッハマンの抒情詩

バッハマンの抒情詩が、長らく文学的な研究対象にはならなかった理由については、先に触れた。今日、第一詩集は――表題詩となっている「猶予期間」の、一九四五年以後、ドイツの新しい出発のための機会が利用されずに消失しつつあることを警告する内容に準じ――詩集全体が、記憶、想起、あるいは時代の復古的な傾向に対する抵抗というテーマで貫かれている、これに対し、五四年から五六年までのイタリア滞在中に書かれた詩を収める第二詩集は、第一詩集に比べ、詩集全体の構成がより安定感を増し、内容としては自己省察的、自伝的な傾向が顕著であると捉えられている。

確かにホルトゥーゼンが主張していたように、第一詩集にみられた抽象的現代詩が第二詩集からは姿を消すという形式上の変化は大きい。それを、「シュピーゲル」は、第一詩集は北方――正確を期せばドイツではなく、ヴィーン――で書かれ、第二詩集はイタリアで書かれたからだと説明していたのだが、バッハマンがなぜドイツ語圏を離れてイタリアに移り住んだかについては推測の域を出ていなかった。詩の解釈同様、形式の変化も、居場所の変化も、その理由については表面的な説明に終始したのである。だが、まずは詩である。

バッハマンの詩が誤読された原因は、時代状況にばかりにその責任を帰するわけにはいかない。次に見るように、バッハマンの抒情詩はメタファの用い方が斬新であったり、文学的モチーフを改変したりと、読み手をまごつかせる厄介な詩なのである。五〇年代のバッハマンにとって、抒情詩がどのような意味をもっていたのかが見えはじめたのは、没後の研究において、バッハマンのテクストが、間テクスト性の観点から分析されるべき性格を持ったものであることが認知されてからである。先行テクストの存在が知られ、バッハマンの詩に多用されるメタファの解読の仕方が明らかになるにつれ、バッハマンの抒情詩はバッハマンの肉声として響き始める。バッハマンの文学の特質とも言える、文学テクストを用いて特定の個人とコミュニケーションを図るという文学的態度は、第一詩集に収められた詩の中にまず確認することができる。

第一詩集『猶予期間』は、一九五三年の五月にバッハマンが四七年グループ賞を受賞したその年の秋に、アルフレット・アンデルシュの手で編集され出版された。初版はフランクフルト・スタジオから、五七年には新装版がピーパー社から出されている。新装版からは「無のための証拠」、「世界は広い」*Die welt ist weit* の二篇がはずされた。収められた詩のほとんどが、それ以前に新聞や雑誌に掲載され、あるいは各地のラジオ局で朗読されていた。この詩集に収められた抒情詩は三つのグループに分けられている。最初の部分は「出航」*Ausfahrt* から始まる九篇、次の部分は「三月の星」*Sterne im März* から始まる八篇、最後の部分は「様々な橋」*Die Brücken* から始まる六篇でまとめられ、最初の詩が各部分の一連の詩のテーマを表している。それら抒情詩群の後に、作曲家ハンス・ヴェルナー・ヘンツェに依頼されたパントマイム劇用韻文「バレーパントマイム『白痴』のためのムイシュキン公爵の独白」が置かれている。

本節では、この詩集の中から「猶予期間」、「暗いことを言う」、「正午前」を取りあげる。間テクスト性の観点で論じうるのは「暗いことを言う」、「正午前」だが、三つの作品の解釈を比較することによって、バッハマン作品の文学的特徴が見えてくるのではないかと思う。

四―二　第一詩集から「猶予期間」―乱反射するイメージ

「猶予期間」は、一九五二年の八月「ディー・ノイエ・ツァイトゥング　ドイツにおけるアメリカの新聞」に掲載され、その後一九五三年の秋に詩集『猶予期間』に収められる。

猶予期間

もっと厳しい日々がやってくる。
取り消し猶予の期限が
地平線に姿を現している。
お前はすぐに靴ひもを結び、
犬たちを湿地の小屋へ追い返さなければいけない。
なぜなら魚の内臓はもう
風の中で冷えてしまったから。
ルピナスの光は乏しく燃えている。
お前の眼差しは霧の中を見通す。
取り消し猶予の期限が
地平線に姿を現している。

向こうでお前の恋人が砂の中に沈んでいる。

砂は彼女のなびく髪の周りに高まり、
砂は彼女の言葉を遮り、
砂は彼女に沈黙を命じ、
砂は彼女が死ぬ運命にあり、
抱擁の度ごとに快く別れを告げるのに気づく。

振り向くな。
靴ひもを結べ。
犬たちを追い返せ。
魚たちを海へ投げよ。
ルピナスを消せ！

もっと厳しい日々がやってくる。

Die gestundete Zeit

Es kommen härtere Tage.
Die auf Widerruf gestundete Zeit
wird sichtbar am Horizont.

Bald mußt du den Schuh schnüren
und die Hunde zurückjagen in die Marschhöfe.
Denn die Eingeweide der Fische
sind kalt geworden im Wind.
Ärmlich brennt das Licht der Lupinen.
Dein Blick spurt im Nebel:
die auf Widerruf gestundete Zeit
wird sichtbar am Horizont.

Drüben versinkt dir die Geliebte im Sand,
er steigt um ihr wehendes Haar,
er fällt ihr ins Wort,
er befiehlt ihr zu schweigen,
er findet sie sterblich
und willig dem Abschied
nach jeder Umarmung.

Sieh dich nicht um.
Schnür deinen Schuh.
Jag die Hunde zurück.

Wirf die Fische ins Meer.
Lösch die Lupinen!

Es kommen härtere Tage. (W 1, 37)

ハンス・ヘラーは、この詩のモチーフそのものはこの時代には目新しいものではなかった、特にヴィーンの、バッハマンも属していた文学サークルの中心人物ハンス・ヴァイゲルの雑誌には、毎年このようなモチーフの作品は寄せられてきていたと指摘している。

「猶予期間」は五〇年代はじめの文学のテーマを響かせている。すなわち、社会の新しい出発のために使われるべきだったチャンス、脅かすような「いまだ」と「またしても」。最初と最後の幻想なき断定「もっと厳しい日々がやってくる」、詩の中のduに対し、用心するように、暗くなり、冷え、没することを退去のための根拠と受け取るように言う醒めた指示、この経過は当時、同時代の詩にほとんど欠けることはなかった。カール・クロロウは、四〇年代の終わりに、バッハマンの「猶予期間」との類似は見まがいようもない一篇の詩「毛布をたため、ランプを消せ、国家、それは石のように堅い客人。やつが姿を現す、どんな抵抗も、無視して」(Falte die Decke./ Lösche die Lampe:/ Der Staat, das ist/ Der steinerne Gast./ Er erscheint: allen Abwehrgesten/ zum Trotz.) に「政治的」Politischというタイトルをつけた。[七四]

バッハマンの詩はなるほど、モチーフの点での目新しさはない。だが、クロロウの詩と比較するならば、これは政治詩であると言うには表現が抽象的すぎて、核となる政治的な主張は見えにくい。もし何らかのイデオロギーを喧伝するための詩であるならば、失敗作と言わねばならないだろう。しかし、バッハマンの詩の五〇年代当時の成功に大きく貢献したのは、まさにこの曖昧さであった。ヘラーは続ける。

バッハマンの読者で哲学的素養のある者は、「地平線に姿を現している」「猶予の期限」というイメージに、マルティン・ハイデガーの『存在と時間』、その中のアリストテレスの「数えられた時間」についての章句「時自体が存在の地平として自己をあらわにしているのではないか？」への控えめな暗示を読み取ることができた。シュールレアリズムに影響された者は、砂に沈む恋人のイメージにシュールレアリズムの基本的イメージを認識した。伝統に従った読み手には、「乏しく」燃える「ルピナスの光」に、初期のリルケを思い出すと感じさせることができた。[七五]

しかし、一見、意味がありそうなそれらの手掛かりも、詩に一貫性を与えるテーマを見いだすためには決定的なものとはならない。結局、この詩について、例えばペーター・バイケンのように「ここでのモデルは帰還するオデッセウス、神話の英雄、彼を困難の克服へと導いたところの歴史を孕んだ知恵と道具的理性の表象である。最後の帰還を喜ぶ代わりに新しい時代の脅威が、故郷喪失、逃亡、あらゆる所有、所有物の放棄へと追い立てる。だから恋人も砂に沈み、暮れてゆく風景の一部になる」[七六]といった部分的な印象を述べるほかないのだ。このように、「シュピーゲル」にも一度、「すべては非常に暗示的に言われているので、感情や思考をあちらへ向けようがこちらへ向けようが、それは読者の自由である」と書かれてしまった要因は第一にバッハマンの詩の中にあるといえる。ただ、当時の大方の読者は、なぜすべてが暗示的に書かれるのかについて深く追究することはなかった。他方、クリスティアン・シェルフは、このような過去の受容の状況を踏まえて再度テクストを読み、この詩には言葉とイメージの美しさ以外何もないと断定するところから論をはじめる。メタファのように見える語の選択――靴、犬、魚、風あるいは結ぶ、追い立てる、冷たくなる――も「そこからなんの意味も作り出せない。しかし響き、これが本質的なものなのだ。」それとも「これは本物の魚ではなく、象徴的な魚、もしかするとキリストの魚、冷えて言葉をなくした信仰の死せる証なのか？」[七七]いやそうではなくこの詩は「心理的な衝撃をイメージで配列し表象したもの」にすぎない。

今日に至るまで、詩を問題とするところではなおのこと、才気、ひらめき、天才を主張することには強い抵抗がある。これはとくにインゲボルク・バッハマンに当てはまる。彼女を肯定的に受けいれる陣営では、彼女のことを一貫して「女性が書くこと」という苦行の修道士に様式化したのだ。マラルメからヴァレリー、エリオットからベンに至るまでの伝統はしかし「詩は何よりもまず作られる」ことを主張している。われわれが近代の抒情詩におけるこの詩学上の定数にヴィトゲンシュタインの理論で対決する場合、研究の主旋律に逆らい、問題の設定はインゲボルク・バッハマンの初期の詩に関して修正されることになろう。すなわち、彼女の抒情詩における美しい言葉の使用はいかに行われ、進行し、何を表現しているのか？[七八]

バッハマンの没後の研究において、感性の詩人バッハマン、時代の流行に乗っただけのバッハマンの抒情詩というイメージを覆すためだとはいえ、やはり反動の振り子は振れすぎてしまった。ハイデガーについて学位請求論文を書き、ヴィトゲンシュタイン・エッセイをものしたことがあるからと言って、「ヴィトゲンシュタインであれ、ハイデガーであれ、ベンヤミンであれ」と――ここでは一九九九年に大著『インゲボルク・バッハマン』を発表したS・ヴァイゲルに対する批判を込めつつ――哲学的な考察を経由すればインゲボルク・バッハマンの詩の内実を語ることができるというのは幻想である。このことをまずシェルフは確認する。この謎めいた詩を、哲学的な考察にも値せず、メタファとしても機能しない語の羅列であると認めるのは、勇気のいることではあろう。

しかしながら詩作の実践は——近代においては特に——直観的媒体であるよりは、主として語の使用の問題である。このことを明確にヴィトゲンシュタインに関わった作家を考察する際にわざわざ排除すべきではない。文学的に重要なのは、この意味では、『哲学探究』の著者、後期ヴィトゲンシュタインである。彼の度々引用される一文「語の意味は言語内での使用である」は、文学研究によってまずもって文学に転用されることはなく、日常語とその実践の領域へ放逐される。[七九]

バッハマンの詩の、実は意味のない、それらしく見える言葉のつながりが、人々に受け入れられたのは、言葉の響きゆえであった。「確かに、この詩が登場した時、人々は違う理解の仕方をした。災いを告知する高い響きに心をとらえられた。古い西洋が崩壊した大いなる災いの直後に。災いを告知し、これを美しさの中で溺死させること、これは時代の補償欲求に相応しかった。[八〇]」人々は、言葉の響きに耳を奪われ、この詩を雰囲気で読んだ。だが、これはバッハマンの計算だった。バッハマンの詩が必要としているのは、まず、バッハマンの言語感覚に対する称賛、伝統の読みではしかし解釈できない内容に対するいらだち、そしてバッハマンがその言語能力を駆使して、形式は整っているのに読みを拒否する語の羅列というアンバランスが象徴するような何かを、詩的に表現しているということを嗅ぎ取るセンスではないか。

おそらく、バッハマンがハイデガーあるいはヴィトゲンシュタインを理解していたかあるいはどう理解していたかはまったく重要ではない。理解は詩的なものの地平では本質的なものではない、それによって個人が心理的に経験した言葉の衝撃が、理解する側に引き起こされないならば。抒情詩人インゲボルク・バッハマンに正真正銘、芸術のレベルで近づきたければ、この衝撃を突き止めなければならないだろう。[八一]

バッハマンの詩の中に散乱したイメージを回収し組み立てても、既存のイデオロギーに与するような政治詩や社会風刺詩が再構成されることはないのだ。「ベルトルト・ブレヒトがブッコーへ帰る列車の中で、詩集『猶予期間』を読んで、その中のたくさんの箇所に線を引き、配置を変えて、彼にとって許せるもの、すなわちあらゆる美しさの彼方にあるものを残したという事実もまた知られている。まさしくこのこと、粗野な簡略化は、インゲボルク・バッハマンが歩いた道ではなかった。[八二]」バッハマンの詩の美しさは、伝統からは微妙に乖離したイメージの配列により崩壊あるいは破壊を表現するシュールリアリスティックな美しさなのである。そして、この詩はそのような表現方法をとらざるを得ない内実を持つ。

政治詩のように見えるものが、政治詩ではなく、頌歌や哀歌のように見えるものが実は政治的社会的な問題を孕むというのがバッハマンの詩の特質であるが、この一篇の詩だけでは、それはまだ見えてこない。

四―三　第一詩集から「暗いことを言う」――神話モチーフの改変

バッハマンの「暗いことを言う」は、一九五二年、ニーンドルフでおこなわれた四七年グループの会合で朗読された。

暗いことを言う

オルフォイスのように私は
生の弦の上で死を奏でる
そして大地と空を支えるお前の目の美しさに向かって
暗いことしか言えない。

忘れるな、お前もあの朝突然に、
お前の臥所がまだ露に湿り、
お前の心臓の傍らになでしこの花が眠っていたときに、
お前の傍らを流れる暗い流れを眼にしたことを。

沈黙の弦は
血の波に張り渡され、
私はお前の脈打つ心臓を摑んだ。
お前の巻き毛は
夜の黒髪に変わった
闇の黒い雪片は
お前の顔を覆った。

私はお前のものではない、
私たち二人は嘆いている。

しかしオルフォイスのように私は、
死の側で生を知っている。
そして私には青らむ
お前の永遠に閉ざされた目が。

Dunkles zu sagen

Wie Orpheus spiel ich
auf den Saiten des Lebens den Tod
und in die Schönheit der Erde
und deiner Augen, die den Himmel verwalten,
weiß ich nur Dunkles zu sagen.

Vergiß nicht, daß auch du, plötzlich,
an jenem Morgen, als dein Lager
noch naß war von Tau und die Nelke

an deinem Herzen schlief,
den dunklen Fluß sahst,
der an dir vorbeizog.

Die Saite des Schweigens
gespannt auf die Welle von Blut,
griff ich dein tönendes Herz.
Verwandelt ward deine Locke
ins Schattenhaar der Nacht,
der Finsternis schwarze Flocken
beschneiten dein Antlitz.

Und ich gehör dir nicht zu.
Beide klagen wir nun.

Aber wie Orpheus weiß ich
auf der Seite des Todes das Leben,
und mir blaut
dein für immer geschlossenes Aug.（W 1, 32）

この詩は、ギリシア神話のオルフォイスの地獄行――自らの歌の力で、亡くなったオイリューディケを死者の国から取り戻そうとする試み――をモチーフとしているように見える。詩の中の「私」は、オルフォイスとは異なり、楽器を奏で、生と死を奏でつつも「暗いこと」しか歌うことができない。空と大地の間にいて美しい目をしている「お前」は、オイリューディケのイメージと重なるが、ある朝「暗い流れ」を目にし、死者の仲間入りをする。いや死者の仲間入りをさせたのは「お前」の心臓を摑んだ「私」なのである。さらに、続く二行「私はお前のものではない、二人は嘆いている」は、どう解釈すべきか。最終連に至っては、これもオイリューディケの取り戻しに失敗するオルフォイス神話のストーリーとは異なり、オイリューディケになぞらえられているとおぼしき「お前」は再生の兆しを見せるのだ。

この詩が朗読された当時の聴衆の反応は、イェンスが簡潔に述べていたように人々の心にようやく戦後の新しい文学がはじまったという希望を呼び起こす肯定的なものであった。ペーター・バイケンは一九八八年のバッハマンの評伝の中で、まず言葉の響きの豊かさが、詩が伝統に則ってふたたび歌われる可能性を得たことを人々に知らしめ、それが共感を得たのだと述べている。これは先に見た「猶予期間」に対する反応と同じである。ただし、詩の内容についてバイケンは「たとえしばしば違和感のあるイメージ世界が途方に暮れさせることがあるにしても[八三]」という一文を添えている点に留意すべきであろう。この詩における神話的モチーフの改変は、詩の響きの美しさによっても覆い隠せない。

ここでは、オルフォイスの伝統を継承し、死者が呼び出されている。隠喩とイメージの暗さを通じて、人々は現代史の体験、戦争という大いなる死の体験をくぐりぬけ感じる。「暗い川」、「血の波」と、関連性豊かに死者の国の風景が呼び起こされる。「夜の黒髪」、顔を覆う闇の「黒い雪片」、二格を用いた張りつめた撞着語法の隠喩は、少なくともその型に関してはツェランの、真似のできない「明け方の黒いミルク」

で始まる「死のフーガ」(一九四五) を思わせるイメージの複合体を描き出す。二人の少女の名前を並べて呼ぶ「死のフーガ」の最後の部分は独特の希望の展望を生む。

お前の黄金の髪マルガレーテ
お前の灰色の髪ズラミート

dein goldenes Haar Margarete
dein aschenes Haar Sulamith

この対比が困惑を余韻として残すにもかかわらず、メルヒェンの美と聖書の死の象徴が対立しているにもかかわらず、名前が共に呼ばれ響くことの中には、理解と融和の可能性の暗示がある。同じく色彩によって象徴的に、バッハマンの詩の中では生の希望が呼び出される。

しかしオルフォイスのように私は、
死の側で生を知っている。
そして私には青らむ
お前の永遠に閉ざされた目が。

トラークルの場合のように、青い色はここでは実存的、隠喩的な意味の力をもっている。ほとんど中世における象徴的な永遠の輝きをもつ純粋に青い天の描写の意味で。このようにダクチュロスの韻に揺れる

詩の旋律は、インゲボルク・バッハマンの詩の聞き手にとっては「抒情詩の根源的響き」として現れるのだ。[八四]

ツェランの詩に「理解と融和の可能性」を見ることができるかどうかはここでは保留にしよう。バイケンは、バッハマンの「暗いことを言う」の最後の連の青い色は希望の象徴だとは言うものの、語の組み合わせの斬新さと響きの美しさを言うにとどめ、「猶予期間」同様、詩の解釈は断念していると言ってよい。

しかし、バッハマンの「暗いことを言う」は、詩の韻律と美しい言葉の響きを保ちつつ、オルフォイス・モチーフを改変し、伝統からの逸脱を目論んでいるという点では「猶予期間」と同じである。そしてこの詩には解読のヒントとなる詩句がはめ込まれていた。

「暗いことを言う」は、初めて朗読された時には無題であった。これが詩集『猶予期間』に収録されると、バッハマンは中世の無題の歌謡のように一行目をタイトルにするのではなく、五行目の詩句をタイトルに選ぶ。この詩句が、バイケンも詩の形式的な類似性を認めているツェランの詩の中にあることが指摘されたのは、詩が朗読されてから半世紀近くを経た一九九五年S・ヴァイゲルの論文においてであった。ここからバッハマンの詩の「別の読み方」の可能性が開かれる。「暗いことを言う」のバッハマンにとっての意味と価値を知るためには、バッハマンが読解のヒントとしてそこからの詩句をはめ込んだ、ツェランの詩「コロナ」との併読が必要となる。

バッハマンはツェランと一九四八年のヴィーンで出会っている。ツェランは第二次世界大戦中のユダヤ人迫害の中で両親を強制収容所で失い、自らも労働収容所に収容された経験を持つ。故郷の、当時ルーマニア領であったチェルノヴィッツのユダヤ人共同体は戦争によって壊滅状態となり、さらにルーマニアがソ連によって共産化するのを嫌って、四八年初頭、非合法にヴィーンに出てきていた。二人が出会ったのは、バッハマンの両親宛の手紙からすると五月、シュールレアリズム画家エドガー・ジュネの家においてであったという。両者は、ツェランがパリに向けて出発する六月末までの二ヶ月足らず、恋愛関係にあったと推測されている。

バッハマンは何故ツェランの「コロナ」から詩句を引用したのか。この問いに答えるために、次に、さらに重要なヒントとなるツェランがバッハマンの誕生日に贈った詩「エジプトで」も引用し、それを踏まえて「暗いことを言う」の解釈を試みることにしたい。

四―四　ツェランの詩二篇

(a)「コロナ」

「コロナ」は、まず、ヴィーンで三百部印刷されたツェランの第一詩集『骨壺からの砂』*Der Sand aus den Urnen*（一九四八）に収められたが、この第一詩集は誤植が多く回収されて廃棄される。そのあと第二詩集『罌粟と記憶』*Mohn und Gedächtnis*（一九五二）に再録された。詩集のタイトルは「コロナ」の中の一〇行目からとられている。

コロナ

私の手から秋が木の葉を食べる、私たちは友達。
私たちは胡桃から時間を取り出し、去るように教える。

時間が殻の中に戻ってくる、

鏡の中は日曜日、
夢の中で眠られ、
口は本当のことを語る。

私の目は恋人の性器へ下る、
私たちは見つめあう、
私たちは暗いことを言う、
私たちは罌粟の花と記憶のように愛し合う、
私たちは貝殻の中のワインのように眠る、
月の赤い輝きに照らされた海の中にいるように。

私たちは窓の中で抱き合う、彼らが通りから私たちを見ている、

人々が知る時！
石がようよう花開く時、
不安が心を打つ時。
来る時、

その時。

Corona

Aus der Hand frißt der Herbst mir sein Blatt: wir sind Freunde.
Wir schälen die Zeit aus den Nüssen und lehren sie gehen:
die Zeit kehrt zurück in die Schale.

Im Spiegel ist Sonntag,
im Traum wird geschlafen,
der Mund redet wahr.

Mein Aug steigt hinab zum Geschlecht der Geliebten:
wir sehen uns an,
wir sagen uns Dunkles,
wir lieben einander wie Mohn und Gedächtnis,
wir schlafen wie Wein in den Muscheln,
wie das Meer im Blutstrahl des Mondes.

Wir stehen umschlungen im Fenster, sie sehen uns zu von der Straße:

es ist Zeit, daß man weiß!
Es ist Zeit, daß der Stein sich zu blühen bequemt,
daß der Unrast ein Herz schlägt.
Es ist Zeit, daß es Zeit wird.

Es ist Zeit.[八五]

ツェランの「コロナ」について「秋のフェルマータ」というタイトルの論文で解釈を試みるバルバラ・ヴィーデマンは、まず次のような苦言を呈することからはじめている。

　これまで、「コロナ」のように、一冊の推理小説と化す「栄誉」、それもその推理小説の構造を決定するのが、紙の保存状態や書庫で封印されている遺稿などであるという「栄誉」を得た詩があるだろうか？この詩はそういったところでは秘密の指示や暗号へと裁断され、ありとあらゆる評価のうちには「いまいましい」「恥知らずな」「情けないほどひどい」「セクハラ」だというものまである。この栄誉はとてもうさんくさいものだ。しかし、これが——一九七六年に最初の指摘があってからしばらく続くのだが——インゲボルク・バッハマンはその長篇小説『マリーナ』（一九七一）の中で、そしてすでに第一詩集『猶予期間』（一九五三）の中でもツェランの初期の詩のあれこれから引用しているということ、二人は一九四八年の前半、ヴィーンで文学的という以上の関心を相互に抱いていたということが一般の意識に入り込んでしまい、ツェランのこの詩と関わる際に見られる症状でもあるのだ。たとえバッハマンの各々の作品理解のためにこの引用の証拠立てが重要であり、理解を前進させるものであるとしても、ツェランの詩の理解にはほとんどなんの貢献もしない。[八六]

ヴィーデマンの導入の言葉は、八〇年代のバッハマン研究のフェミニズム的性格をもあぶり出して興味深い。ヴィーデマンはそれゆえに、基本的にこの詩には恋愛詩の要素があることは認めつつも、具体的な恋愛関係をこの詩に読み込むことを意識的に排除しようとしている。この姿勢には、詩の解釈のみならず作品と詩人の私的経験の取り扱いについて示唆的な部分があるので論旨を追ってみることにする。[八七]

ヴィーデマンは、ツェランの他の詩との比較検討からこの詩の中の語句を具体的なイメージに置き換えていく。秋というのはツェランのこの時期の詩において、一九四二年の秋にウクライナの「死の収容所」で父親がチフスで病死し、その冬には母親が射殺された記憶と強く結びついた言葉である。詩の最初の三行「私の手から秋が木の葉を食べる、私たちは友達。私たちは胡桃から時間を取り出し、去るように教える。時間が殻の中に戻ってくる」は、この拭いがたい記憶をなんとか手なずけて過去を忘れようとするが、うまくいかないということを表している。次の三行「鏡の中は日曜日、／夢の中で眠られ、／口は本当のことを語る」は、ブカレストとその後のヴィーン時代に摂取したシュールレアリズムの影響が特に顕著である。この三行は、過去の記憶から守られた現在、恋愛に没入することによって得られる忘却というツェランにとっての非日常空間への橋渡しの働きをしている。次の六行「私の目は恋人の性器へ下る、／私たちは見つめあう、／私たちは暗いことを言う、／私たちは罌粟と記憶のように愛し合う、／私たちは貝殻の中のワインのように眠る、／月の赤い輝きに照らされた海の中にいるように」では、ヴィーデマンによると、「私」が「お前」に向かって下降するイメージが現れている。ここでは二つのイメージが現出する。ひとつは「愛する」、「眠る」、次の一行に現れる「抱き合う」という言葉によって支えられる性愛のイメージ、もう一つは――ドイツ語の das Geschlecht には、「家族」、「民族」の意味があるので――他の研究者たちも指摘するオルフォイス神話のイメージと絡め、ショアーという背景を念頭に置いた死者の国への下降のイメージである。「罌粟」、「ワイン」は酩酊の手段、海もまた忘却のメタファである。ただし、恋人同士の抱擁のイメージに紛れてはいるが忘却と記憶は同置されている。すなわち、この恋愛によって過去の記憶が忘却されているわけではないのである。六行目の「口は本当のことを語る」というのは、この恋の実情の告白を意味する。

次の一行「私たちは窓の中で抱き合う、／彼らが通りから私たちを見ている」はそれゆえ、「具体的な恋愛関係をみなに公表しているのではない」、ましてや、その関係が人々から祝福されていることを言っているのではない。恋愛と記憶の相克が社会的な現実に対峙している様子を表しているのである。

ライナー・マリア・リルケとツェランの詩の関係性についてはしばしば論じられるところだが、最後の六行には、リルケの『形象詩集』*Buch der Bilder* の「秋の日」*Herbsttag* の影響が顕著である。すなわち、「主よ、時です。夏は偉大でした」(Herr: es ist Zeit. Der Sommer war sehr groß.) の詩句の借用である。リルケの場合は、秋という環境の中で人間の運命は、神の手の中に置かれる。そこでは、孤独を諦めのうちに受け入れ、来るべき冬に住むところがなく、不安であることを表現している。他方、ツェランは「主」への呼びかけを排し、時間の流れをいわば逆行させている。

ヴィーデマンは、「コロナ」には、「冠」、「花冠」以外に、イタリア語では、音楽用語フェルマータ（延音記号）の意味もあることから、これを採用して、次のようにまとめる。

この詩自体が不可能なことを成し遂げている、恋愛詩であり同時に死者の想起であることによって、たとえば求められたもの――これは、daß 文が添えられていない最終行が示しているように見える――「時」

はまさしく「いま」満ちる。この詩は、花開く石として、恐ろしい秋のなかで想起しつつ停止するのである。コロナ一語の中にフェルマータと花冠がある。八八

ヴィーデマンの「コロナ」論は、ツェランの詩のメタファの作法をよく理解させてくれる。また、現在の恋に対するツェランの屈折ぶりをも。ヴィーデマンは、この詩の末尾に恋の成就を想定しているようだが、果たしてどうなのだろう。最終行の、書かれなかった daß 文は、高揚の勝利をほのめかしているのか、不成就の暗示なのか、いや、そもそも「コロナ」は、果たして恋愛詩の名に値するのだろうか？　というのも、ツェランの現在の恋にはショアーの過去がまとわりつき、現在と過去の葛藤をこそツェランは描きたかったように思われるから。

ヴィーデマンは、「コロナ」のなかの恋人とバッハマンを結びつけることを避けている。だが「コロナ」がこのようにその詩自体で読まれ解釈された後でならば、この詩が一九四八年のヴィーンで書かれ、かつ、バッハマンがこの詩から詩句を引用し、詩を書いている事実を踏まえて、「コロナ」の中の恋人をバッハマンと読み替えてみることも、この詩を別の角度から読む可能性として許されるだろう。

(b)「エジプトで」

ツェランは「エジプトで」という詩を一九四八年六月、自らがヴィーンを発ちパリに向かう直前、バッハマンに誕生日の贈り物と一緒に渡している。この詩の内容は、「コロナ」で示される現在の恋と過去の記憶の葛藤の意味を具体的に知らせ、バッハマンの「暗いことを言う」の理解には大いに役立つと思われる。

エジプトで

汝、異国の女の目に向かって言え、水で在れ、と。
汝、水の中で知っている女たちを異国の女の眼の中に探せ。
汝、彼女たちを水の中から呼び出せ、ルート！　ノエミ！　ミリアム！
汝、異国の女の傍らに横たわる時、飾れ。
汝、彼女たちを異国の女の雲の髪で飾れ。
汝、ルートとミリアムとノエミに言え、
ご覧、私は異国の女のそばで眠る、と。
汝、汝の傍らの異国の女をこの上なく美しく飾れ。
汝、異国の女をルートとミリアムとノエミをめぐる苦しみで飾れ。
汝、異国の女に言え、
ご覧、私は彼女たちの傍らで眠ったのだ、と。

In Ägypten

Du sollst zum Aug der Fremden sagen: Sei das Wasser.
Du sollst, die du im Wasser weißt, im Aug der Fremden suchen.
Du sollst sie rufen aus dem Wasser: Ruth! Noëmi! Mirjam!

Du sollst schmücken, wenn du bei der Fremden liegst.
Du sollst sie schmücken mit dem Wolkenhaar der Fremden.
Du sollst zu Ruth und Mirjam und Noëmi sagen:
Seht, ich schlaf bei ihr!
Du sollst die Fremde neben dir am schönsten schmücken.
Du sollst sie schmücken mit dem Schmerz um Ruth, um Mirjam und Noëmi.
Du sollst zur Fremden sagen:
Sieh, ich schlief bei diesen!

この詩は「コロナ」に比べればはるかに理解しやすい。エジプトは旧約聖書の時代、イスラエルの族長ヤコブの息子ヨセフが移住した土地である。最初はエジプト王の厚遇を受けたが、王朝が変わるとユダヤの民はその圧制に苦しめられるようになった。ツェランの詩の中のエジプトは、モーセがユダヤの民を引き連れて脱出する太古のエジプトを指す。[八九]「汝」と呼びかけられる人物は、詩の中の女性たちの名前からしてユダヤ人である。ユダヤ人が迫害されるエジプトで、「汝」と呼びかけられる人物は、異国の女、すなわちエジプトの女と恋に落ちる。だが異国の女の目を覗き込むたび、そこには「水」があり、「水」には、ルート、ノエミ、ミリアムの名で呼ばれる同族の、ユダヤの女たちの姿が現れる。ここで「水」は記憶のメタファである。du sollst で始まる九つの文章は、聖書の中の掟の文章を思わせる。ユダヤ人でありながらエジプトの女に恋をする者が、民族的な心理的な壁を感じて、現在の恋に没入できない様が歌われる。

　この詩は二〇〇八年夏に出版された書簡集『ヘルツァイト』*Herzzeit* の冒頭におかれたものである。この書簡集は、一九四八年の六月にツェランがヴィーンを離れるのを機にはじめられたツェランとバッハマンの往復書簡、そこにツェランとフリッシュ、バッハマンとツェランの妻ジゼル・ド・レストランジュの往復書簡を加えたもので、その構成から、バッハマンの長篇小説『マリーナ』成立の背景を理解するための資料として編集されていることがわかる。
巻末には、わざわざ、ツェランと出会った頃のバッハマンが両親に宛てて書いた手紙が紹介されていて、当時の二人の関係を垣間見せてくれる。

今日はまたちょっとしたことが起きました。シュールレアリズムの詩人パウル・ツェラン、この人とはおとといの晩、ヴァイゲルと一緒に画家のジュネのところで知り合い、とても魅力的な人なのですが、すばらしいことに私に夢中なの。これは、だって私の味気ない学究生活には何かスパイスのようなものよ。残念なことにこの人は、一ヶ月後にはパリへ行かねばなりません。私の部屋は目下けしの花畑です。彼がこの種類の花を私に降り注ぐのが好きだからです。

一九四八年五月二十日付[九〇]

この時バッハマンは二十一歳。ほぼ一ヶ月後の六月二十五日には次のような手紙を書いている。

パウル・ツェランから二冊の立派な画集、現代フランスの絵画、マチスとセザンヌの晩年の作品が載っています。チェスタートン（イギリスの有名な作家）一冊、花、煙草、詩を一篇、これは私の気に入るようにと。写真を一枚、これはお二人に休暇の時にお見せできると思います。（彼は明日パリへ行ってしまいます。）私たちはそれで昨日、誕生日の前の晩、とても陽気に外出し、夕食をとりワインを少し飲みました。

一九四八年六月二十五日付[九一]

この時バッハマンに贈られた詩が「エジプトで」である。二人の関係についてバッハマンは、両親宛の手紙のなかで好意をこめて報告している。他方、ツェランは、二ヶ月弱の間にバッハマンゆえに「エジプトで」を書き、おそらくは「コロナ」をも書いている。だが、両者の間に恋愛感情があるとして「エジプトで」は果たして、おそらく長期にわたる別れの際に自分の写真とともに恋人に贈るにふさわしい詩だろうか？　あるいは、バッハマンはこれを読んで嬉しいと思っただろうか？

ヴィーデマンは、ツェランとバッハマンの実際の関係を詩に反映させることを自らに禁じたが、同じ詩集の中に収められている「コロナ」と「エジプトで」がバッハマンとの関係から生まれたものであることを前提に「コロナ」を読み直すならば、詩の解釈には若干の修正が必要になろう。

まず「コロナ」の中で示されていた現実の恋と過去の記憶の葛藤は、その原因が恋人すなわちバッハマンの出自にあることが推測できる。これはユダヤ人とユダヤ人を迫害した民族の女との恋なのである。das Geschlechtという語に性器と出自の二つの意味を持たせるメタファの用い方には「セクハラ」というよりは、ミソジニーに近いものを感じる。また「私たちは窓の中で抱き合う、彼らが通りから私たちを見ている」の詩行は、人目にさらされている、すなわち、ツェランの中の民族のタブーを犯しているという罪悪感の表れなのではなかろうか。彼らの関係は誰からも祝福されない。

詩人のこの内的葛藤の強さから、Corona はフェルマータでも、花冠でもない、天体現象のコロナ、皆既日食の時に現れる、中黒の太陽と周りに白く吹き上がるフレアをイメージするのは突拍子もないことだろうか。恋の高揚感は本物であろう、だが、詩人はそれにのみ込まれてはいない。少なくとも恋人たちの片方にとって、これは期限付きの恋なのだ。バッハマンは、ツェランから贈られたけしの花が「コロナ」の中で、一時的な忘却のメタファとして使われていることをこの時知っていたのだろうか。

四―五　再び「暗いことを言う」、「正午前」そして「猶予期間」

ツェランが戦後間もないヴィーンをユダヤ人が圧政に苦しんだ古代のエジプトになぞらえ、数ヶ月も経たないうちにパリへ出て行ってしまったことを考えるならば、彼にとってバッハマンという存在は創作意欲をかき立てはしたものの、実際の恋愛関係を継続する対象ではなかったように思われる。「エジプトで」は、ツェランの中での、二人の関係に対する結論がしたためられたもの、別れの手紙だった。その上、この二つの詩は、ツェランの第一詩集『骨壺からの砂』に収められ、ツェランがヴィーンを発つ前に、すでに出版準備が始められていた。バッハマンは、数ヶ月後の秋に、この詩集をツェランからではなく友人たちから受け取り、出版を知らされていなかったことにショックを受けている。ツェランがパリに発った後その年のクリスマスの日付で、バッハマンが書きはしたが出さなかった手紙にはこうある。

三ヶ月前、ある人が突然あなたの詩集をプレゼントしてくれました。私はこの本が刊行されていたことを知りませんでした。そういうことだったのです……、足下がふわっとし、地面が揺れました。私の両手は少し、本当に少しだけ震えました。［…］私にはいまもってこの春にどんな意味があったのかわかりません。あなたはだってご存知でしょう、私がいつでもすべてを正確に知りたがる人間だということを。[九二]

このような二人の関係性を念頭にここで再びバッハマンの詩に目を転じることにしよう。

バッハマンの「暗いことを言う」は、詩句の引用、タイトルの選び方からして、ツェランの「コロナ」に対する詩的応答である。オルフォイスのような「私」は、この場合、バッハマンその人ではなくツェラン、生の権化のような「お前」をバッハマンと読むのが自然であろう。なぜなら生者の国と死者の国を行き来することができるのは「暗いこと」すなわちショアーの過去を身の内に持つツェランであるから。だが、そのツェランを知ったことで、バッハマンもまた「暗いこと」を語り合う資格を得るとともに、「巻き毛は夜の黒髪に変わ」り、「闇の黒い雪片」は「顔を覆い」死者の国へ招き入れられる。にもかかわらず、ツェランは、バッハマンとの関係を一度否定した。「私はお前のものではない、／私たち二人は嘆いている」は、「コロナ」、「エジプトで」で表明されたツェランの拒絶、そのあと二人が別々の理由で――ツェランはショアーの過去を、バッハマンは愛の拒絶を――嘆いていることを示す。しかし、ツェランはバッハマンの側からすると、死者の側にばかり留まっていてはいけない。「しかしオルフォイスのように私は、／死の側で生を知っている。／そして私には青らむ／お前の永遠に閉ざされた目が。」ツェランもそれを認め、いまや死者の国へ参入し「暗いこと」の意味を解するバッハマンを同等のものとして受け入れるべきなのだ。オイリューディケの蘇りを暗示する最終連は、ツェランから一方的に関係の終わりを通告されたことに対する抗弁のようにもとれる。バッハマンの自己主張の意思が、結果的にオルフォイス・モチーフの大胆な改変と連動している。[九三]

　バッハマンが「暗いことを言う」の中で神話モチーフを改変するのは、「猶予期間」においても示された、バッハマンはもはや伝統をそのまま踏襲するわけにはいかない世代に属しているという時代認識の詩的態度表明と考えてよかろう。ショアーの過去を背負うツェランと詩的対話を試みる者には、当然そのような伝統への懐疑あるいは別の見方への開かれた態度が要求される。その態度はバッハマンの場合、私的レベルの男女関係にも適用されるのである。すなわち、五二年のニーンドルフでバッハマンが「コロナ」の詩句を引用した「暗いことを言う」を朗読したとき、詩の中には明らかにツェランの過去の記憶への畏敬の念が込められている。他方、両者の関係性に対しツェランの示す拒絶を受け入れられないバッハマンの個人的心情は、詩の中では、まずはツェランを過去の記憶から解放する、死者の側から生者の側へ帰還を促す身振りのうちに示されるのである。

だが、二人の関係の齟齬が当人同士に、いやバッハマンにはっきりと認識されたのは、まさにこの五二年ニーンドルフでのことであった。なぜなら、ツェランはここで「死のフーガ」を朗読するからである。ショアーの過去がいまだ根強くツェランの中にあり、それをドイツの聴衆の前で朗読するという姿勢の中に、バッハマンは「コロナ」、「エジプトで」によって自分に示された民族的問題がらみの拒絶をだぶらせて想起しはしなかったろうか。その後の会場のツェランに対する否定的な雰囲気とツェランの失意を目の当たりにした後、バッハマンの「暗いことを言う」がツェランにはわかるはずのささやかなメッセージを送ったところで、二人の関係性の再構築という意味でどれほどの意味があったろうか。五二年のニーンドルフの四七年グループ会合は、公にはバッハマンの詩人としての成功の始まりであったが、私的には、バッハマンには何ら責任はないとはいえ、よかれと思って尽力したにもかかわらず、ツェランに心理的なダメージを与え、彼の中にドイツあるいはドイツ語圏に対してのネガティブな感情をさらに育て、失意のうちに帰国の途につかせるという苦い経験の場であったのだ。ツェランの後に朗読をしたバッハマンの声が小さくて聞き取れなかった、朗読の後、気分が悪くなって倒れたというハプニングは、彼女の神経質な性質に帰せられ、初々しい新人のイメージ作りに使われたが、そこには別の理由があったのかもしれない。

バッハマンの忸怩たる思いは別の詩の中にその姿を現す。一九五二年の十一月にラジオ放送で朗読された「七年後」*Sieben Jahre später* のちに改題して「正午前」*Früher Mittag* は、ツェランの「クリスタル」*Kristal* を意識し、さらにはニーンドルフの会合での出来事を暗示していると考えられている。次に「正午前」の一部を引用してみる。

七年の後、
またお前の心に浮かぶ、
市門の前の井戸のそば、
深く覗き込んではいけない、
お前の目に涙が溢れる。

七年の後、
死者の家の中で、
昨日の死刑執行人が
黄金の杯から酒を飲む。
お前の眼は伏せられる。

Sieben Jahre später
fällt es dir wieder ein,
am Brunnen vor dem Tore,
blick nicht zu tief hinein,
die Augen gehen dir über.

Sieben Jahre später,
in einem Totenhaus,

trinken die Henker von gestern
den goldenen Becher aus.
Die Augen täten dir sinken.

「シュピーゲル」が引用し、「ここで提示されている、たとえばドイツを悼むというテーマは、戦争や戦後と関連づけることによってこのケースでは非常に具体的に与えられている。一般に『猶予期間』に収められている詩の表現は揺れがあって定まらない」と結論づけたあの部分である。だが、これまで述べたような状況を念頭に置くならば、この詩の「七年の後」とは戦後七年経った一九五二年を意味し、「市門の前の井戸」は戦後間もないドイツの人々の心理の、「死刑執行人」は兵隊帰りの感情のすさんだ四七年グループ会合参加者たちのメタファとして読み替えることができ、その批判の鋭さばかりか、批判の矛先がバッハマンの詩を好意的に受け入れているドイツの人々に向かっていたことが明らかになる。

さらに、一九五三年に公にされた「猶予期間」もまた、このような状況を踏まえてようやく、そのシュールリアリスティックな美しさのうちに、確かに「心理的な衝撃」を核にしていたのだと言うことができる。ヘルマン・ドロヴィンは、この詩にもオルフォイス・モチーフを読み取り「暗いことを言う」と絡めて次のように述べる。

振り向くな。靴ひもを結べ。

これは、かつて歌人オルフォイスに向けられた要請を繰り返しており、私たちはこの詩の詩学的な意味の地平に導かれる。もちろんこの詩行にはこれまではほとんど見られなかったパラドックスが隠されている。というのもオルフォイスは、実際、要請に従って振り向かずにいたならば、オイリューディケは救われていただろうから。まさにこの厳しく見えるものの中には希望の萌芽がある。別離は避けられず、はっきり言われているように、オイリューディケ、砂の中の恋人によって望まれたことなのだ。

砂は彼女が死ぬ運命にあり、／抱擁の度ごとに快く別れを告げることに気づく。

この詩行に含まれている曖昧さの中にもまた――なぜなら砂の抱擁もまた問題ではないか？――再読してようやく効果を発揮する困惑が含まれている。オルフォイス神話の論文の中で繰り返され、クラウス・テーヴェライトによって印象に残るやり方で証拠づけされた、男性が女性を、芸術を生みだすことに関心のある歌い手が恋人を意識的に犠牲にする――この嘆きの歌こそが自然を活性化させるだろう――というモチーフは、「猶予期間」の中では、両者から必然的なものだと認識された苦痛に満ちた別離として存在している。詩集の同じ部分にある作詩法上の事柄を詠った詩「暗いことを言う」の中で同じようなことが言われている。

私はお前のものではない。／私たち二人は嘆いている。

抒情詩の中の「私」は、ここでは明らかにオルフォイスと一致し、「お前」と呼びかけられている人物はオイリューディケだと認識される。しかるに「猶予期間」では、「私」の示すものを区別するのはより複雑である。というのも第三の声が付け加わるから。ひっくるめて男性の「お前」との一致は容易に推測される。[九四]

テーヴェライトの指摘は一九八八年になされ、ドロヴィンのこの論文は二〇〇〇年に書かれている。バイケンの解釈よりもはるかに具体的で説得力のあるものだと言えよう。そして『ヘルツァイト』の編者たちは、さらに踏み込んで、芸術的葛藤の末両者が共に苦痛を覚えつつ納得した上での別離というドロヴィンのイメージさえ、いささか感傷的ではないかと思わせる次のような見方を示す。

バッハマンは、詩集『猶予期間』を一九五三年十二月、献辞を添えてツェランに送った。彼の側からの返信は伝えられていない。手紙のやり取りはこの時すでに一年以上途絶えていた。表題詩の中に彼女は、当時はおそらくツェランだけが解読できる手紙の秘密を記した。[…]「恋人」の沈黙を強いられた沈黙として描いたバッハマンの詩は、同時に反抗であり非難である。[九五]

「猶予期間」からは、ツェランが別れの理由にするショアーの過去を尊重しつつも、恋愛関係という個の問題になぜ民族の問題が持ち込まれるのかというバッハマンの素朴な疑問がうかがえないだろうか。

五二年のニーンドルフでの事件以来、ツェランはバッハマンの手紙に返信しない。同年十二月、ツェランはパリで一年ほど前に知り合っていたジゼル・ド・レストランジェと結婚する。ツェランからは、一九五三年三月『罌粟と記憶』の献本が送られただけである。

五〇年代のバッハマンは、個人的なレベルでは、複雑な過去を持つ才能ある詩人に恋をして報われず、その個人的な関係を作品化され公表されるという経験をした。これが、バッハマン研究者による脱神話化のプロセスを経て明らかになったことである。バッハマンの抒情詩が神秘的で謎めいて見えるのは、ひとつに、バッハマンの抒情詩は、自身の芸術的な嗜好の問題もあるにせよ、個人的な経験を基礎とし個人宛メッセージを含んでいるゆえにメタファが多用された——直截的な表現は用いられなかった——から。ひとつに一部世論が、バッハマンの個人的事情にはもちろん気づかず、反ユダヤ主義的風潮を批判する内容を持つバッハマンの詩を、それとはともすれば対立するドイツとドイツ詩の伝統の中で読もうとしたからであると言うことができよう。バッハマンの詩は、実際のところホルトゥーゼン好みの、恋愛関係から生まれた生粋の抒情詩である。だが、その関係がショアーという時代の刻印を帯びていたために、政治的社会的批判の傾向をも持たざるを得なかったということなのである。間テクスト性の問題も、バッハマンの詩がはじめから真摯に読まれていれば、もっと早く指摘されていたに違いない。

むしろ特筆すべきなのは、私的な関係を作品の素材にする際、書く側によってその関係性が一方的に規定されることに承服できなかったバッハマンが、自作品をコミュニケーションの手段として用いるその発想である。ツェランとバッハマン、両者のテクストを併読して、恋愛関係における別れの理由は、一見、ショアーの記憶という歴史的出来事に由来する、すなわち、公的な性格を帯びているように見えるが、根本にあるのは、単純に男女の思惑の違いでもあろう。バッハマンは、恋愛という私的な事柄が、対人関係の中の力学を反映するかのようにテクスト化される不可解さを原動力に作品を書いているように見える。

ツェランの作品はその間テクスト性ゆえに——ツェラン本人、ツェラン研究者の望むと望まざるとにかかわらず——バッハマンの作品と併読され、別の角度から読まれることになった。対人間では開かれなかったコミュニケーションの回線が、作品間、あるいは詩人たちと一般の読み手の間では開かれてしまう。恋愛のシーンとしては無粋に見える行為かもしれないが、バッハマンもまたツェランと同じ言語表現者であるという原点に立ち返れば、読み手にとってはここでようやくテクスト化された両者の言い分が出揃ったことになるのである。

四―六　心象のツェラン―第二詩集から「解き明かしておくれ、愛よ」

バッハマンは一九五三年のマインツの会合で四七年グループ賞を受賞するとヴィーンには帰らず、夏にはイタリア入りする。最初の二ヶ月は、四七年グループの会合で知り合った音楽家、ハンス・ヴェルナー・ヘンツェの招きでイスキア島に滞在し、その後ローマに移り住んだ。バッハマンがヴィーンに戻らなかったのは、バッハマンの詩がドイツでもてはやされるようになって古巣のハンス・ヴァイゲルを中心とする文学サークルとの関係が悪くなったため、かといってドイツにも住まなかったのは、ドイツやオーストリアの政治的な方向性に不満を感じていたからだと言われている。ハプケマイアーによると「イタリアでは一九五三年、すなわち戦争が終わってようやく八年という時期に、ドイツ語を話す人間はいまだに不信や敵意に出くわした。にもかかわらず、ヘンツェも彼に続いたバッハマンもうまくなじんだ。[九六]」一九五七年のグスタフ・ルネ・ホッケによるインタヴューでバッハマンは、ローマでは社交には煩わされず、かといって孤独に陥らずに済む、ローマは、サン・ピエトロ寺院の列柱が「人類を抱擁すべく」配列されているように「開かれた都市」で、「説明できない懐かしい感情」（GuI, 23）を保ちつづけることができると答えている。しかしバッハマンはこの時期、アメリカ、フランス、ドイツ、オーストリアの各都市へ旅行しており、ローマに定住しているというよりはローマを活動の拠点にしているという印象も受ける。創作活動についても、抒情詩、ラジオドラマ、筆名でのイタリアレポートを書き、ヘンツェのためにオペラの脚本を担当するなど、非常に多産だった。ヘンツェとバッハマンの関係は、ヘンツェにとっては彼がホモセクシャルであることを社会的にカムフラージュする効用があったと同時に、二人の音楽と文学という表現形式の違いも幸いして、創作活動における協力体制が一旦築かれるとバッハマンの死まで維持される。

しかし、五三年から五七年にかけてのイタリア滞在中の最大の成果といえば「疑いようもなく一九五六年秋、ピーパー社から出版された詩集『大熊座への呼びかけ』である。[九七]」この詩集はいわば、自然、芸術、宗教、メルヘン出自のユートピア的イメージの宝庫であり、それゆえ「イタリア、地中海の風景は」この詩集の中では「遠い子供の世界のイメージそのもの」であるとか、「伝説とメルヘンの魔法の領域」であるとか、「失われた憧れから生まれた鏡像の構想」であるとか[九八]、結果的に六〇年代以降のバッハマンの散文作品への理解を阻むような大仰な称賛の言葉が捧げられた。「インゲボルク・バッハマンが、長篇小説に取り組んでいた六〇年代に、実際には抒情詩に新たな表現の可能性を見いだすことを諦めていなかったのにもかかわらず、数年前からもう一篇の詩も書いていないと主張したのは、批評によるこの役割配分と関係し[九九]」ている。

世論の熱狂にもかかわらず、バッハマンの第二詩集には、第一詩集と同じく、戦後世代の屈折した時代感情が流れ込んでいる。自己省察的、自伝的な傾向を強めたとはいえ、それは伝統世界への逃避を意味してはいない。

たとえ第二詩集では、『猶予期間』に特徴的だった時代批判的で訴えかける調子は欠けているとしても、現状に対する抵抗の身振りは失われておらず、それは詩人の「監視の役回り」（「私の鳥」*Mein Vogel*）、想起（「ある国、ある川、湖について」*Von einem Land, einem Fluß und den Seen*）、言葉と暴力の関係（「うわさと悪口」*Rede und Nachrede*）と問題提起をすることにおいて一貫している。これによって力点は、一方では言語的抵抗というやり方へずらされており、一方では「私」の中の歴史に向かうことで「私」自身が思考と感情の（「私の鳥」）、両性間の（「青い時間」*Die blaue Stunde*、「解き明かしておくれ、愛よ」*Erklär mir, Liebe*、「愛、地球の影の部分」*Liebe: Dunkler Erdteil*）、文化史的な論戦の場、また社会的な変化の出発点となる[一〇〇]。

バッハマンのこのような詩の中に二つのものを同置する傾向を五〇年代に読み取っていたのは、先にも紹介したハイセンビュッテルであった。ハンス・ヘラーは、ハイセンビュッテルは「南のイメージの中に屈折と緊張を見逃さず、バッハマンの詩の中には『ポエジーそのものの純粋な声』が響いているといった耳当たりのいい、文学批評の月並みな言葉に背を向けた。」「それゆえハイセンビュッテルは、バッハマンの詩の中にある根本的な緊張、トラウマとなる経験とユートピア構想の対立の最初の発見者となった[一〇一]」と評価して、その解釈の方向性を引き継ぎ、バッハマンの代表的な頌歌の一つ「太陽に寄せて」を詩集の表題ともなった「大熊座への呼びかけ」と対で読み、次のように述べる。

人間の知覚とは、見ること、思慮、真正なものを見ること、「世界の闇の中で真正なものを見ることを止めたり諦めたりしないという」行為である。「大熊座への呼びかけ」という詩は、人間の知覚世界のユートピア以外の何ものでもない第二詩集のもう一つの壮大な呼びかけである頌歌「太陽に寄せて」との密かな緊張関係から、もしかすると初めて理解できるのかもしれない。[…] このユートピアは、大熊の無責任な暴力性、人間をよそよそしく無視する世界の荒涼とした恐るべき夜の側を背景に読まれなければならない。この世界理解、目の「避けられない喪失」について筆舌に尽くしがたい悲嘆で締めくくる人間の生の賛美がどのような経験から仕上げられているかを理解するためには。[一〇二]

第二詩集の表題詩である「大熊座への呼びかけ」の中の大熊座は、先に引用したウンゼルトの指摘のようにホメロスの『イーリアス』にも確かに登場するが、バッハマンの詩においては、航海の目印から転じて人生の指針と読まれるべきものではなく、人間の手には負えない巨大な暴力の象徴である。「歴史的な権力による現在の脅かし」のメタファと読むならば、詩の印象は大きく変わり、バッハマンの社会批判の精神は失われていないことが理解されよう。

第二詩集において自伝的印象が強くなったのは、第一詩集では、社会批判と絡んで副次的に語られていた愛の問題が、単独のモチーフとして語られているからだと言ってよい。この詩集の中のやはりバッハマンの代表作として語られる「解き明かしておくれ、愛よ」は、この戦後世代の屈折を抱えた自叙伝的要素が強い詩であると言える。第二詩集を支配するトーンをこの詩によって確認しておこう。

解き明かしておくれ、愛よ

お前の帽子はかすかにひるがえり、挨拶し、風の中で揺れ、
お前のむき出しの頭は、雲をまとい、
お前の心はどこかよそにあり、
お前の口は新しい言葉を自分のものにし、
こばん草は国中にはびこり、
アスターを夏は吹きおこし、吹き消し、
綿毛に盲いてお前は顔を上げ、
笑い、泣き、お前故に亡びゆく、
お前の身には何が起こることだろう——

解き明かしておくれ、愛よ！

孔雀は、厳かな賛嘆のうちに尾羽を広げ、
鳩は胸の羽毛をふくらませ、
盛んにクークーと鳴き、空へ伸び上がり、

鴨は叫び、野の蜂蜜を
国中が取る、人の手になる公園においてさえ、
どの花壇も金色の花粉を身に纏った。

魚は赤らみ、群れを追い越し、
洞窟をぬけて珊瑚の臥所へと降りていく。
銀砂の音楽におずおずと蠍は踊り、
甲虫は遠くから、一番の恋人を嗅ぎあてる。
私にその嗅覚があったなら、私も感じるだろうに、
鎧の下の羽がほのかに光るのを、
そして遠い苺の茂みへの道をとるだろうに。

解き明かしておくれ、愛よ！

水は語る術を知っている。
波は波の手を取る。
ぶどう畑ではぶどうの房がふくらみ、はぜ、落ちる。
なんの疑いも抱かずに、かたつむりは家からでてくる！
石は石を和らげる術を知っている。

解き明かしておくれ、愛よ、私が解き明かせぬことを。
私は短い恐ろしいこの時間を
観念とだけ交わり、独りで
大事なものをなにひとつ知らず、大事なことをなにひとつせずにいるべきなのか？
考えねばならないのか？　求められないのか？

お前は言う、別の精神がその人をあてにしている。
何も明かしてくれるな。私はザラマンダーが
どんな炎の中をも通っていくのを見る。
どんな恐怖もその人を駆り立てず、何ものもその人を苦しめない。

Erklär mir, Liebe

Dein Hut lüftet sich leis, grüßt, schwebt im Wind,
dein unbedeckter Kopf hat’s Wolken angetan,
dein Herz hat anderswo zu tun,
dein Mund verleibt sich neue Sprachen ein,
das Zittergras im Land nimmt überhand,
Sternblumen bläst der Sommer an und aus,

von Flocken blind erhebst du dein Gesicht,
du lachst und weinst und gehst an dir zugrund,
was soll dir noch geschehen –

Erklär mir, Liebe!

Der Pfau, in feierlichem Staunen, schlägt sein Rad,
die Taube stellt den Federkragen hoch,
vom Gurren überfüllt, dehnt sich die Luft,
der Entrich schreit, vom wilden Honig nimmt
das ganze Land, auch im gesetzten Park
hat jedes Beet ein goldener Staub umsäumt.

Der Fisch errötet, überholt den Schwarm
und stürzt durch Grotten ins Korallenbett.
Zur Silbersandmusik tanzt scheu der Skorpion.
Der Käfer riecht die Herrlichste von weit;
hätt ich nur seinen Sinn, ich fühlte auch,
daß Flügel unter ihrem Panzer schimmern,
und nähm den Weg zum fernen Erdbeerstrauch!

Erklär mir, Liebe!

Wasser weiß zu reden,
die Welle nimmt die Welle an der Hand,
im Weinberg schwillt die Traube, springt und fällt.
So arglos tritt die Schnecke aus dem Haus!

Ein Stein weiß einen andern zu erweichen!

Erklär mir, Liebe, was ich nicht erklären kann:
sollt ich die kurze schauerliche Zeit
nur mit Gedanken Umgang haben und allein
nichts Liebes kennen und nichts Liebes tun?
Muß einer denken? Wird er nicht vermißt?

Du sagst, es zählt ein andrer Geist auf ihn …
Erklär mir nichts. Ich seh den Salamander
durch jedes Feuer gehen.
Kein Schauer jagt ihn, und es schmerzt ihn nichts.（W 1, 109f.)

インゲボルク・グライヒアオフはこの詩について、すでにタイトルからして驚かされる、古来、愛は恋人に対して語られるものであったのに、この詩では愛は解き明かすように呼びかけられているからと言う。[一〇三] この擬人化によって、読み手は早くもこれは恋愛詩なのかといぶかしく思うだろう。まずグライヒアオフの解釈をまとめてみる。

最初の九行で、愛は女性の姿を取り、目に見えるとしたらこうであろう——空気の流れのようにとらえどころがなく、思うところにはおらず、国中のどこにでもいる——様がうたわれる。愛の作用は、自然が人間にいつもより強く語りかけるその過剰さ——国中にはびこるこばん草、咲き乱れるアスター、盲いるほどの綿毛——によって表現される。生まれ死んでゆく愛とともに一体何が起こるだろう?「解き明かしておくれ、愛よ!」という要請に応えはなく、抒情詩の中の「私」は自然界の生き物たちの愛の諸現象へと眼を転じる。

第三連、第四連は、感性豊かなイメージの宝庫である。「感覚的に与えられたものに対するこの壮大な率直さがバッハマンのイタリア体験の始まりだったかもしれない。[一〇四]」二一行目で初めて、抒情詩の中の「私」が自らを語る。甲虫の鎧の中のほのかな光は、人間にとってはお互いを知ることがどんなに難しいかということのメタファである。「これは逆説的だ。抒情詩の中の『私』は、自身の欠乏の意識から自然の中の愛の営みを讃える頌歌の中へ逃れでることができるかのように見える。詩の言葉は人間の理性よりも遠くへ届く。詩の言葉は自然の領域で自分の居場所を見つけたように感じ、そこでおこなわれる愛の営みのための言葉を見いだすのだ。[一〇五]」そしてこの賛歌の頂点は、二九行目「石は石を和らげる術を知っている」である。

しかし、それら自然界の愛の営みと目の前の現実とはなんとかけ離れていることか。第九連でついに愛が口を開く。「別の精神がその人をあてにしている。」「私」が愛に求める解き明かしの言葉は思考の道具である。その人が思考ではなく別の精神と関わっていることを悟ったとき「私」はもはや言葉で解き明かしてくれるよう愛に頼むことをしない。

グライヒアオフは「もしかするとザラマンダーは、詩の言葉のイメージかもしれない[一〇八]」と述べ、『論理哲学論考』ヴィトゲンシュタインの言葉「しかし語りえぬものが存在する。これが姿を現す。神秘的なものが」(»Es gibt allerdings Unaussprechliches. Dies zeigt sich, es ist das Mystische.« 6, 522) を引用する。詩が論理の言葉で解き明かせないものであるならば、炎の中に消えてゆくザラマンダーは「別の精神にあてにされている」詩の言葉のメタファであるとの解釈には一貫性はある。だが、自然界の生き物たちの愛の情景のあとの、この解釈の飛躍は何なのか。

ザラマンダーのイメージは、十六世紀のヴェネチアの女性詩人ガスパラ・スタンパのソネット「愛は望んだ、私が灼熱の中で、炎の中でザラマンダーのように生きることを、そして私があの別の生き物がするように、私が燃えている場所でもう一度身を起こすことを。私は喜びと戯れしか知らない、燃え、苦痛を感じずにいることしか[一〇七]」からの部分借用である。ルネサンス時代、ザラマンダーは火の試練の後の復活の寓意であり、スタンパもまた自らをザラマンダーに喩えているが、バッハマンの場合、詩の中の「私」をザラマンダーと同一視することはできまい[一〇八]。バッハマンの場合、炎の中をゆくザラマンダーは、「私」の与り知らぬ領域をゆく誰か別の人である。

「解き明かしておくれ、愛よ」は、成就しなかった愛を悼む、いや、応えてくれなかった恋人に愛という抽象的な概念を反射鏡にしてその理由を尋ねる詩だと言ってよい。そして、その恋人とは「石は石を和らげる術を知っている」の一行から――ツェランの「コロナ」をバッハマンの「暗いことを言う」と関係づけて読んだ後では自然な連想を呼び起こす――ツェランその人なのではなかろうか。石（der Stein）という語の用い方についてアリアネ・フムルは、「石のイメージはバッハマンの場合、同時にまた長い時間、詩人パウル・ツェランと緊密な交友関係を結んでいた詩人の場合、抒情詩の言葉の内部では非常に重要な意味の担い手である[一〇九]」と述べる。グライヒアオフもまた結論部より以前に、あくまでも詩的対話というレベルで両者の関係を次のように述べている。

言葉は、インゲボルク・バッハマンにとって残るもの、破壊できないもの、思考だけでは存在しえず、しかしまた愛のようにそれ自体自らが原因で滅びることもないものである。言葉は、より正確に言えば詩の言葉は生きられた生以上のものだが生を通ってゆく。彼女はすでに語られたものを思い起こし、古いイメージ、われわれの扱っているケースのように、愛の古いイメージを引用し、新しい言葉を模索しているのだ。遺稿のタイプ原稿で、インゲボルク・バッハマンは、「現実に傷つき、現実を模索しつつ、存在することによって言葉に向かう」(W 4, 216) 人間にとって直接的な語りは可能になるということを述べている。バッハマンはここで、一九五八年のパウル・ツェランのブレーメン文学賞受賞講演を引用している。[一〇]

時系列を整理すると、一九五八年、ツェランが受賞講演で「現実に傷つき、現実を模索しつつ、存在することによって言葉に向かう」という表現を用い、バッハマンの遺稿のタイプ原稿とは、一九五九－六〇年に行われた『フランクフルト講義集』のそれのことだが、そこでこの言葉を引用している。グライヒアオフは、一九五六年にすでに書かれてはいるが「解き明かしておくれ、愛よ」のザラマンダーは「現実に傷つき、現実を模索しつつ、存在することによって言葉に向かう」人間、すなわちツェランのメタファであるとほのめかす。

研究者たちがツェランとバッハマンの私的な関係を扱う際に見せる配慮は、まず学術的には、バッハマンがすでにここではツェランの詩句を引用していないがゆえに関係を名指せないということもあるが、やはりこのあとのマックス・フリッシュとの関係——文学スキャンダルとして認知されている『モントーク岬』および、その遠因の『私の名前をガンテンバインとしよう』刊行——が、大きな影響を与えていると言ってよい。バッハマンのプライベートな関係について、ほのめかし程度の沈黙が奇妙な空所を生みだしている論文が散見されるのは、逆にそれらのバッハマン研究者には暗黙の了解事項があるのだということを教えてくれはするのだが。だが、この愛をテーマとする「解き明かしておくれ、愛よ」をバッハマンの詩論として読むだけで終わらせてもよいものだろうか。

グライヒアオフも指摘している通り、バッハマンは古いスタンパの詩句を引用していながら、ザラマンダーを自分の恋の陶酔のメタファとしては用いていない。ザラマンダーが独自の道を行くツェランであるというのであれば、この恋愛詩においては、それは詩論にも私的関係にも関わることである。「猶予期間」に見られた承服できないまま後に残される恋人は、ここでは言葉での説明を求める「私」として再び姿を現し、やがてその試みを諦め、別の精神に頼られているその人の姿を離れたところから見つめている。一九五二年、四七年グループ会合での一件のあと、音信不通になったツェラン、その年の秋にはパリでジゼル・ド・レストランジェと結婚したツェランについての、これが一九五六年当時のバッハマンの心象風景でもあった。

註

一　この時の原稿は、のちに放送局で発見され、一九九八年にピーパー社から出版されている。Vgl. Ingeborg Bachmann: *Römische Reportagen. Eine Wiederentdeckung*. München 1998.

二　Vgl. Monika Albrecht, Dirk Göttsche（Hg.）: *Bachmann. Handbuch*. Stuttgart, Weimar 2002. S. 2-21.

三　Walter Jens: *Deutsche Literaturgeschichte der Gegenwart*. München 1961, S. 150.

四　Andreas Hapkemeyer: *Ingeborg Bachmann. Entwicklungslinien in Werk und Leben*. Wien 1991, S. 51.

五　Joachim Hoell: *Ingeborg Bachmann*. München 2004〔2001〕, S. 65.

六　Siegrid Weigel: *Ingeborg Bachmann. Hinterlassenschaften unter Wahrung des Briefgeheimnisses.* München 2003〔1999〕, S. 269.

七　Ebenda, S. 286.

八　Ebenda, S. 286.

九　Andreas Hapkemeyer: a. a. O., S. 60.

一〇　Hans Bender: Über Ingeborg Bachmann. Versuch eines Porträts. In: Heinz Ludwig Arnold (Hg.): *Text +Kritik, Heft 6: Ingeborg Bachmann. 3.* Auflage. München 1976〔1971〕, S. 1.

一一　Constance Hotz: *Die Bachmann. Das Image der Dichterin: Ingeborg Bachmann im journalistischen Diskurs.* Konstanz 1990, S. 216f.

「シュピーゲル」のこの記事は、資料としてこの研究書の巻末に収録されている。

一二　Ebenda, S. 218.

一三　Ebenda, S. 218.

一四　Ebenda, S. 222.

一五　Ebenda, S. 223.

一六　Ebenda, S. 222f.

一七　Ebenda, S. 220.

一八　Ebenda, S. 219.

一九　Ebenda, S. 224f.

二〇　Ebenda, S. 221.

二一　Ebenda, S. 221.

二二　Ebenda, S. 222.

二三　Ebenda, S. 72.

二四　Siegfried Unseld: Anrufung des Großen Bären. In: Christine Koschel, Inge von Weidenbaum (Hg.): *Kein objektives Urteil – nur ein lebendiges. Texte zum Werk von Ingeborg Bachmann.* München 1989, S. 16.

二五　Ebenda, S. 17.

二六　Ebenda, S. 18.

二七　Ebenda, S. 18f.

二八　Ebenda, S. 19.

二九　Helmut Heißenbüttel: Gegenbild der heillosen Zeit. In: Christine Koschel, Inge von Weidenbaum (Hg.), a. a. O., 20.

三〇　Ebenda, S. 20.

三一　Ebenda, S. 20.

三二　Ebenda, S. 22f.

三三　Ebenda, S. 23.

三四　Hans Egon Holthusen: Kämpfender Sprachgeist. Die Lyrik Ingeborg Bachmann. In: *Das Schöne und das Wahre. Neue Studien zur modernen Literatur.* München 1958, S. 246.

三五　Ebenda, S. 247.

三六　Ebenda, S. 250.

三七　Ebenda, S. 248.

三八　Ebenda, S. 252.

三九　Ebenda, S. 256.

四〇　Ebenda, S. 262.

四一　Ebenda, S. 263.

四二　Ebenda, S. 268.

四三　Ebenda, S. 268.

四四　Ebenda, S. 266f.

四五　Hans Egon Holthusen: *Avantgardismus und die Zukunft der modernen Kunst. Essay*. München 1964, S. 5.

四六　Ebenda, S. 10.

四七　Ebenda, S. 20.

四八　Ebenda, S. 39. ホルトゥーゼンはここで――ツェランの詩は左翼思想のそれではない、アウシュヴィッツの問題を告発しているのだが――政治的社会的主張と一体になったアヴァンギャルド芸術から政治的社会的主張をそぎ落とせば、意味をなさない言葉の残骸しか残らないことを逆説的に言い当てているのではなかろうか。すなわちツェランの詩は、そもそも隠喩の歴史的進歩という観点で語られるべきものではないということを。

四九　Ebenda, S. 56.

五〇　Peter Rühmkorf: Das lyrische Weltbild der Nachkriegsdeutschen. In: H. L. Arnold (Hg.): *Geschichte der deutschen Literatur aus Methoden. Westdeutsche Literatur von 1945-1971*. Bd. II. Frankfurt a. M. 1972, S. 14.

五一　Ebenda, S. 16f.

五二　Hans Höller: *Ingeborg Bachmann*, a. a. O., S. 80.

五三　Theo Buck: Paul Celan und die Gruppe 47. In: *Celan Jahrbuch* 7. Heidelberg 1999, S. 78.

五四　Helmut Böttiger: *Orte Paul Celans*. Wien 1996, S. 14.

五五　Theo Buck: a. a. O., S. 78.
五六　Helmut Böttiger: a. a. O., S. 14.
五七　Heinz Ludwig Arnold: *Die Gruppe 47*. Reinbek 2004, 76f.
五八　Ebenda, S. 24.
五九　Friedhelm Kröll: *Gruppe 47*. Stuttgart 1979, S. 23.
六〇　Ebenda, S. 28.
六一　Theo Buck: a. a. O., S. 67.
六二　Klaus Briegleb: Ingeborg Bachmann, Paul Celan. Ihr（Nicht-）Ort in der Gruppe 47（1952-1964/65）Eine Skizze. In: Bernhard Böschenstein, Siegrid Weigel（Hg.）: *Ingeborg Bachmann – Paul Celan. Poetische Korrespondenzen*. Frankfurt a. M. 2000〔1997〕, S. 29.
六三　Ebenda, S. 36.
六四　Ebenda, S. 36.
六五　Ebenda, S. 36.
六六　Ebenda, S. 38.
六七　Ebenda, S. 39.
六八　Ebenda, S. 41.
六九　Ebenda, S. 41.
七〇　Andreas Hapkemeyer: a. a. O., S. 53.
七一　Ebenda, S. 54.
七二　Ebenda, S. 54.

七三　Bernhard Böschenstein, Siegrid Weigel (Hg.): *Ingeborg Bachmann – Paul Celan. Poetische Korrespondenzen.* Frankfurt a. M. 1997. 註六二で、論文引用済み。

七四　Hans Höller: *Ingeborg Bachmann*, a. a. O., S. 77.

七五　Ebenda, S. 78f.

七六　Peter Beicken: *Ingeborg Bachmann.* München 1988. S. 85.

七七　Cristian Schärf: Vom Gebrauch ›der schönen Sprache‹ Ingeborg Bachmann: Die Gestundete Zeit. In: Mathias Mayer (Hg.): *Interpretationen. Werke von Ingeborg Bachmann.* Stuttgart 2002, S. 34.

七八　Ebenda, S. 31.

七九　Ebenda, S. 30f.

八〇　Ebenda, S. 37.

八一　Ebenda, S. 40.

八二　Ebenda, S. 40f.

八三　Peter Beicken: a. a. O., S. 71.

八四　Ebenda, S. 72f.

八五　Paul Celan: *Die Gedichte. Kommentierte Gesamtausgabe.* Frankfurt a. M. 2005, S. 39.

八六　Barbara Wiedemann: Fermate im Herbst. In: Hans-Michael Speier (Hg.): *Interpretationen. Werke von Paul Celan.* Stuttgart 2002, S. 29f.

八七　Vgl. Ebenda, S. 28-41.

八八　Ebenda, S. 39.

八九　Paul Celan: a. a. O., S. 610.

九〇　Ingeborg Bachmann, Paul Celan, Max Frisch, Gisèle Celan-Lestrange: *Herzzeit. Ingeborg Bachmann-Paul Celan. Der Briefwecksel.* Frankfurt a. M. 2008, S. 251.

九一　Ebenda, S. 251.

九二　Ebenda, S. 8.

九三　オルフォイス・モチーフについては、ツェランの「コロナ」がリルケの「秋の日」から詩句を引用していることを踏まえ、バッハマンもまたリルケの「オルフォイスのソネット」を暗示するモチーフを選んでいる。リルケにおける詩神オルフォイスの遍在性は、バッハマンの詩の中ではオイリューディケの再生の暗示と重なって、バッハマンのリルケ解釈をも示しているように思われる。

九四　Hermann Dorowin: Die schwarzen Bilder der Ingeborg Bachmann. Ein Deutungsvorschlag zu Die gestundete Zeit. In: Primus-Heinz Kucher, Luigi Reitani (Hg.): *In die Mulde meiner Stummheit leg ein Wort. Interpretationen zur Lyrik Ingeborg Bachmanns.* Wien, Köln, Weimar 2000, S. 105.

九五　Ingeborg Bachmann, Paul Celan, Max Frisch, Gisèle Celan-Lestrange: a. a. O., S. 231f.

九六　Andreas Hapkemeyer: a. a. O., S. 62.

九七　Hans Höller: a. a. O., S. 97.

九八　Ebenda, S. 97.

九九　Ebenda, S. 97.

一〇〇　Monika Albrecht, Dirk Göttsche（Hg.）: a. a. O., S. 70f.

一〇一　Hans Höller: *Ingeborg Bachmann*, a. a. O., S. 97.

一〇二　Hans Höller（Hg.）: *Der dunkle Schatten, dem ich schon seit Anfang folge. Ingeborg Bachmann – Vorschläge zu einer neuen Lektüre des Werks.* Wien, München 1982. S. 164. Sieh. Huml S. 284.

一〇三　Vgl. Ingeborg Gleichauf: Ohne Grund. In: Mathias Mayer (Hg.): a. a. O., S. 58-66.

一〇四　Ebenda, S. 61.

一〇五　Ebenda, S. 62.

一〇六　Ingeborg Gleichauf: a. a. O., S. 64.

一〇七　Laurent Cassagnau: »Am Horizont ... glanzvoll im Untergang« Horizont-Struktur und Allegorie in der Lyrik von Ingeborg Bachman. In: Heinz Ludwig Arnold (Hg.): *Text + Kritik. Heft 6. Ingeborg Bachmann*. München 1995, S. 58.

　スタンパの詩の、この部分のドイツ語訳は、

　»Amor schuf mich so, daß ich lebe im Feuer/ Wie ein neuer Salamander auf der Welt/ [...]/ Dies, mein ganzes Spiel und alle meine Wonnen,/ In der Glut zu leben den Schmerz nicht zu fühlen.«

一〇八　Ebenda, S. 55f.

一〇九　Ariane Huml: *Silben im Oleander, Wort im Akaziengrün. Zum literarischen Italienbild Ingeborg Bachmanns*. Göttingen 1999, S. 191.

一一〇　Ingeborg Gleichauf: a. a. O., S. 64.

第二章　散文作品の展開

第一章では、五〇年代のバッハマンの抒情詩を中心に据え、彼女がそこに戦後世代の屈折した時代感情を表現しているのを見た。この時期の彼女の作品を分析する際、ツェランとの私的な交流とその影響は度外視することはできない。彼女のツェラン体験は彼女に二つの意味で大きな影響を与えたと言ってよい。ツェランの、戦争体験とショアーの過去をドイツ語で告発する詩作態度は、彼女をして民族や国家に対する帰属意識を客観視させ、オーストリア、ドイツの戦争犯罪に対する批判精神とそれを詩によって表現するのを大いに助けたが、男女関係のレベルにおけるツェランのバッハマンに対する恋愛作法は、彼女の中にツェランその人に対する批判意識を育てたのである。五〇年代の彼女の抒情詩は、この個人的であると同時に歴史的社会的な意識を持たざるを得ない特殊な人間関係に影響されている。ただしこの関係は、戦後間もない時代にバッハマン自身がユダヤ系の亡命者に何ら偏見を持たない人間でなければ始まりようもなかった。バッハマンの、知性に支えられた反ファシズムの行動様式は、後期の作品世界においては一見するとフェミニズムの領域に収斂していくかのように見えるのだが、これは五〇年代、抒情詩人としてメディアにもてはやされた経験を通じ、バッハマンが民族や国籍以外に自分を規定する別の価値観があることを身をもって知ったからであると言える。その後のバッハマンの文学世界の独自の展開も、彼女が、私的な場面での男女関係に影響を及ぼす、あるいは公的な場面で支配的な当時のジェンダー規範の中に不合理を見ないではいられない個人でなければ望むべくもなかったと言ってよいだろう。

本章では、一九五四年にイタリア入りし、一九五六年の第二詩集を最後に抒情詩については沈黙を続け、一九六一年に最初の短篇集『三十歳』*Das dreißigste Jahr* を発表するバッハマン、すなわち、ツェランから多大な影響を受けはしたが、その影響下からやがて脱し、独自の文学世界を散文というジャンルで構築し始めたバッハマンの足跡を辿ることになる。その際、ここでもバッハマンの作品のアンガージュマンを志向する性格上、世論の関係は視野に入れなければならない。

バッハマンの文学の方向性を探る資料として、まずバッハマンがフランクフルト大学で行った文学講義録を扱う。作品としては、その当時の文学観の直近の反映である短篇集『三十歳』に収められた七篇から随時引用するが、そのうちの二篇「ゴモラへの一歩」*Ein Schritt nach Gomorrha*、「ウンディーネ去る」*Undine geht* については、バッハマンのアンガージュマンの方策としてのフェミニズムが、どのような主張を持つものかを知る例として、とくに詳しく見ていくことにしたい。

第一節　バッハマンの文学観――『フランクフルト講義集』を手掛かりに

バッハマンは一九五九年から六〇年にかけての冬学期、フランクフルト大学に客員講師として招かれ「同時代の文学の諸問題」と題した一連の講義を行った。この講義は作家たちが自己の文学観を語ることで大学における文学研究の助けとすることを目的にフィッシャー社によって創設されたもので、バッハマンはここに最初の客員講師として招聘されたのである。[二] バッハマンの講義は五回にわたり、講義録は、それぞれ「問題と偽問題」、「(詩について)」、「書く私」、「名前とのかかわり」、「ユートピアとしての文学」というタイトルのもと一九七八年の全集版に収録されている。この一連の講義は六〇年代以降の散文作品を読み解く際の欠くべからざる資料であると言ってよい。それはひとつに、この講義がバッハマンが抒情詩から散文作品へのジャンルの変更を行う時期に行われており、そのジャンル変更の事情を知る手掛かりになるからであり、さらに、講義におけるバッハマンの詩的な言葉と論述の言葉の重なりが、彼女の言葉の新たな質を暗示している[三]、そして、ここで提示されるバッハマンの問題意識はそのまま、各散文のテーマとして作品の中で展開されているからである。

本論では、作家の存在意義を問う第一回目の講義を中心に、そこに表明されるバッハマンの文学的姿勢を確認することにする。

一―一　詩人による文学講義

「同時代の文学の諸問題」と題された一連の講義の第一回目は、「問題と偽問題」というテーマのもと、次のような言葉ではじめられる。

お集りの皆さん、この会場に皆さんの足を運ばせた皆さんの興味や関心が何なのか、私にはわかるように思います。それらの興味や関心は、私たちを煩わせている事柄について何か聞きたい、つまり、それ自体存在してくれるだけで私たちを満足させてくれるに違いない対象に関しての判断や意見、議論が聞きたいという欲求から生じるものです。つまり、より希薄なものを。なぜなら、作品に関して語られることはすべて作品より希薄なのですから。私が思うにこれは最高の批評にも当てはまります。これは時折言われてきましたし、これからも繰り返し徹底的に言われるべきことです。作品より希薄なことが手引き用に語られます。私たちはオリエンテーションとしてそれを聞きたがるのです。とりわけ作家自身が、絶えず他の作家の証拠資料、日記、作業日誌、往復書簡、理論的やりとり、最近ではますます「作業場の秘密」に対する多大なる関心を示しています。つい三十年前にはロシアのマヤコフスキーが読者にこう告げています、読者は作家に仕事の秘密を墓の中まで持っていかないよう要求する権利がある、と。さて、今日ではそういう危険はもはやほとんどありません、とくに抒情詩人たちは公表することを惜しみません、しかし完全な一致は見ていませんが。すなわち、詩は作られる、予感される、調合される、構築される、組み合わされるのです、私たちのところでも。

事情はどうあれ皆さんはたっぷりと啓蒙されます、皆さんにはその上、秘密が明かされるのです、全く

存在しない秘密が。（W 4, 182）

バッハマンは大学での文学講義であることを意識して、まず、詩人や作家と批評家や文学研究者の立場の違いを——いささか辛辣な物言いで——際立たせようとする。五〇年代のバッハマンを巡る世論の反応を概観したあとでは、講義冒頭部分から読み取れることは少なくない。バッハマンは批評家による作品解釈の方向づけは作品とは別物であると強調し、作品解釈のために周辺資料を掘り起こす態度をやんわりと皮肉ってもいる。そして同時に、この講義は詩人による自作品解説の場にはならないことをも明言するのである。バッハマンに言わせれば詩の中には暴かれるべき秘密など存在しないのだから。

では詩人による文学講義とは一体どのようなものになるのか。まず目を引くのは、講義の中で繰り返し用いられる経験（Erfahrung）という言葉である。例えばアカデミックな聴衆の別の期待——歴史主義、フォルマリズム、社会主義的リアリズム、あるいは心理学、精神分析学、存在論哲学、社会学といった文学理論を駆使する講義への期待——を、それはごくわずかの自身の経験を博学でカムフラージュすることであると封じたあとでの次のような発言である。

しかし経験こそ唯一の師なのです。たとえそれがわずかだとしても——もしかするとそれは多くの人の手を経て使い古され、しばしば間違った使い方をされる知識よりは、消耗し空転し経験によって生気を取り戻すことのない知識よりはましな忠告を与えてくれるでしょう。（W 4, 184）

バッハマンのこの講義における知識と経験の関係は、「自分はこの講座では何一つ教えることはできないが、もしかしたら何かを目覚めさせられると思う」（W 4, 183）、と言い換えられている。まず過去五十年の文学の諸傾向を概観することからはじめられるものの、この講義の性質は早い時点で暗示されているのである。

バッハマンは、自然主義、象徴主義、印象主義、シュールレアリズム、写象主義、未来主義、ダダイズムといった諸傾向を列挙すれば、文学はこれまでにない発展を遂げたかに見える、だが文学がどう発展したのか、その目指すところを確信を持って言える者は誰もいないであろうと言う。一方からは中心の喪失を嘆く声が聞こえ、非論理的、計算されすぎた、非合理的、合理的すぎる、破壊的、反人道的といった否定的な評価しか聞こえてこない。反対側からはこれをこそ称賛する声が響く。それと並行して、比較的伝統的な作品が比較的保守的な批評家から、構造的、創造的、本質的だと擁護される。だがこの時代はまだ刺激的で希望に満ちていた。戦後世代の文学は皆伐、ゼロ地点といった言葉にさらされ、ドイツの政治的カタストロフの直接の結果としてアンガージュマンかラール・プール・ラルかの議論に巻き込まれている。その上作家たちは、今日の文学は株式市場なのだということに盲目でいることはできないのだ。

表現者バッハマンにとってはこれら文学史の知識は目的ではなく道具である。すなわち、戦後世代に数えられるバッハマン自身および聴衆の置かれた社会的政治的状況、同時代の文学作品が生まれる土壌を浮き上がらせるための、あくまでも布石なのである。バッハマンは冒頭から「作家と弁論術士[四]」の二つの役割をこなしつつ、聴衆に自らの文学観を提示する下準備をする。

一―二　詩人の沈黙

バッハマンは文学の現在を巡る状況を素描したあとで、作家にとっての究極の問題を提起する。

私が皆さんにお話しする、作家の頭から離れないこれらの問題のうち第一のそして最悪の問題は、存在の正当性です。もちろんこの問題が、書いている、書こうとしている、才能によって鼓舞されている作家に意識されるのはまれですし、意識されるのにはしばしば時間がかかります。なぜ書くのか？　何のために？（W 4, 186）

バッハマンはこの問いに答えるやはり準備段階として「自己懐疑、言語懐疑、もはや捉えられえない事物のよそよそしい優位が一つのテーマの中に示されている最初の記録」（W 4, 188）、ホフマンスタールの『チャンドス卿の手紙』から、あの「抽象的な単語が［…］腐った茸のように口の中で崩れた」という箇所を含むかなり長い引用を行う。彼女はこれをホフマンスタールの「若い時代の、完全な、魔法のような詩からの予期せぬ転向——耽美主義からの転向」宣言として紹介するのである。ホフマンスタールは『チャンドス卿の手紙』を契機に——表現活動を停止したわけではなく——文学上のジャンルを変更し創作活動を続けた詩人である。この事実を念頭に置くならば、詩人の言語懐疑とは個人の中で「宗教的、形而上学的葛藤が社会的対人的、社会的葛藤に取って代わられた」ために生じうるものである、詩人の場合これらの経験上の葛藤がすべて言葉との葛藤へと流れ込むので一時的に書けなくなる、あるいは詩が書けなくなるというバッハマンの解説は、いたって現実的な説得力を持つであろう。

詩人の言語懐疑という文学的かつ形而上学的議論への誘惑を呼び起こす命題についてのこの現実的な回答は、トゥールミン、ジャニクの『ウィトゲンシュタインのウィーン』（一九七三）の中のもっと直截的な表現によって補強されよう。「若き耽美主義者ローリスの自己中心主義が、実際には世界をゆがめることであったのは、その印象主義的な抒情詩が世界を、道徳的次元を欠いたものとして描いたからである。[五]」すなわち「人生と社会についての最も急を要する問いは感覚印象だけでは答えられない[六]」のであり、さらにヴォルフラム・マウザーの言葉として引用されるのだが「イメージや概念は、自分自身にもどってくるだけである。それらは事物の本性や個々の人生に対して、いかなる道をも開いてはくれない。それらは折り返しのある歌で、あらゆるものが同調し、あらゆるものが調和と美の状態にある、円に似ている。しかしそれらは彼を取り巻く〈眼のない彫像〉であり、現実とは本物の関係を持たない形式である」からなのだ。[七]

フランクフルト大学での講義は、五六年の第二詩集以降、バッハマンが詩を発表していないことが「詩人の沈黙」として新たに神秘化されていた時期に行われている。ここで古今東西の筆を折った大家の中からとくにホフマンスタールが引用されるのは、バッハマンの個人的な理由によるのかもしれない。すなわち、今日ではバッハマンもまた五〇年代の後半から文学ジャンルの変更を考え、この講演の時期には散文作品の構想を温め、あるいはすでにいくつか完成させていたことが明らかになっている。講演のこの部分は、詩人が詩というジャンルを放棄するということをいたずらに観念的に詩人の置かれた現実と乖離した次元で捉え、空疎な議論の素材にしないようにという個人的な事情に絡んだアピールとも読めるのである。

一―三　唯美主義とモラル

バッハマンは講義を進める中で、文学作品に昇華されるべき経験についてさらにいくつかの条件を加える。

新しい言葉と現実はいつでもモラル上の、認識上の瞬間的な動きが起きるところで出会うことになるのです。まるで言葉自体が認識を脅しつけ、一度もしたことのない経験を告げ知らせることができるかのように、言葉自体を新しくしようとするところではありません。言葉があたらし味を感じさせるために操作されているに過ぎないところでは、言葉はすぐに復讐し意図を露にしてしまいます。新しい言葉は新しい歩調を取らねばなりません、この新しい歩調を、新しい精神が言葉に宿った時にのみ、言葉は取ることができるのです。（W 4, 192）

作家は自分のために引かれた境界線の枠内で、言葉の身振りを固定し、言葉をある儀式のもと活性化し、言葉が言語芸術作品以外では取りえないような歩調を言葉に取らせるのです。そのとき言葉は私たちに言葉の美しさを注視し美を感受することを許すかもしれませんが、しかし言葉は徹頭徹尾、美学的な平和を求めるのではなく新しい理解力を求める変化に服しているのです。私がさしあたり、まさしくいかなるモラルにもましてモラーリッシュなものと見なすところの必然的な衝動について、最初はまだ方向性のことなど気にかけない思考のための衝撃力について、認識を求め、言葉によって、言葉を通じて一貫して何かに達しようとする思考についてお話ししています。私たちはこれを、さしあたり現実と呼ぶことにしましょう。（W 4, 192f.）

ここで新しく登場するモラルという言葉の意味を少し掘り下げてみなければならない。バッハマンは、第二回目の講義で、ある種の文学的傾向について述べる際にこの言葉を用いる。

皆さん、私がこの点に固執するからといって、芸術における罪の帰属の問題に固執しこれを前面に押し出すからといって、私のことを視野の狭い人間だと思わないで下さい。落ち着いてもう一歩、歩を進めましょう。私には、ゴットフリート・ベンやエズラ・パウンドが［…］ただ一歩、純粋芸術の国から残虐行為との馴れ合いに踏み出したことは決して偶然には思えないのです。しかしカール・クラウスが決して逃れられなかった言葉、人々がアンダーラインを引く労を厭わない言葉があります。「言葉の特権はすべてモラルに根ざしている。」そして、これによって言われているのは、決まり文句ではなく、市民のモラル、キリスト教徒のモラルといった流動的なものではなく、規範集ではなく、新しい作家たち各々によって真実と嘘の基準が絶えず新たに設定されねばならない主戦場の前方域なのです。（W 4, 206）

ベンが戦時中見せたナチズムへの接近やパウンドの反ユダヤ主義は、戦後世代のバッハマンには看過できない問題である。モニカ・アルブレヒトは、バッハマンが文学とモラルの関わりについての問いを一般に「非政治的」なものと見なされている詩について語る第二回目の講義で取りあげる背景には、アドルノのあの言葉「アウシュヴィッツ以後、詩を書くのは野蛮ではないか？」の影響があるのだと指摘する。「この時までに抒情詩人として登場していた作家が『フランクフルト講義集』の中で文学について語る前提を明らかにする。すなわち、抒情詩の言葉もまたこの苦しみの経験に由来し、読者を動揺させなければならないのだ。[八]」

バッハマンによるカフカの「一冊の本は、私たちの中にある氷結した海を割る斧であらねばならないのです」の引用も、具体的な歴史的状況を踏まえ、バッハマンのモラル、作家としての倫理観を念頭に読まれなければならない。[九]

一―四　政治性とイデオロギー

バッハマンと国家社会主義との関係については――彼女自身が断固として反ファシズムの姿勢を取っていたことは明らかだが――様々な研究者が、彼女が「ごた混ぜの状況[一〇]」を生きざるを得なかった事実を掘り起こしている。例えば、バッハマンの父親が一九三二年にはまだ非合法組織だったNSDAPに加入しており、一九四五年にはそれが理由で教職を解かれているという生前公にされなかった事実がある一方で、彼女は彼女の出版社ピーパー社が「ピーパー自身はナチではないが」戦後もナチ時代成功していた作家の作品を刊行していることに対し困惑していた、ヘンリー・キッシンジャー主催の「ハーバード大学サマースクール」の招待メンバーにバッハマンを加えたのは、一九三三年にSSに入隊し、一九三七年にはNSDAPに加入したハンス・エゴン・ホルトゥーゼンだった、ホルトゥーゼンの義弟が、バッハマンの作品を載せる「メルクーア」の編集長だった、あるいはバッハマンが翻訳したイタリアの詩人ウンガレッティが、「ファシスト」で、「一九二四年にはムッソリーニに詩を献呈していた」という事実を知って、彼女が「失望した」と手紙に書いているなど、白黒つけがたい人間関係が彼女の周辺でも展開されている。

戦後世代が置かれたこの「ごた混ぜの状況」は、短篇「殺人者と狂人たちの間で」*Unter Mördern und Irren* の中によく再現されている。物語の舞台は戦後間もないヴィーンの居酒屋である。金曜日の夜に集まる男たちには仕事上のつながりがあるが、そこには戦時中亡命を余儀なくされ戦後ヴィーンに戻ってきたユダヤ人のメンバーもいる。ワインに酔って普段はタブーである戦場での話で盛りあがる年長者たちと黙って煙草をくゆらすユダヤ人メンバーにいらだち、若いフリードルは同年輩の「私」に言う。

「ああ、どうして俺たちは座ってるんだ、隣り合わせになんか！　とくにヘルツだ、あいつらはやつの妻、やつのおふくろを殺したんだぞ……」［…］「忘れたからなのか？　それともいつの日からか、それが闇に葬られることを望んでるからなのか？」「いいや」と私は言った、「それはちがう、忘れることとは全然関係ない、許すこととも関係ない。全部そういうこととは関係ないんだ。」（W 2, 172f.）

そして『フランクフルト講義集』における次のような言葉は、「ごた混ぜの状況」に加え、敗戦後一九五五年まで戦勝国の占領下にあり、その後ソビエトによる共産化の可能性も垣間見た世代の状況をよく表していよう。

「民衆は、パンのように詩を必要とする」――この感動的な文を、おそらく願望の一文をシモーヌ・ヴェイユはかつて書き記しました。しかし人々は今日、映画や泡立てクリームのようなグラフ雑誌を必要としています、もっと要求の多い人々は（私たちもそこに属するのでしょうが）少しのショックを、少しばかりイヨネスコあるいはビート族のわめき声をそもそも食欲というものを完全に失ってしまわないために必要とします。パンのような詩？　このパンは歯の間できしみ、空腹を鎮めるより早く再び目覚めさせるに違いありません。そしてこの詩は認識において鋭くあこがれにおいて苦くあらねばならないでしょう、人間の眠りに触れることができるためには。私たちは、だって眠っているのです、眠り人なのです、自分と自分の世界を知覚せねばならないことを恐れて。（W 4, 198f.）

バッハマンによるブレヒトやヴェイユのような人々への好意的な言辞は他にも散見される。ただし前にも紹介した、ブレヒトがヘレーネ・ヴァイゲルの目の前でバッハマンの抒情詩に朱をいれて添削したというエピソードが教えてくれるのは、バッハマンにとって共産主義思想は、彼女の文学の仕える神ではなかったということである。バッハマンの詩の中には確かに戦後世代の抱える問題意識や前の世代に対する批判精神が存在するが、ブレヒトのようにイデオロギー化した政治的主張、あるいはそう認知されることを厭わない思想が核になって存在しているわけではないのである。バッハマンが生前、政治とは無関係な存在と見なされていた――別の言い方をするならば、保守的な読者はバッハマンの詩の中の政治批判の兆候を無視し、左派の人々はバッハマンの詩の一部に読み取った政治性を積極的に喧伝しなかったということだが――理由の一つにこの点を挙げてもよいであろう。

一―五　伝統の問題

バッハマンの抒情詩に見られた伝統的要素と新しいものの混在という特徴は、この『講義集』からも見てとることができる。バッハマンの作品は、政治に無関心な人間のというよりは戦後の「ごた混ぜの状況」を経験し何かを盲目的に拠り所とすることができないでいる者のそれなのであり、この図式はバッハマンと伝統の問題にも当てはめることができる。

バッハマンは、一九六三年のインタヴューの中で次のように述べている。

> 私たちは一種の精神的な空虚の中で育ち、自力のみでやることを要求されました。亡命文学は存在しましたが、私たちに影響を及ぼすことはできませんでした。ドイツ国内に文学は存在しましたが、これについては、腐敗しきっていたとしか言いようがありません。カフカやマンは、疑いを差し挟む余地なく偉大な人物です、しかし、これも私たちからはあまりにも遠いのです。確かに私はこれらの作家たちの何人かが好きです。とくにブレヒト、コミュニケーション能力を詩的な緊張と結びつける術を良く知っています、それからゴットフリート・ベン、彼は確かに難しい複雑なケースですがいつでも偉大な抒情詩人です。こういったこと全てにもかかわらず私は思います、最新のドイツの文学は二十世紀前半の作家たちにはたいして負うところがないと。成果は確固とした文学的な伝統に結びつけられることができないまま生まれたのです。[一二]

とはいえパオロ・チェリーニは、バッハマンの文学の知識と彼女の実際の作品との関係を「こういった全ては、一方ではその創作物の根を『経験されたもの』の大地に直接打ち込んでいるように見える。だがその一方で私たちは、インゲボルク・バッハマンが『学位を持つ詩人』であり、彼女の作品の中に時にはっきりと、時に秘かに余韻を残している広汎な読書によって養われていることを知っているのである」[一三]と言わざるを得ないし、グートヤールは、バッハマンの第五回目の講義の中の「これまで言葉で形成されたものはすべて、いまだ言語化されていないものに同時に参与している」(W 4, 258)、第三回目の講義の最後の、作家は「人類の声の場所を確保する人」(W 4, 237) たるべきだという言葉を引用して、バッハマンの文学観を「文学の伝統は、[…] 同時代の諸問題に答えることができない、この答えは、創造的な行為の中で、伝統からそのつど新たに生みだされねばならない」[一四]という認識によって規定されていると指摘している。両者の見解は、バッハマンの文学の中にある二つの要素の——バッハマン自身が知識に対し経験をあるいは伝統に対し新しい言葉を強調するにせよ——実際のバランスを的確に表現していると言えよう。ただし表現者としてのバッハマンが自作品において古典的作品を引用あるいは借用する場合、それらの作品の中にある価値観の異化を狙っている。文学的伝統は常にバッハマンの批判的視線にさらされていることを忘れてはならない。

一—六　文学の素材としての経験

バッハマンの作品、例えばこのあと扱うとくに女性の視点で書かれた散文作品は、そのまま「伝記的告白」と受け取られることが多々ある。個人的な経験と文学作品の関係についてバッハマンの見解がいかなるものであるのか第三回目の講義が示唆に富む。

皆さん、私は「私」のことを話したいと思います。文学作品の中に居座る「私」について、その人間が「私」と共にあるいは彼の「私」と共に進む、あるいは「私」の背後に隠れている場合の、文学の中の人間の諸事情について。（W 4, 217）

バッハマンは、文学の中の「私」の現れ方の例として何人かの作家の名を列挙しつつ具体例を見、それぞれの特徴を指摘する。まずは、セリーヌの『夜の果てへの旅』である。セリーヌは「事実に固執する」、「私たちが作家と作中の『私』との間に境界線を引くのを許さない」作家の一人である。作家セリーヌは小説の主人公セリーヌに同化しているがゆえに「作中の『私』は制御不能」、「全ての出来事が行き過ぎになるのは偶然ではない。」「個人の人生は当人同様他の人々にも興味深く豊かで非常に重要であるように思われるのですが、取捨選択が行われないところでは、この『人生』という原料のアレンジが放棄されているところでは、全く意味がないからです。読者にとって原素材などどうでも良いのです。」（W 4, 222）バッハマンのセリーヌの書き方に対する評価は微妙である。

次に「かなり古い作品」としてトルストイの『クロイツェルソナタ』とドストエフスキーの『死者の家の記録』について言及する。両者はいわゆる枠物語であり、ある物語を語る「私」とそれを読者に報告する「私」の二人が登場する。ドフトエフスキーの『死者の家の記録』の場合、検閲を恐れて採用した語りの手法だったのだろうが、作中のシベリアの囚人の獄中の経験は作者自身のそれなのである。「私たちは身を隠さねばならない『私』との隠れんぼで、もっと上手に秘密を漏らせるように喜んで頭をひねるのです。」（W 4, 227）

イタロ・ズヴェーヴォの『ゼーノの意識』の主人公、トリエステ市民ゼーノ・コジーニは、精神分析医のすすめで回想録を書いている。だが「このヒコポンデリーのコジーニは病気を探して見つけられず、真実を探して見つけられず」、分析医の目を欺くために、「自分の人生を全く別様に語る」のである。（W 4, 228）十九世紀の古い「私」とこのズヴェーヴォの「私」との違いは何か。『私』が経験した最初の変化は『私』が物語の中にとどまっているのではなく、最近では物語が『私』の中にとどまっているということ」（W 4, 230）なのだ。ズヴェーヴォの発見者ジェームズ・ジョイスは、作家を「とくにおもしろがらせるのは、小説の中の時間の操作だ」と述べ、バッハマンもまたこの点は「今世紀の文学の先駆的業績に数えられねばならない」と評価する。

「素材」の新しい扱い方のもう一つの例はプルーストの『失われた時を求めて』である。ゲルハルト・カイザーは二十世紀文学がもはや「物語の中の『私』」ではなく、「『私』の中の物語」をテーマにしているというこの講義の文脈の中で、プルーストが引用される意味を次のように要約する。

> 内側に向かう認識努力は、これまで個人的経験に過ぎなかったものを個人を超えた妥当性を基準に精査するよう、これまで注意を払われなかった意識の状態を中心に据えるよう、そもそも可能な記憶の仕事を徹底的に確かめるよう強いる。まさしくこれ――非常に個人的な経験を「むらのない認識の光で」（W 4, 232）さらに透視すること、「私たちの日常的な経験の中では例外的にしか生じない特別な種類の知覚」（W 4, 232f.）へ方向づけること、そしてこれまで未踏だった「記憶の深み」（W 4, 231）――が第三回目の講義の中でプルーストにはあることが認められている。[15]

バッハマンはこのあと、ハンス・ヘニー・ヤーン、サミュエル・ベケットに言及するが、これらの作家に至っては「『私』は一定の人格をもはや所有していないことに苦しんでおり、「私」がこのようなものとして規定され得るいかなる結びつきいかなる関連からも切り離されている」（W 4, 234）あるいは「ついには内容が液状化してしまっている」（W 4, 235）のだ。

バッハマンは、セリーヌの自伝的な素朴な「私」、トルストイやドストエフスキーの自我の揺らぎが表現される以前の、作家が作中の「私」と距離をとるためのテクニックにすぎない「私」、ズヴェーヴォやプルーストの記憶の再編に着手し始めた「私」、そして、ヤーン、ベケットの文学における「私」の分裂と崩壊までを辿る。だが文学の知識としてこれらの「私」を概観したあと、バッハマンは第三回目の講義をこう締めくくる。

「私」の不思議とは、それがいつも語っている場所では生きているということです、死ぬことができないのです——破滅していようが疑われていようが信頼されていなかろうが——この保証のない「私」は！　誰も「私」を信じておらず「私」の方でも自分を信じていなくとも、書き込まれ言葉になったら、それが誰であれ何であれ、画一的なコーラスから、沈黙する集まりから身を解き放ったら、私たちは信じなければなりません、「私」は自分を信じなければなりません。そして「私」は昔と変わらず今日も人間の声の場を確保するものとして勝利を収めるでしょう。（W 4, 237）

ホフマンスタールの『チャンドス卿の手紙』の解釈の際にも見られたバッハマンの現実感覚というべきものはここでも発揮される。これらの「私」の問題は、目の前にある「危急の現実」を表現することに迫られた作家にとっては、やはり迷い込むべきでない形而上学的な迷路なのだ。バッハマンはこの少し前で次のように述べているのだから。

日記は必然的に一人称形式です。小説や詩は違います、小説や詩は選択の余地があり別の可能性も持っているので、たくさんの「私」の可能性と「私」の問題を自由にできます。そしてこの二つのジャンルでのみ、「私」を破壊したい、「私」を削除したいという願望が、新しい構想への願望が登場するのです。私は、「我話す、ゆえに我あり」という立証なしに生きているような小説の「私」や詩の「私」は存在しない、と言いたいくらいです。(W 4, 225)

バッハマンがここで言及した作家の「私」の様々な形式と意図、これに対するバッハマンの見解は短篇集よりはむしろ長篇小説『マリーナ』を読む際に思い起こすべきであろう。作者と「私」の関係性についての文学的知識は『マリーナ』の中で、これら虚構の中の「私」を巡る議論を踏まえさらにフリッシュの『私の名前をガンテンバインとしよう』に対する批判を込めて用いられているからである。

バッハマンはこの講義の中で経験の重要性を繰り返し強調する。チェリーニは「初めにあったのは言葉ではなく経験だった、しかも個人的な。経験されたものが想起されるもの、言語的に形式を得たものに変わってはじめて『我話す、ゆえに我あり』という論証が響き始める」[一六]と要約する。バッハマンにとっては個人の経験が作品の素材になることは自明のことである。そしてバッハマンが、のちに詳しく見るがインタヴューの中で短篇「ウンディーネ去る」については「それは私にとっての自己告白です」と言い、長篇小説『マリーナ』を「精神的自叙伝」であると答えるのを聞く時、個人的な経験は作家の思索と内省の刻印を押されはするものの、完全に隠蔽されることは不可能であるとバッハマン自身が考えていることが推測される。例えばグートヤールの「ウンディーネ去る」についての「虚構の伝記的仕上げは、物語の受容を文学的な問題提起の中で永らく狂わせることになった」[一七]という評言は、バッハマン作品に対する必要以上の「遠慮」を感じさせるのである。バッハマンの場合、経験が虚構を装う、いや、経験がすでに省察の結果を含み他者への働きかけとしての文学を生むのである。

第一回目の講義は、ヘルマン・ブロッホの「モラルはモラル、仕事は仕事、戦争は戦争、芸術は芸術だ」(Moral ist Moral, Geschäft ist Geschäft und Krieg ist Krieg und Kunst ist Kunst.) に異を唱える言葉で締めくくられる。

私たちが「芸術は芸術だ」という言葉に耐え全てに代わって嘲笑を甘受するならば、詩人がこれを耐え、不誠実さによって、絶えず危険なそれゆえ絶えず新たに生みだされるであろう社会とのコミュニケーションを意識的に解消することによってこれを促進するならば——そして社会が文学から、真剣で煩わしく変化させようとする精神が文学の中にある時に身をかわそうとするならば、それは破産宣告に等しいものになるでしょう。ただいくつかの気難しい構築物を芸術的に享受することを可能にすること芸術理解を呼びさますことが目的ではありません。——芸術に対して予防策を講じ芸術を無害なものにすることがこの講義の仕事ではありません。こんなひどい予兆のもと、私たちはお互いに何ら失いうるものはないでしょう。芸術が人間を、人間が芸術をいくらかでも失うことは。そうなったらもはやいかなる問いも必要ないのかもしれません。しかし私たちがにもかかわらず問いを立てるなら。私たちがそのように将来へ向けて問いをたてるなら、問いは再び拘束力を取り戻します。(W 4, 198f.)

ここに至って第一回目の講義タイトル「問題と偽問題」の意味を考えるならば、文学がかかわるべき問題として、バッハマンは社会的な次元を明らかに視野に捉えている。この次元を持たない文学は唯美という自己中心主義に捕われ、倫理や道徳を度外視する文学は偽問題にかかずらうものとして、バッハマンによってはっきりと退けられているのである。

フランクフルト大学での文学講義のテーマ選択は作家たちに任せられていた。「しかし、みな違ったテーマを選びながらも共通のものも現れる。彼らはみな、インゲボルク・バッハマンの講義が『同時代の文学の諸問題』というタイトルですでに示していたように、時代の諸問題を文学の問題と結びつける同時代人として語っている。」[一八]

フランクフルト大学での詩学講義はバッハマンの作家としての基本姿勢を示している。その姿勢に貫かれた作品がどのような仕上がりになっているのか、次に具体的に見ていくことにしよう。

第二節　短篇集『三十歳』概観

フランクフルト大学で文学講義を行った一年後の一九六一年春、バッハマンの初めての短篇集『三十歳』が出版される。ここには七つの短篇「あるオーストリアの町での青春」*Jugend in einer österreichschen Stadt*、「三十歳」*Das dreißigste Jahr*、「すべて」*Alles*、「殺人者や狂人たちの間で」*Unter Mördern und Irren*、「ゴモラへの一歩」*Ein Schritt nach Gomorrha*、「ヴィルダームートという男」*Ein Wildermuth*、「ウンディーネ去る」*Undine geht* が収められていた。

二―一　抒情詩人の散文

当時、一九五六年に第二詩集『大熊座への呼びかけ』を発表して以来の抒情詩人の散文作品集はどのように受け止められたのか。短篇集出版の年の十一月、ベルリン批評家賞を受賞したあとのあるインタヴューでのやりとりは状況の一端をよく伝えている。

ヘインク：あなたは短篇集『三十歳』で受賞されました。インゲボルク・バッハマンが何者かを知っている人間、一九五三年と一九五六年に出版されたあなたの詩集を知っている人間は、自分はあれ以来どうしてあなたの詩を読んでいないのかと不思議がり、短篇集が出てきた時は、当然、驚きました。

バッハマン：私はしかしもう以前から散文を書こうとしていたのです、ただ、いつもうまくいかなかった、半分しか書けなかったのです。一九五六年にはそれらのほとんど全てを構想し始めていました。完成するまでにとても時間がかかったのです。

ヘインク：批評はあなたの短篇作品で一番重要なのは筋（die Fabel）ではなく言葉だと断言しています。あなたは要するにこの点でも抒情詩人のままです。あなたは御自分を、御自分の特性を全く完全に変えていません。これもあまり納得のゆくものではなかったのでしょうが。

バッハマン：でも私はそれが現代の散文の、散文を書き始めている抒情詩人にとってのただ一つの指標ではないと思います。散文の中では当然何か別のことが行われています、また何か別のことが行われねばならないのです。これらの短篇の筋もつまらなくてたいした役割を演じていない場合はこの筋に代わって過程が存在しています。

ヘインク：ベルリンの朗読の夕べで新しい詩が朗読されたことは本当に驚きです。第三詩集を期待している人々には更なる希望があります。

バッハマン：でもそれは第三詩集のやっと最初の一篇かもしれません。

ヘインク：他のものは印刷されていないだけでなく書かれてもいないのですか？

バッハマン：ええ、五年間一つも書いていません、数週間前にやっと一つ。

ヘインク：あなたはそれをどう理由づけされるのでしょう？　自己批判をしすぎた、あるいは詩という形式との結びつきを失ってしまったのですか？

バッハマン：一方では散文を書くということによって詩を書くことが不可能になった、他方私はでもほとんど意識的に詩を書くのをやめたのです。

ヘインク：一時的な中断ですか？

バッハマン：当時はわかりませんでした、今も一時的な中断だったのかわかりません。
ありえることですが……（GuI, 27f.)

バッハマンの最新の短篇集ではない、抒情詩を巡るこのやり取りは、バッハマンの抒情詩人としてのイメージの強さとインタヴュアーの不自然なほどのバッハマンの散文作品に対する関心の薄さ、評価の低さを窺わせる。

コンスタンツェ・ホッツは第一章でも引用したその著書の中で、バッハマンの短篇集の出版前史から説き起こし、当時のメディアの扱い、すなわち作品と作家に対する評価やイメージがどのように変わっていくのかを書評や新聞記事をもとに辿っている。それによれば、短篇集の構想は一九五六年、五七年のうちにほぼ固まっていた。五七年以降、バッハマン自身が詩から散文への意識的な転向について語っており、五九年以降、四七年グループの会合やラジオ放送、雑誌、新聞で個々の物語は紹介されてもいた。短篇集の刊行は出版社によって繰り返し告知される。その結果六一年六月の刊行時には批評家も読者も高い期待感を持って作品を受け取る。すなわち、この新刊は「今世紀ドイツ語文学の最大の名前」の、「地位と名声を享受する女性詩人」の、「才能ある、多くの称賛を得たオーストリア女性作家」の短篇集なのだ。「作家のイメージは」もはや「偉大な抒情詩」、「偉大な女性詩人」といった言葉よるのではなく、「称賛された」、「賞を取った」、「地位と名誉を享受する」といった言葉で飾られている。[一九] 期待の高まり、これが短篇集に対する批評の基準を底上げする。作品が発表されたあと、ではそれらの期待は満たされたのだろうか。「七つの物語によって［…］この詩人は、彼女の詩人としての資質と言語芸術の高い質を証明する[二〇]」といった肯定的な評価はもちろんあり、この場合、抒情詩人の称号は散文作品評価にマイナスに作用してはいない、だが、とホッツは言う。

アンビヴァレントな批評は、肯定的な部分的受容によってまず抒情詩人の例外的なイメージを承認する、それからすぐに今しがた形成されたものの否認へと巻き込まれていく。「キッチュ」や「くだらない」といった語彙（その背後にあるのは、論じる価値もないというひどい裁断である）で作家の文学的可能性や真剣さが疑われた。それらの語彙はそれまでは議論の中にはなかったものだ。確かにこのような批評は、クレームを付けられた質が肯定的に言及された作品によって保証されることで相対化されはする。にもかかわらず高尚なイメージには亀裂が入った。[二一]

抒情詩人バッハマンへの期待は、彼女の短篇が散文作品の基準を満たしていないということによって維持されようとする。「抒情詩人インゲボルク・バッハマンの弁護、断固とした再確認と短篇の否定的評価は、弁証法的な関係の中で見られねばならない。[二二]」バッハマンは散文ではなく詩を書くべきなのだ。

第一章では、世論のバッハマン評価が多分にイメージ先行で作品の意味が汲み取られないあるいは読み手に都合の良い読み方しかされないまま高まっていた点を確認したが、ホッツの言葉に従えば、五〇年代の若く才能ある美しい女性詩人をめぐる「一過性の陶酔」(euphorisch)が、短篇集『三十歳』をめぐる批評の混乱――それは「抒情詩人の散文」という観点からの批評、物語の筋、すなわち内容よりも表現に比重を置く批評の仕方に如実に現れている――を機に、その実態を露にしたのだと言えよう。結果として「短篇集受容の最後に――『大熊座への呼びかけ』から生じた抒情詩人の単一のイメージと比較すると――はるかに複雑化した明らかに対立する緊張によって構成された複雑なバッハマン・イメージが姿を現す[二三]」のである。

二―二　マルセル・ライヒ＝ラニツキの批評

ここで、四七年グループのメンバーでグループ内でヴァルター・イェンスと並ぶ批評家と目され、この頃には西ドイツの文芸批評界に大きな影響力をもっていたマルセル・ライヒ＝ラニツキの批評に眼を通しておこう。タイトルは「インゲボルク・バッハマンあるいは驚愕の裏面」である。発表年は、短篇集が出版されて二年後の一九六三年、ライヒ＝ラニツキは五〇年代のバッハマンの抒情詩の評価に疑問を呈するところから論をはじめている。彼は、ハイセンビュッテルが五〇年代にすでにバッハマンの詩の特徴として指摘していたことをハイセンビュッテルとは異なる調子で次のように言う、「インゲボルク・バッハマンは伝統の信奉者でもなければアヴァンギャルドでもない。彼女は古典的詩作品に多くを負うている、そして負けず劣らず同時代人の作品にも。そして時々一種の統合に成功するのだ。[二四]」バッハマンの詩はメタファを多用しているために曖昧かつ十分に包括的であらゆる解釈を正当化する。このために左からも右からも、どの方面からも同じような称賛を受けることができたのだ。「彼女は、私たちの時代の不快さと私たちの世代の生の不安から、驚くべき程度の音楽性を誘い出すことができた。結果、彼女の抒情詩は根本的には穏やかで慰めに満ちている、なぜなら、このカサンドラは絶えず情愛と少しの巣のぬくもりをもっているから。時々は、メルヘンと伝説から柔らかなモチーフが姿を現す。[二五]」彼女の詩の中にあるのはハイセンビュッテルが「驚愕の裏面」と形容した分裂でも矛盾でもない、彼女はおぼつかなさを形式的な厳格さの背後に隠し、鋭い文体でカムフラージュすることに成功したのである。称賛されてきた抒情詩の中にすでにあったあやふやさは、一九六一年出版された短篇集『三十歳』の中でついに露呈するのだ。「散文の中では手持ちのカードが丸見えになっている。[二六]」

ほとんどすべての登場人物の感情、思考、表現が交換可能である。根本的にただ一人の主人公がいるに過ぎず、その抒情的「私」がこれら散文作品の中で世界との関係、抵抗や敗北について饒舌にそしてしばしば混乱して報告している。要するに、一見異なる人物たちに——中年の男たちは排除されずにいる——いつも何かしら若い人特有のもの、おそらくはまた女性的なものが付着している。その上、成熟した経験のある裁判官が時折、人生に失望した奇矯な小娘のように話すのだ。[二七]

バッハマンは抒情詩的散文「あるオーストリアの町での青春」、「ウンディーネ去る」の中で一番リラックスしている、だが、これは叙事詩ではなく韻文であり、筋と叙事的な枠を形作ろうと努力しているが、それには明らかに失敗している、驚くような文体上の脱線はこれが典型的な初子であるということを認識させずにはおかない、そうライヒ＝ラニツキは続け、そしてホッツが指摘していたバッハマンにつきまとう判断の指標が明言される。「抒情詩人、要するに短篇作家ではないということか？」ライヒ＝ラニツキにとって唯一評価できる作品は、「すべて」だが「結果、インゲボルク・バッハマンは短篇の中においても矛盾と対立と極端な緊張の詩人として姿を表している。[二八]」ライヒ＝ラニツキの批評は——バッハマンの作品に構成と筋を認めないので——内容についてはほとんど言及していない。ここから読み取れるのは五〇年代の抒情詩人のイメージがバッハマンの散文作品の受容にいかに大きな影響を与えたか、分析というより印象に基づいて批評が書かれているかということである。ライヒ＝ラニツキの別の批評の中の一語「堕ちた抒情詩人」(eine gefallene Lyrikerin)[二九]は、バッハマンが短篇集を発表したことによって、相変わらず世論をにぎわせはするが五〇年代のそれとは違う存在になりつつあることを象徴的に表している。

二―三「ドイツマスコミのアイドル」の挑発

短篇集出版直後、七月二十二日付新聞記事の中で「インゲボルク・バッハマンはドイツマスコミのアイドルになった。彼女の作品はすべて初めからドイツの戦後作家の他の誰も享受しなかったような反響を呼んだ。彼女はたっぷり顕彰されたしフランクフルトでは詩学講座の第一号の客員講師になった。彼女の新しい散文作品は、今後もきっと栄誉と成功の点で欠けることがないだろう」と語るホルスト・ビーネックは、バッハマンの散文作品の作風と意図を次のように評している。

このバッハマンはドイツ語散文作品に新しい次元を与えた。彼女の問題、彼女の懐疑は、他の作家の問題や懐疑よりも深い。彼女の文章は刺激の強い真実と息苦しい洞察を語る。彼女の登場人物は日常的だ――しかし同時に神秘的な光を放つ。彼らは主婦でありメディア、裁判官でありオイディプス、学生でありハムレットだ。彼女は、陳腐な状況をデモーニッシュな領域に高める。どの家にもテーベが、どの小都市にもダブリンが、誰の隣にもゴモラがあるのだ。［…］ヘミングウェイの言うところによると、私たちの散文作品が省察という点ではますます落ちぶれている。いかなる省察もない冷たくて味気ない散文に、バッハマンは詩的な文、イメージの充溢、メタファの明度で対するのだ。[三〇]

一読して言えることは、この論者に詩人がジャンル変更したことに目くじらを立てる気はなく、同性愛のモチーフに対してすら強い抵抗を感じることがないらしいということである。

バッハマンの作品に対する当時の批評を読むと、抒情詩か抒情的散文かという形式論に終始する者、モチーフや内容にも言及し評価するあるいは酷評する者と、様々な傾向が見てとれる。短篇集に批判的だった影響力の強い論者たち、ライヒ＝ラニツキはかろうじて「すべて」を、ヴァルター・イェンスは加えて「ウンディーネ去る」を評価する。それに対して、今日では例えば先に引用した「殺人者と狂人たちの間で」は、バッハマンの反ファシズムの明確な意思表示が読み取れる作品として取りあげられるが、ライヒ＝ラニツキ、イェンスそして先ほどのビーネックもこの作品自体にほとんど触れていない。だが何と言っても短篇集における一番の問題作は「ゴモラへの一歩」であった。この作品に関しては次のようにはっきりと不快感を示す論者が多かった。

インゲボルク・バッハマンは女性として聴衆に語りかける時には――彼女の散文作品は静かな小部屋の読者を求めてはいない、呼びかけ挑発する聴衆を求めているのだ――彼女が女性の視点から「ゴモラへの一歩」や「ウンディーネ去る」の中でのような出来事を叙述する時には、その告白めいたものはしばしば気まずい思いをさせる、いやそれどころか単純な理由から露出症的に作用する、なぜならここではなにひとつ、どんな人間にも存在の根源的状況にも妥当するであろう典型的なことは語られていないからである。[三一]

女性の視点から語られた物語は七篇中二篇のみだが、ゲノ・ハルトラウプは同性ではあっても、この二篇の中の同性愛のモチーフ、ウンディーネの怒れるフェミニストのような口調に対し拒絶の身振りを示す。ベッティーナ・バナシュの次の言葉は、一見すると形式論であるように見える議論が内容やテーマに対する好悪の感情に左右されていることを示唆している。

特徴的なことに初期短篇集『三十歳』の主たる男性批評家たちによっては特に「ゴモラへの一歩」の物語――そしてこの中のシャルロッテとマーラの愛のシーン――がバッハマンの散文作品の言語的、テーマ的無軌道ぶりを確証するために例として引き合いに出された。[三二]

これに加えて、コンスタンツェ・ホッツは文学ジャンルとジェンダーの関係性を次のように指摘する。

> 抒情詩と叙事詩の対置は女性的と男性的の対置を模している。結果としてさらに、感情と知性、主観的と客観的という対立組が存在する。性と、ジャンルにふさわしい能力とのアナロジーは、イメージ議論の過小評価されるべきではない論拠として貢献する。インゲボルク・バッハマンを抒情詩もしくは抒情的なものへ固定化することと散文から彼女を閉め出すことは、文学から彼女の人格に転写されいわば対象化される。作家の性が、権威ある機関としてジャンル議論の中へ招集されるのである。[三三]

バッハマンのジャンル変更が彼女の五〇年代に固定化されたイメージに揺さぶりをかけるための「最強の挑発」となりえたという事実が、バッハマンの作品評価をめぐるジェンダー・バイアスの問題を逆照射する。バッハマンはその上、作品の内容という点でも——ビーネックのようにバッハマンを相変わらずマスコミのアイドルと捉える人々はおくとして——彼女のことをドイツ文学の「希望」と称賛した人々に、この抒情詩人はもしかするとフェミニストで同性愛者かもしれないという危惧を抱かせるのである。

今日、短篇集『三十歳』には「狭義の政治的意識のみならず、祖国概念、アイデンティティ構想、世代間の関係、思考と行動の関係、性的役割の定義、現実と真実の概念、言葉と芸術についての見解など[三四]」が盛り込まれていると要約される。本論ではこれらの問題のうちバッハマンの政治的な意識については見ることができないが、それ以外の問題意識には触れることができると思われる「ゴモラへの一歩」、「ウンディーネ去る」を具体的に考察し、比較のために「すべて」を取り上げ、それらの作品の「挑発」の実態を明らかにしたい。

第三節　「ゴモラへの一歩」

この作品ではシャルロッテとマーラという二人の女の奇妙な一夜が描かれている。すでに結婚して社会的にも恵まれた生活をしているピアニストが、年若い女に性的な誘惑を受け困惑し逡巡する。結局、関係は成立しない。だがマーラという得体の知れない人物の登場により、シャルロッテはこれまでの自分の生活を異化し、いま彼女の中にある言葉とイメージの結びつきでは表現できないと感じる何かのための「王国」を夢見るのだ。この「王国」ヴィジョンは明確に言語化されることがない。本節ではシャルロッテとマーラの関係、シャルロッテの女性観を手掛かりに「王国」ヴィジョンの苗床となったシャルロッテの自意識のあり方を探り、そこから彼女が求めるものの姿を照射してゆくことにする。

三―一　誘惑者マーラとシャルロッテの「王国」ヴィジョン

パーティが終わり、夜も更けて最後の客たちを送り出しシャルロッテが部屋へ戻るとそこにはまだ少女が一人残っていた。疲れきっているシャルロッテは、まだ何か話したそうにしているこの少女をどうやって言いくるめお引き取り願おうかと考える。だが彼女が少女の赤いスカートに視線を落とすとその赤は彼女の視覚を強く刺激し、部屋の調度の中に隠れていたすべての赤い色彩を浮き立たせ、その瞬間「世界はただ一度限りの赤に染まった。」(W 2, 187)バッハマンは非日常世界の扉が開かれる瞬間を赤で象徴的に表現する。マーラはあなたが私を呼んだのだと言ってシャルロッテにまとわりつき彼女の愛をねだる。駄々っ子のようなマーラに対しシャルロッテが感じる困惑と不快感。しかしマーラの誘惑は、おそらくはマーラの思惑とは異なる効果を発揮する。なぜならシャルロッテはマーラの頭を撫でながら物思いに耽り始めるのだから。主人公がホステス役を務め終えて疲れ果てている真夜中、誘惑者が突然姿を現し、その誘惑者の特徴は具体的に描写されないという典型的な幻想小説の体裁を取ったこの物語の眼目は、実のところこのシャルロッテの夢想の中にある。

シャルロッテはマーラの頭を言われた通りに撫でてやり始めた。そして手を止めた。彼女はすでに一度耳にしていた。言葉そのものではない、この声の調子を。彼女自身がよくこんな風に話しかけていた、ことにフランツと知り合った頃に。ミランの前でもいつの間にかこの調子に陥った、ひらひらの襞飾りを付けたような声に。こんなとりとめのない歌のような言葉に彼は耳を傾けていなければならなかった。口元をゆがめて彼女は彼に意味のないことを語りかけた、か弱い者が強い者に、頼りない分別のない者が、彼に、分別のある者に。(W 2, 199)

マーラの誘惑はシャルロッテの誘惑や媚態の写し絵なのである。シャルロッテの物思いはそこから自分の結婚生活に及ぶ。彼女は自分がその生活を選んだにもかかわらず、夫のフランツが彼女の仕事に理解を示し、慰めや励ましを与えてくれるにもかかわらず、そして「男たちへの愛が彼女にもたらした喜びにもかかわらず、何かが解決されないまま残っている。」(W 2, 205)すなわち、彼女にとって男たちとの関係は主従関係であった。シャルロッテは眠ってしまったマーラ、「自分の被造物」(mein Geschöpf)を手に入れた暁の彼女の「王国」ヴィジョンを垣間みる。

シフト交替の時間だった。今度は彼女が世界を引き受け仲間を指名することができた。権利と義務を定め、古いイメージを無効にし、初めての新しいイメージを構想することができた。なぜなら性によって否認されてしまったこと、性に関して語られたことすべてが廃止されてもイメージの世界はなお残っていたから。イメージは残った、平等、不平等、性の本質や法的関係を規定する試みがとっくに空虚な言葉になり、新しい空虚な言葉に取って代わられるだろうとしても。ああいったイメージはとっくに色あせ黴が生えたとしても、かなり長いこと自らを保ち新しいイメージを生みだす。女狩人、偉大なる母、偉大なる娼婦、サマリアの女、深いところから呼ぶ誘惑の鳥、星座の中の女たち……。

私はどんなイメージにも生まれついてはいなかった、とシャルロッテは考えた。だから壊したくなるのだ。だから私は鏡像がほしい、それを自ら作りたいと思う。まだ名前はない。まだない。まず跳躍だ、すべてを飛び越えること、脱出を完遂すること、太鼓が打ち鳴らされ、赤い布が地面を撫でるように滑る時に。誰もどんなふうにそれが終わるのか知らない。王国を待望すること。男たちのでもなく女たちのでもない王国。（W 2, 212f.）

バッハマンがシャルロッテの前にマーラという正体不明の若い女を置くのは、彼女からこの長いモノローグを引き出すためであった。バッハマンが描いているのは同性愛者の愛の交歓のシーンではないし、同性愛に興味を抱く有閑夫人の姿でもない、結婚生活に疑問を抱き、新しい「王国」実現のために同性愛は有効だろうかと自問する思索者の姿なのである。

シャルロッテは「王国」のための反乱をなぜ決行しないのか。それは彼女の中に根強くある男女関係のイメージから目の前のマーラとはやはり逆転した主従関係しか結べないと感じるからである。いやそれ以上に、彼女にそもそも同性愛の傾向がないからである。

マーラの挑発的な「なんて嘘つきなの、なんて臆病なの！」という言葉にシャルロッテは独白する。「まるでそれが大事なことかのように！　禁令を一つ破り、小さな愚行を一つ犯し、おまけの好奇心を満たせばおしまいとでもいうかのように！」(W 2, 208) バッハマンは異性愛者のシャルロッテをして、同性愛者のマーラとの関係を不自然に成立させて、結婚生活を破壊するあるいは既成の価値観に反抗する道具にはさせない。これはラディカル・フェミニズムへの婉曲な批判を含んだ作品なのだろうか。

リタ・ジョー・ホースリーは八五年の論文で、シャルロッテがマーラを受け入れない結末をバッハマンの限界と捉えている。ホースリーは、バッハマンが、シャルロッテが独白を通じ「言葉、ジェンダー、神話が私たちの現実認識や現実解釈を形成する」一端を担っていて、それが彼女のアイデンティティをも規定していることを発見するプロセスを描いていることは評価する。だが、シャルロッテがマーラを受け入れないのは「男性的な」シャルロッテによる「女性的なもの」の拒否だと解釈するのである。[三五] ここで作品解釈のために用いられる「男性的」、「女性的」という言葉は一体何を指しているのか。この物語が「男性的な」シャルロッテによる「女性的なもの」の拒否と読めるのかどうかということも含め、次にシャルロッテとマーラの観念的なレベルでの関係性を見てゆこう。

三―二　シャルロッテの女性観と自意識の構造

シャルロッテは「王国」幻想の高揚の中で、手に入れたマーラにまず言葉を教えなければならないと考える。

男たちの言葉は女について語る際これまで十分にひどく疑わしいものだった。女たちの言葉はしかしさらに悪くさらに品のないものだった——彼女が自分の母親の本質をのちには姉妹や女友達や友人の妻たちの本質を見通し、女たちの言葉、これら底の浅い信心ぶった決まり文句や寄せ集めの意見や判断、ため息まじりの繰り言は決してどのような洞察や観察にも値しないということを発見した時から、彼女はもう女たちの言葉にはぞっとしていたのであった。（W 2, 208）

シャルロッテは自分を男だとはもちろん思っていないが「女たち」にも自分を含めてはいない。このシャルロッテの視線がホースリーをしてシャルロッテは「男性化され」ていると言わせるのだが、ではマーラにしろここに描写されている「女たち」にしろ、シャルロッテが女性であるからというだけで彼女はこれを受け入れなければいけないのだろうか？

問題なのはホースリーの、女性の「男性化」という言葉の使い方である。ここでユング派心理学者エーリッヒ・ノイマンの次のような言葉に耳を傾けてみよう。

人類史上、男と女の分化は、およそ対立というものの最も早い最も際立った投影の一つであり、男性的・女性的という観念は、初期の人類にとって対比対立のそもその原型にほかならない。それ故、どのような対立や対照もごく自然に男性的、女性的という象徴表現を受け入れる。そこで意識的、無意識的という対立原理もまた、この象徴表現のもとに体験され、男性的なものは意識と、女性的なものは無意識と同一視される。［…］無意識の混沌状態を脱して、意識の客観性に至る発達過程は、人類史の中で男性的なものが女性的なものから「分離」する象徴過程を通して達成される。[三六]

すなわちホースリーは、客観的な視点を手に入れた女性のことを「男性化された」女性と呼んでいるのだが、このような言葉の使い方は女性の意識の発達を阻害する働きしかしない。なぜならこのように表現されてしまっては、女性にとって意識を発達させることはまるで男性の領域への越境行為のように聞こえるからである。すべては言葉の問題なのだ。何よりバッハマンのシャルロッテが、「とっくに色あせ、黴が生えたとしても、かなり長いこと自らを保ち、新しいイメージを生みだす。女狩人、偉大なる母、偉大なる娼婦、サマリアの女、深いところから呼ぶ誘惑の鳥、星座の中の女たち」と、女性に割り振られたイメージに辟易してみせていたではないか。

バッハマンもまた混沌とした無意識状態をマーラや「女たち」で表現してはいるが、そこから自意識を立ち上げたシャルロッテも女性として描かれている。シャルロッテとマーラの一夜は女と「女性的なもの」の一夜、女性の自意識の構造を明らかにするためにバッハマンが用意した観念的時空である。シャルロッテとマーラの関係が成立しないのは、異性愛、同性愛とは別の次元でシャルロッテはいまさら無意識の状態に退行することを望んでいないからだと言うことができる。

マーラは男を誘惑して破滅させるファム・ファタルの系譜に連なる人物である。しかし、彼女の手練手管は同性には通用しない。バッハマンは「破滅させる女」のモチーフもあわせて異化してしまったのである。

バッハマンが同性愛のモチーフを女性の自意識の構造を明らかにする観念的レベルで用いている点が、ホースリーのようなフェミニズム批評の側からも誤解と批判を生む。この構図は、バッハマンをフェミニストと呼ぶにしても彼女のフェミニズムがどういう主張を含むものなのか再考を促す契機になろう。[三七]

三―三　「ゴモラへの一歩」と「すべて」

短篇集の中で評価の高かった「すべて」は、やはり言葉とイメージの結びつきが人間の自意識に影響を与えることに気づき「新しい」言葉を希求する男の話である。物語は、子供が生まれそうになったから結婚に踏み切り、息子が生まれると――妻ハンナとは意思の疎通がままならないのに、いや、それゆえにこそ――子供に「新しい言葉」を教えることに夢中になる三十歳の男性の独白で綴られている。

そして、私には突然わかった、すべては言葉の問題なのだ、他の言語とともにバベルで世界を混乱させるために創られたドイツ語だけの問題ではない。なぜならその中にはさらにもう一つの身振りやまなざし、思考の展開や感情の歩みにまで及ぶ言葉がくすぶっていて、そこにすでに私たちの不幸のすべてがあるのだから。すべては私が子供を、その子が新しい言葉の基礎を作り新しい時代を始めることができるまで、私たちの言葉から守ることができるかどうかという問題だった。（W 2, 143）

この試みは、別の見方をすればハンナとの間での子供の取り合いでもある。

彼女は子供を抱きしめキスをし真剣に見つめ、母親を悲しませないようにと教えた。彼女は見事な誘惑者だった。彼女は根気よく名前のない川の上に身をのりだし子供を引き寄せようとした。私たちのいる岸辺で行ったり来たりし、子供をチョコレートやオレンジ、うなり独楽やテディベアで誘惑した。

そして木々が影を投げるたびに、私は一つの声を聞いたように思った、彼に影の言葉を教えよ！　世界は試みであり、この試みはいつでも同じやり方で繰り返され、同じ結果を生む。これで十分だ。別の試みを為せ！　彼を影のもとへ行かせよ！　結果はこれまで、罪と愛と絶望の人生だった。（私はすべてを普遍的に考え始めていたのだ、だからそんな言葉が思い浮かんだ。）だが私は、彼に罪を免れさせてやることができるかもしれない、愛やあらゆる不幸を。そして彼を別の人生に送り出してやれるかもしれない。（W 2, 144f.）

だがこの男の試みは失敗に終わる。なぜなら彼自身「新しい言葉」を一つも知らず、「自分の言葉の限界を超え出ることができなかったから」（W 2, 145）。男はやがて子供に関心を失い、子供は小学校の遠足で事故死する。後に残ったのは会話のない夫婦、男の、自分こそがまず新しい言葉を学ばなければという覚醒である。「すべて」と「ゴモラへの一歩」のテーマの親近性について、S・ヴァイゲルは、『すべて』が男性の系譜学の構図の中での救済プログラムの迷いから覚めることを問題にしているとすれば、短篇『ゴモラへの一歩』は救済と創世神話の女性ヴァージョンを描いている[三八]と指摘する。「すべて」の中では父が息子に「新しい言葉」を教えようとし、「ゴモラへの一歩」ではシャルロッテが自分の「被造物」マーラに「新しい言葉」を教えようとする。両作品とも作品の背景には旧約聖書の創世記の世界があり、両作品とも主人公は「新しい言葉」を夢見、その獲得に失敗している。

彼らの求める「新しい言葉」とはどんなものなのか。「すべて」では、男は普遍的な言葉を話すのを好みハンナの言葉を軽蔑している。「ゴモラへの一歩」では、シャルロッテは男の言葉は女の言葉よりはましだ、だが男たちが女たちを定義する言葉はこれまでひどくて疑わしいものだったと考えている。両作品を併読することによって引き出されるのは、これら「新しい言葉」幻想の根幹には、バベルの塔の混乱は民族や国家間にあるのではなく、両性間にこそあるという卑近な真実である。「新しい言葉」幻想が崩れた今、露になるのは男女間のコミュニケーションの不毛なのだ。バッハマンは「すべて」の最後に、これを克服しようとする気配を見せる男性主人公の独白を置く。

やりすぎてはいけない。まず前進することを学べ。お前自身が学べ。しかしまず男から女へ至る悲しみの曲線を引き裂かねばならないだろう。沈黙で測ることのできるこの距離、さてどうやって取り除かれるべきか？　なぜなら、いつの時代も私にとっての地雷原はハンナにとっては庭だろうから。
私はもう考えない。立ち上がって暗い廊下をあちらへ行き、一言も発する必要なくハンナのところに辿り着きたい。［…］だが私はハンナがまだ目覚めているかを知らない。私はもう考えない。肉は強く暗い、夜の哄笑の下に真の感情を秘めている。私はハンナがまだ目覚めているかを知らない。(W 2, 158)

他方「ゴモラへの一歩」でシャルロッテは、マーラを前にした物思いの中で独白している。

自分自身の不幸、自分自身の孤独に固執する不遜さはいつも彼女の中にあった。しかしいまようやくそれは勇気を奮って表に出、花咲き、繁茂し、彼女の上に生け垣をつくった。彼女は救われることはなかった。不当にも、彼女を救済し、お互いに絡みついた赤い花の咲く枝が分かれ道をつくるというあの千年を知ろうとする者はいないであろう。おいで、眠りよ、おいで、私がだれかの手で目覚めるための千年よ、おいで、私の目覚めよ、男と女、これがもはや無効になったときに。これがいつか終わりになった時に！
(W 2, 202)

「すべて」の中の男の妻への再アプローチは生殖への意志に支えられている。「すべて」の中ではハンナの内面は描かれていない。だが両作品には、グリムの「いばら姫」のモチーフを借用して強調される眠りが男女のコミュニケーションに対する女性側の絶望感を表現するメタファとして用いられている。両性間の言語を介してのコミュニケーションあるいはコミュニケーションそれ自体は果たしていつの日か可能になるのか。バッハマンの現実認識は苦い。

第四節　「ウンディーネ去る」

「ウンディーネ去る」は短篇集『三十歳』の最後に置かれた作品である。ヘレーネ・ヘンツェは七篇の作品のうち「もっとも美しくもっとも成功した」[三九]作品であると言い、クルト・バルチュは男と女の関係が情熱的な悲歌として表現された「高度に抒情的な性格を備えた純粋表現」[四〇]であると評している。確かに「ゴモラへの一歩」――同性愛という当時の道徳観からすると刺激の強いモチーフを中心に据え、伝統的市民社会的価値観の中での結婚制度、もしくは男女の関係性について再考を促す挑発的な作品――に比べれば、「ウンディーネ去る」は、フケーの「ウンディーネ」の悲恋物語の印象を受け継ぎ、この点で抒情的、物語的世界に身を委ねたい読者を油断させてしまう。だがこの作品は抒情詩「猶予期間」や「暗いことを言う」に通じる重層性を持ち「ゴモラへの一歩」に劣らず挑発的なのである。文学モチーフの非合理的でありながら人の心を魅了する性格を良く認識し、これを異化するバッハマンの手法とその意図するところを見ていこう。

四―一　「芸術、ああ、芸術なんて」

バッハマンがロマン主義時代の佳品フリードリヒ・ド・ラ・モット・フケーの『ウンディーネ』（一八一一）を念頭にこの作品を書いているということに異論の余地はない。バッハマンの「ウンディーネ去る」は、人間と水の精、言い換えれば人間と人間でないものの関係をそのまま作品の土台とし、人間の男ハンスに対するウンディーネの愛憎の入り交じったモノローグで構成されている。バッハマンのウンディーネはハンスの裏切りを経験したあとのウンディーネであり、その上フケーのウンディーネに比べいかにも饒舌である。このウンディーネは人間社会を鋭く批判しハンスを糾弾する。その挑戦的な口調に読者は、ウンディーネが人間の女ではないことをつい忘れそうになるが、この作品においてもハンスの傍らには妻とよばれる人間の女が寄り添い、ウンディーネはハンスを手に入れることができず自分の世界へ戻ってゆく。

フケーの作品はいわば男女の三角関係から派生する悲恋の話である。だが、そこに異界のファクターが持ち込まれていることにより、今日の読者には悲恋の原因を男女の性差にも階級や身分の差にもあるいは文字通り人間と人間でないものの相違にも求めることが可能になる。バッハマンはあるインタヴューの中で、この作品はバッハマンの自己告白なのかと問われて次のように答える。

それは私にとっては自己告白です。ただこれについてはこれまでひどく誤解されてきたと思います。というのも読者や聴衆はすぐさま――物語は一人称形式で書かれているので――この「私」と作者を同一視するのです。これはまったく間違いです。ウンディーネは女ではありません。生き物でもありません。ビュヒナーの言葉を借りるなら「芸術、ああ芸術なんて」と言うべきものです。作者は、この場合は私のことですが、もう一方の側に、すなわちハンスと呼ばれるものの側に求められねばなりません。(GuI, 46)

この言葉を聞くと、バッハマン作品のウンディーネの人間に対する呪詛の言葉に――この作品の作者は男性憎悪に捕われていると言って不快感をあらわにするにしろ、ウンディーネの告発に自らの中にある既成社会の価値観や男性そのものに対するルサンチマンを増幅させるにしろ――感情を波立たせた読み手は少なからず拍子抜けするかもしれない。だがバッハマンのこの言葉が作品に対する反フェミニズム的批判をはばかっての言い繕いなどではないことは、作品の中のいくつかの表現から明らかである。

四―二　芸術、あるいは芸術の素材の「寓意」としてのウンディーネ

バッハマンの「ウンディーネ去る」では人間の総称としてハンスという男性名が用いられ、しばしば「お前たち」と呼びかけられる。

お前たちが一人でいた時、まったく一人だった時、お前たちの思考が有用なもの、役に立つものに向かわなかった時、燈火が部屋を守り、そこに森の空き地が生まれ、その空間が湿り煙った時、お前たちがそのようにして立ち尽くし、見捨てられ、永遠に見捨てられ、洞察からも見捨てられていた時、それが私の時だった。私は挑発的なまなざしを持って入ってゆくことができた、思え！　在れ！　言葉にせよ！　と。

(W 2, 257)

人間の功利的な思考、生活に即した創意と工夫のための熟慮の時間を縫ってウンディーネは訪れる。いや、ウンディーネはハンスによって、現実に根を持たず社会の規範から外れたいつでも「いまここ」にないものとして夢見られ呼び出されるのだ。「いまここ」を秩序づけているものを合理的精神と呼ぶならば、ウンディーネは合理的精神が捉え、形にしようとするなにものかである。作品冒頭、バッハマンはハンスとウンディーネが出会う場所を言うのに「森の空き地」(die Lichtung) という言葉を用いているが、この言葉については次のような指摘

がある。

インゲボルク・バッハマンはここで、マルティン・ハイデガーの『森の道』の中で存在者が隠されていないもの（真実）へと達する場所のために用いられている概念 die Lichtung を暗示している。［…］ハイデガーによって一義的に定義されておらず、いわゆる科学的哲学にとっては不用の、しかしそのとらえどころのない意味のおかげで逆に文学にとっては魅力的でなくはない概念 die Lichtung を私たちは「人間とウンディーネが具現するものの出会う場所」と解釈することができる。[四一]

バッハマンは大学で哲学を専攻し『マルティン・ハイデガーの存在論哲学の批判的受容』という学位請求論文により博士号を授与されている。die Lichtung はハイデガーの『森の道』における「芸術作品の起源」と題された論文の中で用いられており、先ほどのバッハマンのインタヴューの言葉を考えあわせるなら、バッハマンはウンディーネを芸術の寓意として機能させるべくハイデガーの用語を作品の中に組み込んでいると言える。またウンディーネの度重なるハンスへの呼びかけについてもハイデガーとの関連が次のように指摘される。

ウンディーネの呼びかけは、人間たちが日常の多忙の中に埋没しようとする時に彼らの耳に届く。この呼びかけはすぐにハイデガーによってものされた「呼びかけられること」（Angerufenwerden）を思い出させる。これは――すでに初期作品『私もまたアルカディアに生きていた』の中で荒削りながら響いていた――ハイデガー的な意味で完全に独自的存在でありうることへの呼びかけである。[四二]

この作品の中の「森の空き地」で出会うハンスとウンディーネは、人間と芸術、いや、人間と人間が芸術と名づける前の、合理的精神の領域に取り込もうとする対象そのものである、そのような解釈が成立するようにバッハマンは意識的にこの作品を書いている。この点を確認したところで次に、バッハマンは人間と芸術の関係をどう捉えているのかを見ることにしよう。

四―三　再び、バッハマンの文学観

ハンスは勤勉で器用な手を持ち、その手が物を扱う様は見事というほかない。しかしハンスはその手で細やかに構築した日常生活と、それを維持する論理によって満足することができない。なぜならハンスの勤勉さは、精神の対象を形象化しようとする衝動、いまだ日常的なものになっていないものを日常に組み込もうとする欲望に支えられているからである。精神の観念的な世界へ飛翔する力、そしてそこで得たヴィジョンを目に見える形、手で触れることのできるものへと造形する力こそがウンディーネとの邂逅を準備する。しかしウンディーネとの邂逅をハンスはたいていの場合、慌ただしく切り上げてしまう。ハンスはウンディーネとの関係にすぐさま言葉を持ち込み、未知のウンディーネを身近な既知のものにことよせ、未知のものとの出会いの中で自分を変えることをしないまま自分の世界へ帰ってゆく。

おまえがしゃべった時ほど多くの魔法がその対象にかけられたことはこれまで一度としてなかった、言葉がそれほど優位に立ったことはなかった。言葉はおまえを通じていきりたつこともできた、うろたえあるいは制圧することも。おまえはすべてを語と文で作り、それらと意を通じ、あるいはそれらを変化させ、なにかを新しく命名した、正確な言葉も不正確な言葉も理解しないはずの対象が、それらの言葉によって動き出さんばかりだ。ああ、それほど見事に戯れることができるものはいなかった、お前たち怪物どもよ！　ありとあらゆる遊びをお前たちは作り出した、数の遊び、言葉の遊び、夢見る遊び、恋の遊び。(W 2, 262)

現実と認識主体の間で緩衝材の役割をも果たす言葉は、その濫用によって思索を言葉の遊びに変質させてしまう危険性を秘めている。対象物との緊張関係はたちまち失われ、人間は言葉によって対象をもてあそぶ。バッハマンのウンディーネがハンスを裏切り者呼ばわりするのはこの時だ。ハンスは自ら呼び出したウンディーネをあくまでも自分たちのルールで扱おうとし、捕まえ損ねて畏怖の対象と化したウンディーネを自分たちの物語の中に封印してしまおうとするのである。

裏切り者よ！［…］そのとき突然、私は危険なものになった、その危険をお前たちはまだ手遅れにならぬうちに認識したのだ。私は呪われ、たちまちのうちにすべてが後悔されることになった。［…］お前たちは慌ただしく祭壇をしつらえ、私を生け贄に捧げた。私の血は美味だったか？　わずかに雌鹿の血、白鯨の血の味がしたか？　それら口をきかないものの味がしたか？(W 2, 259f.)

ハンスがウンディーネに対して畏怖の感情を覚えるのは、ウンディーネを前にして自分たちのルールを手放そうとはしないからである。語りえぬものを前にして、人間はその経験から新しい言葉が生まれ出てくるまで踏みこたえることができなかったのだ。言語化できないウンディーネは不気味なものに堕し、人間は自分の言葉の限界を自ら塗り固めてゆく。

バッハマンは学位請求論文において「空談」あるいは「空談」について「空談」することを批判し、論の末尾でヴィトゲンシュタインの「人は語りえぬものについては沈黙しなければならない」を引いた。これは表現者バッハマンの、観念のどうどう巡りに陥るまいとする自戒の言葉でもあるし、実証哲学の言葉を借りた哲学と文学の間の線引き、さらにはバッハマン自身は文学者であることを選択した決意表明の言葉でもある。[四三] そしてこの文学者としての姿勢は繰り返し「新しい言葉」に先立つ経験を強調し、芸術のための芸術を批判していたフランクフルト大学での詩学講義においてすでに示されていた。バッハマンはウンディーネの口を借りてここで再び自らの文学観を披露している。

四―四　ウンディーネ・モチーフの二層構造

バッハマンは、自らの詩論を展開するためにだけウンディーネという、「その名を聞けばそれについて物語が語られる前に一つの物語をもたらす」、「文学的な名前[四四]」を借りようとしたわけではない。一八一一年に世に問われ、同時代人のゲーテをして「本当にこの上なく愛らしい」と言わしめたフケーの『ウンディーネ』は、ドイツ語圏ばかりでなく、数年のうちにイタリア語、スウェーデン語、オランダ語、フランス語に翻訳され、現代に至るまで様々な作家によって翻案改作されている。エッケルト・クレスマンは、フケー以降のドイツ語圏における水の精をモチーフにした物語を集めた『ウンディーネたちの魔力』の序で、このモチーフの特徴を次のように述べている。

水の精は魂を得、これに付随する不死性を得るために人間と結びつく。これはこの素材の第一の共通点である。第二の共通点、私にはこちらの方がさらに重要であるように思われるのだが、これら水の妖精たちは、ウンディーネ、メルジーネ、ローレライ、美しいラウと呼ばれあるいはニクセとか人魚とか総称されるが、いつでも女性的特質をもつ。同じ理由で人間の女に恋をする男の水の精は考え出されていない。おそらくこれは、多くの宗教において、そもそも女性が魂を持っているのか疑わしく思われていたということに関係がある。何百年と続いた教会の理解によれば、女性は冥府のそして悪魔の力に対しては男性よりも開かれている、それゆえ信仰心も弱かった。そのため女性は救済もより必要とせねばならなかった。女の水の精と人間の間の葛藤は女性と男性の葛藤に由来し、地上的なものと冥府的なものとの間の葛藤から生じたわけではなかった。[四五]

フケーのウンディーネは、魂を持っているかどうか危ぶまれていたすなわち人間の範疇に入っていなかったロマン主義時代の女性の姿であるという指摘は、私たちをフケーの『ウンディーネ』の物語世界から一気に現実世界へ引き戻す。ロマン主義時代の女性観をよく表しているものとして、クレスマンはさらに、ノヴァーリスの「女性は善と美の象徴です。――男性は真実と真正（Recht）の象徴です。」「女性は、共同体の問題については何も知らない。ただ男性を通じてのみ、国家、教会、世間とかかわっている。彼女たちは自身の自然の状態で生活している。」といった言葉を引き、次のように続ける。

ノヴァーリスはおそらくこれを完全に承認し肯定的に言ったのだろう。彼は女性をまったく教育されていない、自然な、そこに神の人間像がもっとも純粋に保持されている創造物としてイメージしている。そのために女性はまた完全な人間のように見える。しかしそれはそう見えるに過ぎない。女性たちについて叙述するのを好んだノヴァーリスやその他のロマン主義者たちにとっては、男性が結局、精神、知性によって表象されるということは確定的なことだったのだ。究極の精神的な事柄は男性にしか開かれていなかった、男性はもちろんこれを自然、優美さ、美しさという点での不足であがなう。人間を性に従って精神と自然の二元論に組み入れるこの不合理は、ロマン主義者たちにとってあまりに自明のものだったので、まずもって疑念が生じることはなかった。

ウンディーネはこのイメージに即している。[四六]

フケーによる「魂を持たない」ウンディーネという設定にはなるほど中世の宗教色いまだ色濃い女性観が投影されている。クレスマンはウンディーネ・モチーフに話を限定しているが、古くはギリシア神話のピュグマリオンに始まり、人間の男性が人間の女性ではなく女性の姿をしたものに恋いこがれるというモチーフは、対象が大理石の塊であれ、機械仕掛けの人形であれ、ウンディーネのような異界のものであれ、文学史の中にたびたび登場している。絵画のジャンルでは、女性の図像は美であったり、時であったり、真理であったり、様々な抽象概念に読み替える図像学的な解釈のルールが、これも古くから存在している。

バッハマンが二十世紀に入ってこの作品を取りあげた時、自作品のウンディーネを芸術の寓意として読むように読者に要求することは、文学的伝統からして不当なこととは言えない。現代に生きるインタヴュアーの意表を衝いたであろうバッハマンの言葉は、ウンディーネ・モチーフがそもそもは男女の性差と、これとは本来無関係な対立する抽象概念の不合理な混合物であること、これがバッハマンの念頭にあり、彼女の創作意欲を刺激したのであろうことを教えてくれる。

四―五　去ってゆくウンディーネ

バッハマンは『ウンディーネ去る』の中で、ウンディーネすなわち現実を変える起爆力を持たない芸術を、すでに人間の妻を持つハンスのアバンチュールの相手のように描く。バッハマンがインタヴューの中で、ウンディーネは芸術の寓意表現だと答えたというので、ハイデガーの哲学用語を作品の中に発見しこれにのみ拘泥してしまうと、バッハマンがウンディーネ・モチーフを選んだ意図はその一方が見えなくなってしまう危険がある。フケーや当時のロマン主義者たちが人間と人間でない魂のないものとを男と女で表象することに疑念を抱かなかったとはいえ、フケー作品の魅力はやはり、物語の展開が現実の男女の恋愛心理に従っていて単純な宗教説話に終わっていない、いや、宗教観に配慮しながら男女の恋愛心理の機微をこそ眼目に物語を展開している点にあろう。

前出のクレスマンは、バッハマンが作品を書く際に影響を受けたと目されるフランスの劇作家ジャン・ジロドゥーの『オンディーヌ』（一九三九）についても触れている。

ウンディーネの無垢な好意と無尽蔵の愛の力を人間たちは拒絶する。ウンディーネは初めから敗者なのだ。慣例が愛よりも強く、馴染みのものは、馴染みのないもの、驚かせるもの、非日常のものより強い安全を約束する。フルトブラントとウンディーネの間の愛は、最初の日から不幸な星のもとにあり、結局ウンディーネは諦めなければならない、なぜなら慰めのない惰性にある人間たちの本質が優勢を占めるからである。「あの人たちは利己心の怪物だわ」とジロドゥーのウンディーネは第二幕で男たちのことを言う、しかし彼女は非難しているのではない、ただそう確認するだけだ。男たちとはまさしくそういうもので、女たちはこのことを知って女たちのやり方で怪物をなだめる術に通じなければならない。[四七]

ジロドゥーの作品の中では、ウンディーネとフルトブラントはオンディーヌとハンスという名で登場する。バッハマンのウンディーネは、人間および人間の男たちをハンスと総称し、「お前たち、怪物よ」と呼びかけ、ジロドゥーの作品と自作品の関係を暗示する。ジロドゥーの作品は、フケー作品の持つ神秘的な雰囲気の力はもはや必要としていない。そこにあるのは一組の男女の恋愛心理劇である。バッハマンのウンディーネは「男とはそういうものだ」という諦めのため息をつくより人間らしいオンディーヌを経由して造形されている。しかしバッハマンのウンディーネの舌鋒の鋭さは、ジロドゥーのオンディーヌの比ではない。ダグマー・カン＝コーマンは、「妻に嫉妬し、思い上がった寛容さを持ち、暴政を行い、妻に庇護を求めるお前たち、生活費と、共寝の就寝前の会話、この元気づけ、外に向かって権利を保持しつづけるお前たち、惰性で器用な抱擁を、惰性で放心した抱擁をするお前たち。これは私を驚かせる、お前たちは、妻に買い物や夏のドレスや旅行のための金を与える。お前たちは妻を招待する、（招待し、支払いをする、当たり前のことだ）。お前たちは買い、お前たちを買わせる。」（W 2, 255f.）という箇所を引用して、そして次のように言う。

「ウンディーネ去る」をもっぱらバッハマンの詩学的な態度表明として理解する者は、ウンディーネの語りを特徴づけている性的役割に対する詳細な罵倒に困惑する。章句全体がその意味を持ちそしてその意味しか持たない、類推を要求しないばかりかそれを許さない。例えば父権的に堕落した性的関係へのウンディーネの批判である。[四八]

「ウンディーネ去る」は、そのタイトルからすでにウンディーネ・モチーフの異化と解体が目論まれていることが暗示されていたのである。[四九] ルート・ノイバウアー＝ペツォルトは、フランクフルト大学での詩学講義の第五回目「ユートピアとしての文学」の中の言葉「結果として文学は、それはいつでも過ぎ去ったものと見いだされたものの寄せ集めであるにもかかわらず、いやそれだからこそいつでも私たちが私たちの欲求の蓄えから仕上げる、期待され、望まれるものなのです、結果として文学は、未知の境界線から前方へと開かれた王国なのです」

（W 4, 258）を引き、「ウンディーネ去る」は、フケー作品を主たる素材とし、ジロドゥー作品を経由した「伝統的なもの、かつて語られたものから新しいものを生みだす」[五〇]その実践と見なしている。

四―六　芸術をめぐる対話？

バッハマンは、一九五九年から六〇年にかけての冬学期フランクフルト大学での文学講義の中でその芸術あるいは文学観について述べ、短篇集『三十歳』はその実践として六一年六月に刊行された。この間パウル・ツェランはゲオルク・ビュヒナー賞を受賞し、その受賞講演を六〇年十月二十二日ダルムシュタットで行っている。受賞講演は「子午線」*Meridian* と題され、ツェランの詩論として重要視されている。講演は次のように始められる。

芸術、それは、皆さんも思い出されるでしょう、弱強格、五脚韻の操り人形のようなもの、そして――その特質はまた、ピュグマリオンとその創造物が暗示しているように神話学的に裏づけられていますが――子のない生き物です。こんな姿で芸術は部屋の中で、つまり監獄の中ではありません、部屋の中で行われているおしゃべりの対象になっています、おしゃべりは邪魔が入らなければ永遠に続けられそうに感じられます。[五一]

石女に喩えられる芸術は、別の箇所では「動物」（Kreatur）、「水の精」（Nix）と呼び変えられ、上着を着けズボンを履くと、今度は猿の姿になって現れる。ツェランのこの講演で目を引くのは、芸術と詩を峻別すること、すなわち芸術（Kunst）を文字通り技巧の産物と見なし、詩（Gedicht）を一月二十日――一九四二年、ヴァンゼー会議でユダヤ人問題の最終解決が決定された日――の刻印を身に帯びた者だけに許されるものとする排他的身振りなのだが、詩と区別され蔑まれる芸術のメタファとして用いられる寓意表現にはこの詩人のミソジニーが無防備に顔をのぞかせている。[五二]

時期的な問題と芸術という言葉がキーワードになる内容の共通性、五〇年代のツェランとバッハマンの関係を前提に、ダグマー・カン＝コーマンは先ほどすでに引用した一九九七年「ウンディーネは子午線を見捨てる」と題した論文の中で、バッハマンの「ウンディーネ去る」にツェランに対する個人的なメッセージを見ている。すなわちバッハマンは「ウンディーネ去る」の中で、確かに抒情詩の意図と機能についてツェランと共通の見解を持っていることを強調してはいる。「ツェランにとって文学の特別な機能は道を開くことにある、『途上で、言葉は声を持つようになる』（Celan 3, 201）そしてその目的地で個人は、存在についてのユートピア的な別の構想を一つ一つ経験して変化した自己として自分自身にもどる。文学のこのような力のための彼のメタファが子午線なのだ。」[五三]

だがツェランにとって、たとえ具体的な場所が存在していないにしても「一種の帰郷」である場所で、バッハマンは偶然にも何か欠けているものに出くわしてしまう、フランツァが砂漠で女王ハトシェプストの掻き落とされたしるしに出会うように。自身の女性の存在をユートピア的に構想する代わりに、その破壊の鑿の削りあとがバッハマンの関心の中心へと移動する。これが作品の中のきわめて重要な転換を引き起こす。ウンディーネの道は――そう見れば――子午線との別離である。ウンディーネの道は別なのだ。[五四]

バッハマンが、ツェランによって否定的に詩とは区別された芸術に口を開かせ、人間全般そして父権制社会の価値観に染まった男性一般を罵らせる構図から、ツェランの、直接的には無神経なミソジニー的表現使用に対する、間接的には民族的体験を盾にした排他性に対する批判を読み取ることは難しくない。

「ウンディーネ去る」には、五〇年代の抒情詩がそうであったように、バッハマンの複数の主張が混在している。一つはバッハマンの詩論、次に父権制社会の女性観に対する批判、そして詩論と個人的感情がないまぜになったツェランへの、ツェラン離れのメッセージである。

言葉の問題に関わる者にとって、人間でないのに女の姿をしているウンディーネは、創作意欲を大いに刺激する文学モチーフだったに違いない。バッハマンはウンディーネを人間の文学的想像力から解放して水に還し、同時にツェランへの別れの言葉とするのである。

註

1　Vgl. Gerhart Botz: Historische Brüche und Kontinuitäten als Herausforderungen -Ingeborg Bachmann und post-katastrophische Geschichtsmentalitäten in Österreich. In: Dirk Göttsche und Hubert Ohl (Hg.): *Ingeborg Bachmann-Neue Beiträge zu ihrem Werk. Internationales Symposion Münster 1991.* Würzburg 1993.

以下引用箇所のあとに頁数を記す。「オーストリアにおける国家社会主義の『遺産』は、一九四五年後間もない頃まだ完全に息づいていた。結果、戻ってきたユダヤ人たちは、例えばヴィーンの市街電車あるいはザルツカンマングートの『強制移住外国人収容所』の中で、罵られるばかりでなく暴力を振るわれもした。最初に行われたアメリカ占領軍による意識調査では」「一九四七年三月の時点ではまだ、ヴィーンの三八パーセント、リンツの五一パーセント、ザルツブルクの五〇パーセントが『ナチスはユダヤ人対策でやり過ぎはあったが、ユダヤ人を抑えるためには何かしらやらざるを得なかった』と考えていた。」(S. 206) そして「バッハマンの死後五年目に出された研究報告によると『政治的基本綱領としての国家社会主義イデオロギーおよび国民の選挙による選択肢としての国家社会主義党はオーストリアにはもはや存在していない。しかし［…］国家社会主義とともに成立した国家社会主義イデオロギーの行為、思考構造、中心的要素は、当初と同じく第三帝国の崩壊とともにほとんど消え去らず』残っている。」(S. 208f.)

二　「講義の第一期は一九五九年から六〇年にかけての冬学期に始まり九人の講師が話をした。これは一九六八年、文学より政治に対する関心が強まった大学紛争の年に終わる。第二期は一九七九年夏学期から」今日まで行われている。

　Vgl. Horst Dieter Schlosser, Hans Dieter Zimmermann (Hg.): *Poetik. Essays über Ingeborg Bachmann, Peter Bichsel, Heinrich Böll, Hans Magnus Enzensberger, Wolfgang Hildesheimer, Ernst Jandl, Uwe Johnson, Marie Luise Kaschnitz, Hermann Lenz, Paul Nizon, Peter Rühmkorf, Martin Walser, Christa Wolf und andere Beiträge zu den Frankfurter Poetik-Vorlesungen*. Frankfurt am Main 1988, S. 9.

三　Ortrud Gutjahr: Rhetorik und Literatur. Ingeborg Bachmanns Poetik-Entwurf. In: Dirk Göttsche und Hubert Ohl (Hg.): a. a. O., S. 299.

四　Ebenda, S. 304.

五　S・トゥールミン、A・ジャニク『ウィトゲンシュタインのウィーン』藤村龍雄訳、平凡社、二〇〇一年、一九一頁。

六　同上書、一九一頁。

七　同上書、一九一－一九二頁。

八　Monika Albrecht, Dirk Göttsche (Hg.): a. a. O., S. 197ff.

九　バッハマンの反ファシズムの意識は、五〇年代前半に、ドイツ語圏を出てイタリアに住むという具体的行動によっても示されている。戦後オーストリア共和国の、オーストリアはドイツのナチズムの犠牲者であるというポーズ、これをボッツは実情とは異なる「生きるための嘘」（Lebenslüge）と呼び、これがバッハマンの作家としての倫理観とはうまく合致しなかったのだろうと推測する。バッハマンの国家社会主義思想に対する態度は、同時代のオーストリア人に比べ「より近代的」であった。
　Vgl. Gerhart Botz: a. a. O., S. 211f.

一〇　Monika Albrecht, Dirk Göttsche (Hg.): a. a. O., S. 238.

一一　Ebenda, S. 238f.

一二　Paolo Chiarini: Auf der Suche nach wahren Sätzen. Zur Poetik Ingeborg Bachmanns. In: Horst Dieter Schlosser, Hans Dieter Zimmermann (Hg.): a. a. O., S. 18f.

一三　Ebenda, S. 20.

一四　Ortrud Gutjahr: a. a. O., S. 307.
　グートヤールは、「人類の声の場所を確保する人」（Platzhalter）を一九五三年のアドルノの次の言葉に関連づける。「これに完全に合致して、テオドール・W・アドルノはその論文の中で強調していた。『芸術作品を担う芸術家は、作品を生みだすそのつどの個人ではない、仕事を通じて、控えめな行為を通じて、芸術家は社会的な集合的主体の首長となるのだ。』」（»Der Künstler, der das Kunstwerk trägt, ist nicht der je Einzelne, der es hervorbringt, sondern durch seine Arbeit, durch passive Aktivität wird er zum Statthalter des gesellschaftlichen Gesamtsubjekts.«）（Ebenda, S. 308.）バッハマンとフランクフルト学派の関係については稿を改めて考察したい。

一五　Gerhard R. Kaiser: Kunst nach Auschwitz oder: »Positivist und Mystiker«. Ingeborg Bachmann als Leserin Prousts. In: Dirk Göttsche und Hubert Ohl (Hg.): a. a. O., S. 332f.

バッハマン自身は、プルーストに関して、エルンスト・ロベルト・クルティウスの言葉「それ（この種の知覚のことを言っています）は、普通の目覚めている意識が別の意識の状態に移行するあの境界上にある。それは、神秘主義の心理学が、正確に移し替えた意味での、「瞑想」と呼ぶものと一致している、すなわち、見るものと見られるものの間の真の結びつきを生む行為である」（W 4, 233）を引く。

一六　Paolo Chiarini: a. a. O., S. 18.
一七　Ortrud Gutjahr: a. a. O., S. 218.
一八　Horst Dieter Schlosser, Hans Dieter Zimmermann (Hg.): a. a. O., S. 9.
一九　Vgl. Constance Hotz: a. a. O., S. 98f.
二〇　Ebenda, S. 100.
二一　Ebenda, S. 101.
二二　Ebenda, S. 103.
二三　Ebenda, S. 115.
二四　Marcel Reich-Ranicki: Ingeborg Bachmann oder Die Kehrseite des Schreckens. In: Christine Koschel, Inge von Weidenbaum (Hg.): a. a. O., S. 71.
二五　Ebenda, S. 74f.
二六　Ebenda, S. 75.
二七　Ebenda, S. 78.
二八　Ebenda, S. 81.
二九　Monika Albrecht, Dirk Göttsche (Hg.): a. a. O., S. 22.
三〇　Horst Bienek: Lieblingskind der deutschen Publizistik. In: Michael Matthias Schardt (Hg.): *Über Ingeborg Bachmann:*

Rezensionen- Porträts-Würdigungen. (*1952-1992*) *Rezensionsdokumente aus vier Jahrzehnten. Heike Kretschmer* (*Mitarbeiter*), Paderborn 1994, S. 68f.

三一 Geno Hartlaub: Alles und nichts. In: Michael Matthias Schardt (Hg.): a. a. O., S. 66.

三二 Bettina Bannasch: Das dreißiste Jahr–Poetik einer babylonischen Stilverwirrung. In: Mathias Mayer (Hg.): a. a. O., S. 141.

三三 Constance Hotz: a. a. O., S. 104.

三四 Monika Albrecht, Dirk Göttsche (Hg.): a. a. O., S. 112.

三五 Ritta Jo Horsly: Re-reading "Undine geht": Bachmann and Feminist Theory. In: *Modern Austrian Literature* Vol. 18, Nr. 3/4. 1985, S. 224.

三六 E・ノイマン『女性の深層』松代洋一訳、紀伊國屋書店、一九八九年、一五頁。

三七 バッハマンの同性愛に対する見解は、対話形式で行われたプルースト・エッセイ（一九五八年放送）から読み取ることができる。同性愛は社会的に見て病気であるというアナウンサーに対して、バッハマンは次のように答えている。「プルーストにとって問題なのはその現象を新たに精査することなのです。『ソドムとゴモラ』の巻の冒頭で、シャルリュス男爵と家屋管理人ジュピアンが服従する自然の神秘的な気まぐれとともに、これは彼によって観察されているのですが、彼はますます、とりわけこれに関して、個人と社会の対決にかかわることになるでしょう。社会に対する個人の、道徳に対する自然の潜在的反乱は、彼を性的倒錯者が特に明白な例となる、狩られ包囲された人間の、『追いつめられた人間』の概念に導きます。」（W 2, 160）バッハマンがシャルロッテにマーラを拒否させる理由は、同性愛者に対する偏見からではないことは明らかである。また、ヨスト・シュナイダーは「インゲボルク・バッハマンは、彼女の友人や同僚、知人の中に若干の同性愛者がおり、シャルロッテが同性愛に直面するのを理想的でユートピア的な愛の実現として書いていない、おそらくはしかし、民主主義的、多元的社会ではもはや願わしくも現実的でもない伝統的市民社会的関係構造から解放される可能性としては描いている。以前の批評ではこの点に関しての無理解から反応されることが稀ではなかった、なぜなら、一九五〇年、六〇年代にはレズビアンの恋愛の描写はまだ厳しくタブー視されていたからである」と述べている。
Vgl. Monika Albrecht, Dirk Göttsche (Hg.): a. a. O., S. 120.

三八　Siegrid Weigel: a. a. O., S. 128f.

三九　Helene Henze: Undine ruft. In: Michael Matthias Schardt (Hg.), S. 70.

四〇　Kurt Bartsch: *Ingeborg Bachmann*. Stuttgart 1988, S. 124.

四一　Kurt Bartsch: a. a. O., S. 126.

四二　Andreas Hapkemeyer: a. a. O., S. 112.

四三　哲学と文学の間の線引き、バッハマンのハイデガー批判の眼目という点に関して理解を助けるために、アドルノの「今日の機能主義」という論文から次の言葉を引用しておく。アドルノは、「実証主義哲学者は、文学臭を感じ取るものを哲学から追放しようとするが、それでも文学自体を実証主義哲学者の言う実証主義を犯すものとは捉えず、特別な領域にとどめて中性化しておこうとする。そもそも客観的な真実という観念自体を実証主義哲学者は軟弱化させてしまったので、それにとやかく異議をはさむことなく黙認するのである」と述べる。参照：『哲学者の語る建築――ハイデガー、オルテガ、ペゲラー、アドルノ』伊藤哲夫、水田一征編訳、中央公論美術出版、二〇〇八年、一三八頁。

四四　Ortrud Gutjahr: Ironisierter Mythos? Ingeborg Bachmanns *Undine geht*. In: Irmgard Röbling (Hg.): *Sehnsucht und Sirene. 14 Abhandlungen zu Wasserphantasien*. Pfaffenweiler 1992, S. 221.

四五　Eckart Kleßmann: Einleitung. In: Frank Rainer Max (Hg.): *Undinezauber. Geschichten und Gedichte von Nixen, Nymphen und anderen Wasserfrau*. Stuttgart 1995, S. 9f.

四六　Ebenda, S. 12.

四七　Ebenda, S. 12.

四八　Dagmar Kann-Coomann: Undine läßt den Meridian. Ingeborg Bachmann gegenüber Paul Celans Büchnerpreisrede. In: Bernhard Böschenstein, Siegrid Weigel (Hg.): a. a. O., S. 255.

四九　ジロドゥーよりさらに現代的な男女関係を貫くバッハマンのウンディーネは、ハンスと結婚の約束もしないし、約束違反を理由にしてハンスの命を取るということもしない。「彼女のウンディーネは、呪いや約束に基づく必要もない、自分から立ち去ってゆくヨーロッパ文学で最初の水の女なのだ。」
Vgl. Monika Albrecht, Dirk Göttsche (Hg.): a. a. O., 122.

五〇　Ruth Neubauer-Petzoldt: Grenzgänger der Liebe. Undine geht. In: Mathias Mayer (Hg.): a. a. O., S. 158.

五一　Paul Celan: Der Meridian. Rede anläßlich der Verleihung des Georg-Büchner-Preises. In: *Ausgewählte Gedichte*. Frankfurt a. M. 1968, S. 133.

五二　西成彦は、その著書『移動文学論I　イディッシュ』の中の「ツェラーンの野蛮」という節で、ツェランの「死のフーガ」の中の「君の金色の髪マルガリート」、「君の灰色の髪ズラミート」という表現を引き、次のように述べる。「戦後、ホロコーストの結果としてユダヤ系詩人に与えられることになった治外法権は、無数の証言文学を生んだが、そのすべてが文学の多様化に奉仕るものであったわけではない。[…] ユダヤ人表現者である限り、すべてが許されてしまうという真空にも等しい自由の中で、初期ツェラーンは、ユダヤ文学に新しいコンプレックスの形式を付け加えた。異教徒の女性と同胞の女性とを並べてそばに置き、祈りでも呪いでもないことばで語り変えるという独特の形式をである。」参照：西成彦『移動文学論I　イディッシュ』作品社、一九九五年、二一〇頁。

五三　Dagmar Kann-Coomann: a. a. O., S. 257f.

五四　Ebenda, S. 258.

第三章　ある文学スキャンダルの顚末

インゲボルク・バッハマンは、一九六一年の短篇集『三十歳』によってようやくその思うところを直截に表現し始めた。意図的に世論を挑発し始めたバッハマンだったが、散文作品が五〇年代の抒情詩よりもその傾向をよく理解されていたとは言い難い。しかし作品と彼女の名前は出版社のキャンペーン攻勢により「シュピーゲル」のベストセラーリストの上位に名を連ね、酷評される一方でベルリン批評家連盟賞を受賞もし、五〇年代と同じように世論をにぎわせた。バッハマンはこのあとすぐに、今度はパートナーだったマックス・フリッシュが一九六四年に発表した『私の名前をガンテンバインとしよう』によって文学スキャンダルに巻き込まれる。この文学スキャンダルは、まるでバッハマンがこの短篇集で提示したとくにフェミニズム的な問題意識を深めるために自ら呼び込んだような印象さえ与える。なぜならバッハマンの文学的な挑発は思わぬところから、すなわち、ごく身近な生活を共にしていた人間からの手痛い裏切りという結果を生むのだが、この裏切り行為が七年の歳月を経て『マリーナ』を世に送り出す遠因ともなるのだから。

本章では、バッハマンの公私に大きな影響を与えた文学スキャンダルの顚末を時系列に沿って辿ることになる。抒情詩人として出発したバッハマンが抒情詩を封印し散文に転向した経緯については前章で見たが、本章では「様々な死に方」構想のうち、存命中に世に問われた長篇小説『マリーナ』がどのような意図をもって書かれたのかを明らかにすることになる。

バッハマンの後期散文作品を語る際、作品の素材が個人的な事柄であることもあり、とくにマックス・フリッシュに関することは作品研究の対象としても語るのを憚る傾向がいまだある。しかしバッハマンがフランクフルト大学での文学講義で、知識よりも経験が「新しい言葉」を生むことを繰り返し強調していたように、作品が生みだされる原動力となっている作家の経験に触れずにおくことは難しい。」「序」でも述べたが、伝記的事実の中途半端な扱いはバッハマンの作品を誤読させる危険を孕む。

バッハマンの作品を扱う前に、まず文学とスキャンダルの関係について見ておこう。

第一節　文学スキャンダルとは何か

フォルカー・ラーデンティンは「スキャンダルとしての文学」と題した論文の冒頭で次のように述べている。

> 文学スキャンダルは文学の歴史の中にいつでも存在していたように見える。初期の記録はソクラテスの処罰で、彼の文学的哲学的な言葉による攻撃によって引き起こされている。「ソクラテスは不法な行いをし、愚行を犯す、冥府と天上の事柄を研究し、不当を当とし、これを他の者にも教えることによって。」結果として文学スキャンダルは、文学に初めから付随している人類学的現象ではないのか。そう論証する者は、文学に対する諸々の憤激には歴史的、カテゴリー的相違があることに言及するのを忘れている。私のテーゼでは、スキャンダルは前近代の古いヨーロッパでは堕罪であったが、現代では危急の事態である。手厳しく言えば、現代の文学はスキャンダルそのものだ。スキャンダルは現代文学の必然的本質的特性であり、現代の概念の中に含まれており、それゆえ現代文学の質を示す特性なのである。[二]

古くアリストテレスの定義に従えば、スキャンダルとはあるテクストが現行の規範に激しく抵触する場合に生ずる。前近代の文学の技法は現行の規則を守ることができるかという試金石をもっていた。スキャンダルとはそういう意味で、作家が技法の規則を認識するあるいはその規則に従って詩作する能力のなさを告白しているようなものであり、それらの規則違反に対しては容赦ない罰が与えられる。焚書あるいは作者自身の処刑が行われることもあったのだ。ただしこの時代から規則違反には二通りあった。能力の欠如によるものと意識的な抵抗である。アリストテレスはまた、文学はあり得ないものについて記述してはならない、あり得るものについては哲学の認識が規定する、文学はこれに従わなければならないと言った。このような古典古代の文学の規定は、逆に現代文学の性格を浮き彫りにする。なぜなら現代文学は、硬直した規範あるいは現行の公序良俗に与する慣習のタブーを犯してこれを批判することを課題とし「幻想文学であれ、サイエンス・フィクションであれ、内的独白の形式においてであれ、意識の流れ、無意識の流れ、コラージュの形式においてであれ、『あり得ないもの』に向かった[三]」からである。「確かに閉ざされた文化の中の文学は、詩学の規則を満たすこと黄金時代の手本に依存することがその質の指標であるかもしれない、しかし現代文学にとって規則破りは基本原則なのだ[四]。」

現代文学はスキャンダルであるというテーゼを提出するにあたり、ラーデンティンが注意を促すのは、文学に反応する世論の存在である。「世間を罵倒すること」、「有効に見えているすべての世界観を破壊すること」が現代文学の存在意義であるとするなら、現代文学と教養はフリードリヒ・シラーの「人格形成を行うものとしての劇場」といった意味ではもはや同一視できない。しかしまた、世論の方もスキャンダルにならなかった小説は本当にスキャンダラスなものではなかったのかと言わざるを得ない状況を生みだすのである。例えば「なぜトーマス・マンの『魔の山』は、現代文学研究の中でスキャンダルを呼び覚まし怒りの攻撃を受けるという結果にならなかったのか――小説の一貫したイロニーは、学術的な規範の、今日もなお有効だと見なされている拘束力を根本的に無効にしているのに。」「スキャンダルでないというこの『スキャンダル』に即して、スキャンダルの敵は認識されねばならない、すなわち一つには読者の鈍感さ、もう一つには抑圧的な寛大さ[五]。」なんでもありの状況、すなわち「多元的社会の抑圧的寛容さは文学にとっては検閲を行う当局よりも問題である[六]。」

ラーデンティンは最後に、スキャンダルを現代文学の指標とする際の難しさについても付け加える。「あるテクストをめぐるスキャンダルのどれもが、文学としてそのテクストに資格を付与するわけではない。性差別あるいは人種差別の長篇小説を書く者は、スキャンダルを引き起こすことはできるが、これではまだ文学を生みだしているとはいえない。確かにすべてのすぐれた文学はスキャンダルだが、しかしすべてのスキャンダルが現代文学の指標となるわけではない。[七]」世論の方も、スキャンダルが目論まれていることが察知されると、スキャンダルどころかテクストそのものを拒絶する。テクストが挑発に成功する場合もあれば、作家は常習的な不平屋だと片づけられてしまうこともあるのだ。

スキャンダルは現代文学の貴重な中核を成す。これは作品と受容者の関係である。もはや文学的スキャンダルが起こらなくなったら危ない。そのとき文学は挑発の性格を失う。文学は柔順になる。文学がもはやスキャンダルを引き起こさなかったらそれは最悪のスキャンダルであろう。[八]

ラーデンティンの論文は論文集『スキャンダルとしての文学』の中に収められている。論文集の編者たちも前書きの部分で「文学の歴史はいつでもスキャンダルの歴史である。この点でこれまでにまだ文学のスキャンダル史がないというのは不思議なことだ[九]」と書くように、文学には世論をにぎわせてこそという側面が確かにあろう。作品の同時代的な影響力は、良くも悪くもどれだけ読まれ、どれだけ議論の対象になるかにかかっていると言っても過言ではない。そういう意味では作家はいつでも世論を意識せずにはいられないし、作家と批評の緊張関係も作家のその後の作品への影響という点で軽視できないのである。

バッハマンは五〇年代すでに世論を騒がせた存在だったが、短篇集『三十歳』以降は作品中にフェミニズム的要素を盛り込み、意図的にスキャンダラスな存在になろうとした観が否めない。[一〇]そして当然のように逆風は吹き始めた。短篇集に対する世論の反応は前章で見たが、バッハマンの場合これに加えて、数年間同居人であったスイスの劇作家マックス・フリッシュによる『私の名前をガンテンバインとしよう』（以下『ガンテンバイン』）の刊行が、おそらくはバッハマンが予期していなかった追い打ちをかける。

第二節　フリッシュとバッハマン

五〇年代におけるツェランとの関係がバッハマンの抒情詩を読み解く鍵となるように、フリッシュとの関係は、バッハマンの散文、長篇小説『マリーナ』を含む「様々な死に方」構想を考える上で欠くことができない。フリッシュの『ガンテンバイン』の刊行という行為は、バッハマンがハンス・ヴァイゲルの『未完成交響曲』（一九五一）[二]やツェランのいくつかの抒情詩の中で作品の素材とされる経験を契機に持ち始めていた、時代のジェンダー観に絡む問題意識に激しく抵触するものだった。フリッシュの行為は公私にわたってバッハマンに大きなダメージを与えるものであったことはまちがいない。しかしフリッシュのこの行為に対するバッハマンのその後の対応――文学的対応――は、文学スキャンダルの観点からしてもジェンダーの観点からしても興味深いというだけではない、文学とは何か、文学そのものを異化する事象として示唆に富み、同時に彼女の作家としての方向性および質をも明らかにするものだったと言えよう。

二―一　文学スキャンダル前夜―出会いから別離まで

バッハマンが一面識もなかったスイスの劇作家マックス・フリッシュとコンタクトをとることになったのは、彼女が経済的な理由からイタリア滞在を断念しドイツ語圏のミュンヘンに戻っていた時期、そして再燃していた既婚のツェランとの関係に終止符を打った時期と重なる。きっかけは一九五八年三月のバッハマンのラジオドラマ『マンハッタンの善良な神』*Der gute Gott von Manhattan* の放送だった。バッハマンの死後一九七五年に出版される『モントーク岬』の中で、フリッシュは次のように回想する。[二二]

私はハンブルクの放送局で仕事があり、そのラジオドラマを聴くことになった、それから個人的には知らないその女性詩人に手紙を書いた、もう一方の側が、女性が、自己表現するのがいかに素晴らしいか、いかに重要かということを。彼女は十分な称賛を耳にしていた、大いなる称賛を。それを私は知っていた。にもかかわらずそのラジオドラマは私に手紙を書かせた。私は言いたかったのだ、私たちは女性による男性描写を、女性の自己描写を必要としていますと。彼女の返信は私を唖然とさせた、彼女はパリに行くがチューリヒを経由する、だが四、五日しか時間がないというのだ。これは何を意味していたのか。彼女は来なかった。私は彼女のミュンヘンの住所もパリの住所も知らなかった。私は出版社を経由して手紙を書いていたのだ。その後、私がパリにいた時、彼女は新聞でそれを知って私が滞在している場所、ホテル・ルーブルを探し出した。彼女は私の戯曲の上演を見るためにやって来た。国民劇場に、仕切り席用の服装で。私たちが劇場前のカフェでペルノーを飲んだとき私は幸せだった、そして言った、観劇する必要はありませんと。彼女はこれを聞き漏らした、バックに気を取られて中をかき回していた、何かを見つけられなかったらしい。私は仕切り席のチケットは持っていなかったが二階席は二枚持っていた。なぜそんなことを言ったのか？　私は俳優たちに来ることを期待されていた。パリでの初演だ、私の最初の上演、私は上演は素晴らしいと思っていた、私の作品は悪くないと。でも時間が来ると私はまた言った、インゲボルク・バッハマン、観劇する必要はありませんよと。私たちは劇場に入る代わりに私たちの最初の夕食へ出かけた。私は彼女の人生については何も、彼女の噂については何も知らなかった。お子さんとお暮らしですか、というのが私の最初の質問だった。彼女は、誰かが彼女のことを何も知らないということに喜び、驚き、有頂天になった[一三]。

二人が初めて顔をあわせたのは一九五八年七月三日である。この日付は、一九七一年に出版されることになるバッハマンの『マリーナ』の中では、バッハマンの不幸が始まった日として記されることになる。しかしこの時点では二人は初対面で意気投合し、その後十一月にはバッハマンがフリッシュの住むチューリヒに移り住んでフリッシュとの同居生活をはじめる。

両者の個人的な関係は五年ほどで終止符を打つ。そして二人の作家の共同生活はその間波瀾含みだった。ヴァイダーマンの次の言葉からすると、このカップルはまず対外的に当時のスイスではいまだ問題視される存在だった。

フリッシュは当時のスイスではまだかなり批判的な目で見られる人物、信用のない男だった。特に彼の最初の結婚はまだ解消されていなかった、妻と三人の子供とは別居し、その上彼の妻はマイエンブルクの名家の出身だった。そしてさらに法的な離婚が成立する前にこの町で別の女性と同棲する、それはだめだった。それもショートカットでヘビースモーカー、慣習にルーズなこの女性と[一四]。

フリッシュの友人でもあり家主でもあったゴットフリート・ホーネッガーの父親は「息子の家に娼婦が住むのは我慢できない」とバッハマンを面罵したという。ヴァイダーマンはまた、バッハマンが「神聖な日曜日」に「パジャマ姿のまま」、中庭でほこりをとるために絨毯を叩いたのが近隣の不評を買ったというエピソードも紹介している。二人はチューリヒ郊外に居を移すが作家の共同生活はやはり難しかった。バッハマンとはオペラの音楽と脚本を担当するという共同作業もし、二十年弱友人関係を持続させたハンス・ヴェルナー・ヘンツェは次のように述べている。

彼女のタイプライターの音がし始めると彼は仕事を止めなければならなかった。彼は知っていたのだ、タイプの音がしている向こうに仕事の質がある、向こうが上だと。そしてインゲボルクは、マックスがタイプを打っているのを聞くと――彼は周知の通り、とりわけ勤勉だった――カフェ・グレコに行くか美容院のパーマネントのボンネットの下で何時間もグラフ雑誌を読んだ。[一五]

別の研究者はこの点について「生まれた緊張の理由の一つは、二つの創作意欲旺盛な潜在力がぶつかり合い、日常生活を共にしている時の困難さの中に探すことができる」とし「友人たちの報告によると、インゲボルク・バッハマンは、システマティックで効率よく働くフリッシュのそばでは書けない、あるいは書くのが難しかった」、最初のうちはバッハマンもフリッシュといることをこれまでにないほど幸せだと感じていたが「それから度々、発作的な体調の悪さ、頭痛や横になることが必要な病気を繰り返す」と報告している。[一六] しかしこの仕事上の緊張関係は『モントーク岬』を読む限り、それとわかる形で書かれることはない。

私は愚か者だ、わかっている。彼女の自由は彼女の輝きの一部だ。嫉妬は私の支払う代価。私はそれをたっぷり支払う。[…] 何が私を苦しめるのか。私は自分の部屋に座っている、彼女の声を盗み聞きしているわけではない、しかし聞こえる、彼女が電話でだれかと話しているのが、彼女の声は嬉しそうだ、彼女は笑う、長い会話になる、私にはわからない、彼女が誰と話しているのか、私、あさってロンドンへ行くの！ 私たちが一緒に、私の上演のためにロンドンへ行くとは言わない。[一七]

二人の関係は「小心な家庭臭い結婚」[一八]には決してならなかった。一九五九年秋、フリッシュは離婚を成立させバッハマンに結婚を申し込むが、バッハマンはこれを受け入れず、二人はジュネーブやローマで二台の車と二つの住居が基本の生活を送る。結局六二年秋、フリッシュが二人の共通の知人マリアンネ・エラースと共にバッハマンの前から去り、二人の関係は終わりを告げる。六三年春、ローマのカフェで最後の会見が行われる。「私は、彼女があの住居ランゲンバウムの家で、鍵のかかった引き出しの中の私の日記を見つけたことを聞かされる、彼女はそれを読んで燃やした。最後を私たちはうまく耐えられなかった、二人ともだめだった。」[一九]関係が解消されて二年と経たないうちに発表されたのが『私の名前をガンテンバインとしよう』だった。

二―二　『私の名前をガンテンバインとしよう』はどういう小説か

この小説の主要な登場人物は、大学講師のエンダリン、ボヘミアの建築家スヴォボダ、ある時から黒めがねと盲人用の杖を購入し盲目を装うガンテンバイン、マニュキア師のカミラ、女優のリラである。フリッシュはこの小説において「服を試着するように物語を試す」[二〇]ことをモットーとしている。小説におけるフリッシュのこの構想は、小説の中の語り手の「私」が、時にエンダリン、時にスヴォボダ、時にガンテンバインになり、それぞれにそれぞれの物語、すなわち人生を試みることによって具体化されている。モンタージュ手法で筋が細かく分断され、出来事の順番が入れ替えられたりしているものの、三人の男性はいずれも女優のリラと関わりがあることがわかる。

小説は、病院に入院中の「私」が素裸になってまずは看護師を驚かし、病院を飛び出すところから始まる。この人物は病から回復する過程で何らかの啓示を受けたのだ。この場面は、「私」がある出来事を語りだす決意をしたことのメタファである。狂気じみた小説の始まりは、回復の喜びよりも自分を病気にした出来事への怒りを暗示しているようにも思える。

「私」は最初のうちしばしばエンダリンであろうとする。インテリのエンダリンはものわかりのよいフェミニストである。この人物はハーバード大学に招聘されるが発作を起こして亡くなる。ボヘミア人の建築家でパイプをくゆらすスヴォボダはリラの元夫という設定で登場する。リラ宛の私信を開封したり、彼女を訪ねてきた男性を彼女の寝室に案内して一緒に閉じ込めたり、朝まで怒鳴り続けたり、生返事をしたというのでブランデーグラスを壁に叩き付けリラを威嚇する粗暴な人物として描かれる。三人の男性の中で最も存在感のある人物はガンテンバインである。この人物もリラの夫であり、同時に複数の男性を相手にするカミラのところにも出入りしている。ガンテンバインは、女優のリラが夫である自分の存在を無視したようにふるまうというので色付き眼鏡を購入して盲目を装う練習をしている最中にカミラと知り合い、彼の盲目を信じ込んだカミラといろいろな話をする。

ガンテンバインは実際には見えている目で絶えずリラの姿を追う。彼のモットーは忍従（die Hörigkeit）である。この人物の目に映るリラは、家にやってくる客人たちと文学や哲学について座の中心になって議論するインテリ女性である。しかし、食事の支度や食器の片付けなど家事一般は不得手で、シャワーの蛇口を締め忘れて廊下まで水浸しにしたり、部屋の鍵を探すのにハンドバックの中身をまき散らしたり、なにかと（盲目なはずの）ガンテンバインを煩わせる。その上リラの周りには絶えず何人か他の男性の影がある。小説終盤、リラはガンテンバインに「子供ができたの[二二]」と報告するが、それまで嫉妬に苦しめられてきたガンテンバインはそれが自分の子だとは認めない。ガンテンバインは「二月に他の男と寝たのか？[二三]」という言葉を胸に秘めつつ、リラに対し盲目を装ってきたことを告白する。

生まれ育った娘についてのガンテンバインの妄想はあれこれと続くが、リラのおなかの子供は本当のところどうなったのかはっきりしない、二人の関係はとうとう破綻したようだ。妄想と回想の長い物語は終わり、小説最終部分では、ガンテンバインは九月のある日「涼しくない墓穴から出て」地中海の海辺で昼食を楽しんでいる。

二―三　ハンス・マイアーとマルセル・ライヒ＝ラニツキの書評

小説発表当時の次の二つの書評は――フリッシュの小説が私小説であることを承知の上で、しかしどこにも当事者の名前が出てこないために――遠回しな批判的な態度と表向きは私小説としておもしろがる態度との奇妙な応酬になっている。

(a)　ハンス・マイアーの書評

フリッシュの最新作は一九六四年九月十八日付ツァイト紙上でハンス・マイアーの酷評を受ける。マイアーはいきなり小説のフレーズをそのまま引用して「私は想像してみる。はじめは、おそらくちょうどこんな決まった言い回しだった、『私は想像してみる』――想像力を作動させるための決まり文句。想像されたもののための空疎なフレーズ」という皮肉な調子で批評を始める。マイアーによればこの言葉のおかげで読者は聞かされた話の真偽の判別もつけられず、登場人物に感情移入することもできない。例えば語り手を魅了してやまない登場人物としての女優のリラは、本当に女優なのか、ある時は子供がおり、ある時は子供がいない、下層階級の娘の時もあれば、イタリアの伯爵夫人の時もある。おまけに語り手は最後に言うのだ。「リラに関して確かなこと、私が想像するような彼女は存在しない」と。マイアーは小説の中の中心人物ガンテンバインの造形に関して容赦ない。

一人の作家が芸術家としてのある見解を——私たちはゲーテとヴィルヘルム・マイスター、ビュヒナーとレンツのことを思い出す——まさに作家によって創造された登場人物に語らせることは可能だし一般的なことでもある。しかしここでは、フリッシュの場合には、何か別のことが生じている。つまりゆっくりと計画的に酔いつぶれ、そのすぐあと女優のリラと知り合うバーに腰をおろしているこの人間は、作家マックス・フリッシュの若干の基本的見解を、聞いていないバーテンダーの前で自分の見解として開陳しているる何かしらリアルなガンテンバイン氏なのかどうか、はなはだ疑わしいのである。一体ガンテンバインは誰なのか？　ガンテンバイン氏は存在するのか？[二三]

マイアーは実際のところ冒頭から作家フリッシュと作中人物ガンテンバインを同一視している。引用箇所にもあるように両者は区別がつけにくいのである。他の男性登場人物についても同じことが言える。なぜならハーバード大学へ招聘されながらこれを受けない大学講師エンダリン、ボヘミア人でガンテンバインとは全く別のタイプのリラの夫スヴォボダのいずれもが、建築家であったりパイプをくゆらせていたり熊のような男であったりと、実際のフリッシュの特徴を少しずつ付与されているからである。「経験を語る語り手のヴァリエーションはすべて、不労のただ享受する、その上パラサイトな存在と関わっているのだ。語り手はそれを望み構成した。パラサイトとしてのガンテンバイン。何ものでもない、耐え忍ぶ哀れな盲人として。この小説世界は、裕福な日常、永遠の消費を提供する。語り手は遊んでいる、そして演技者である。彼は物語を構想する。これが彼の生産形態なのだ。」東独からの亡命者マイアーは、この小説は手が込んでいる割には中身がないと腹をたてつつ、独特の言い回しで作中人物はいずれも一人の語り手ガンテンバインのヴァリエーションであり、ガンテンバインはつまりは知識人フリッシュその人であると名指すのである。「語り手には明らかに気に入られているようだが」物語を試着するという設定は読者には気に入らない。必要なのはガンテンバインだけであろうと。

マイアーはフリッシュの過去の作品を引き合いに出し、盲人のモチーフはデュレンマットの初期の戯曲にあり、フリッシュは刊行されている彼の日記の中でこの作品に言及している、つまりフリッシュの最新作は、デュレンマットの古い盲人のテーマと、自身の第一次大戦中の日記のテーマを思考遊戯的に押し進めたものである、劇作家でもあるフリッシュはさらに盲目を装っている「嘲笑的」支配者の前で劇を演じさせるという趣向を凝らしているのだ。この三つが小説の構成要素、そして内容はといえば五四年の『シュティラー』同様、「両性の関係がただ消費されていっただけのように見える」富裕層の日常なのである。これらのことを明らかにしたあとでマイアーは婉曲に結論づける。

私は自問する。だがマックス・フリッシュの新しい小説についての判断を聞きたがっている読者にはどう答えるべきか？　このような新刊はささやかな作品ではない。これは良い小説か悪い小説か？　なんと答えるべきだろう？ ［…］ 私は自問する。日常的な決まり文句でできたあからさまな物語を前にして最後に読者を襲う腑抜けた感情が、今日のホモ・ルーデンスを生きることと語ることとの間の分裂の中に示すというマックス・フリッシュの芸術的基本計画の必然的な帰結だったのか？　あるいは寄食者ガンテンバインは結局、そのあらゆる芸術的な意図にもかかわらず小説の中で語り手に勝利してしまったのか？　それによってマックス・フリッシュにも？二四

マイアーは、小説の構成のまずさ――フリッシュと語り手、そのヴァリエーションが限りなく近い存在である

こと――を言って結果的にフリッシュの意図――これが私小説であること――を明らかにしてしまったのかもしれない。マイアーはしかし一貫して話を語り手の問題に終始させ、語り手の想像の内容には踏み込まない、あるいは主要人物の一人であるリラに関しては分析の矛先を向けない。

(b) マルセル・ライヒ＝ラニツキの書評

一九六四年十月二日付ツァイト紙は、『ガンテンバイン』についての別の書評を掲載する。ライヒ＝ラニツキは、先行のハンス・マイアーの『ガンテンバイン』評を踏まえてこれに次のように宣戦布告する。タイトルは「マックス・フリッシュのための最終弁論」である。

詳細な記述の終わりのあたりで、彼はしかし率直な読者のいらだちを察知した、読者は確かにたっぷりの引用や比較、注釈や指摘が振る舞われたのを見た、しかし最後に判定も聞きたかったのだ。なぜならマイアーは率直に問うたではないか、「これは良い小説だろうか悪い小説だろうか？」と。しかし、この素敵な問いゆえの私たちの喜びはすぐに台なしにされてしまった。なぜならすぐに次の問いが続いたから、すなわち「どう答えるべきだろう？」［…］問い――良い小説か悪い小説か？――は答えられないままである、読者は疑問符とともに取り残される。だが批評を読む技術に長けた人間は一瞬たりとも疑いを入れない、ハンス・マイアーはかなりの賛辞を与えておきながら懐疑的な判断を下し、まったくひどいとはみなさず、しかしいずれにしても失望させられる本だとみなしているということを。私は失礼ながら抗弁したいと思う。その際、私にとって何よりも問題なのは品定めではない。ある人は『ガンテンバイン』をより肯定的に、ある人はより否定的に見るかもしれない。これではまだ論争の根拠にはならないかもしれない。

しかしマイアーの失望は、小説のある完全に定まった、作者の意図の予示に関わる解釈の結果なのだ、そしてまさにこの解釈が私には疑わしいものに思えるのだ。[二五]

マイアーもこの本の面白さはわかっているはずだがある理由からそれを表明しないと、ライヒ゠ラニツキは単刀直入にマイアーがあえて触れずにおいた部分にさらに踏みこんでくる。

> 『ガンテンバイン』のテーマは哲学的、イデオロギー的、社会学的、文化批評的、美的カテゴリーでは理解できない。たとえ私たちがマックス・フリッシュをモラリストだと見なすことにも慣れていたとしても、この新しい小説でモラルはまったく問題にされていない。では何が問題なのか？　一人の男が一人の女を愛する。彼女が彼を見捨てる。彼は一人で空っぽの部屋で座っている。「ここに住んでいた人物について確かなのは、一人は男、一人は女」これが、この本の中心的な状況である。本の動機、出発点、基礎、枠、ライトモチーフ。この男、『ガンテンバイン』の語り手の「私」は、要するに経験したことを語りたい、いや語らずにはいられないのだ。だがそれは不可能だ。なぜか？　フリッシュはたとえ話で答える。一人の病人が夢から覚め、看護師を呼び、彼女の前に裸で立ち、語る、「私はアーダム、君はエーファだ！」彼女は彼の言っていることが理解できない、彼は全裸で通りへ逃げ「信号を無視して」町中を走る。彼はまた警官によって捕らえられる。[二六]

フリッシュとほぼ同一視できる語り手が物語を試着する必然性を、ライヒ゠ラニツキはフリッシュに成り代わって解き明かす。彼にとっては作中の「私は想像する」という言葉は、唯美的プログラムを暗示するものなのだ。ライヒ゠ラニツキはゆえに、これはアーダムとエーファの物語ではなくアーダムだけの物語であることも、読者はリラを、彼女に惚れ込んでいる人物たちの目を通してしか見ることができないので、リラの感情も思考もまったく知りえないということも率直に認める。この小説に認識やテーゼやイデーを求めてはいけない、モラルを説いてはいけない、あるのは感情、情動、激情なのであり、フリッシュはここでは哲学者ではなく、芸術家、心理学者なのだから。

彼の物語はそして真空の空間で演じられているのではなく、現実の具体的な世界で演じられている、マイアーも指摘していた通り正確に確定できる環境で。すなわち裕福な芸術家や知識人の日常生活がいくつかの場面から垣間見えるのである。フリッシュの意を汲んだライヒ゠ラニツキがこの作品を擁護する理由はまさに次の点に、いや次の点にしかない。

初めてフリッシュは問題を一義的に、個人的、私的な事柄へと移動させたのだ。それゆえ彼は『ガンテンバイン』の中で書く、「いかなる本も、戦争阻止や、より良い社会の創造に取り組んでいなければ無意味で、無為で、無責任で、退屈で、価値がない、そんな本を読むのは許されていないと私にも思えることはある。一人称の物語の時代ではないのだ。」だがフリッシュは付け加える、「だが人間の生活は営まれる、あるいは個々人なりにしくじる、ほかのどこでもなく。」結果、内向、私的な事柄、個人的なものが再び私たちの時代の、存在の、社会の批評であることが判明するのだ。この意味においてマックス・フリッシュは、彼によってかつて要請された「真実性へのアンガージュマン」に『私の名前をガンテンバインとしよう』でも忠実であり続けているのだ。この本にはたくさんの弱点もある、とくに過剰で混乱させるほどの数のエピソードを含んでいるだって？　そう、それは正しい。だが一九四五年以降のドイツ語で書かれた小説の中でこれがあてはまらないものを一つでも示してみよ。

ハンス・マイアーはなんと問うたか？「これは良い小説か悪い小説か？」私は良い小説だと答えること

にためらいは感じない。[二七]

ライヒ＝ラニツキによる『ガンテンバイン』擁護は基本的には彼の私小説擁護論に依拠している。ただし、彼もまたこの小説がモラルと呼ばれるものに抵触することを認め、男と女の物語、「女に捨てられた男」の話の具体的な内容にまでは言及しない。[二八] 二つの書評にはほのめかされはするが語られない空所が存在しているのである。

二―四　特異な文学スキャンダル

『ガンテンバイン』は、バッハマンの死後一九七五年にフリッシュが発表した『モントーク岬』と併読するならば、やはりバッハマンとの共同生活を素材に書かれていると言わざるを得ない。だがフリッシュが公に断罪されるのは、バッハマンを含む関係者の実名が書き込まれている『モントーク岬』が発表されてからだった。つまり『ガンテンバイン』発表直後、これは名前の知られた作家二人の私生活の暴露本であるというようなスキャンダラスな喧伝のされ方は申し合わせたように慎まれたのである。[二九] 当時の作家や出版社の人間関係の中に流れていた微妙な空気を、ヴァイダーマンはいくつかの例を紹介しながら再現している。[三〇] フリッシュがマルティン・ヴァルザー宛に、自分の唯一の心配は「リラ－ガンテンバインがバッハマン－フリッシュと読まれてしまうことです、これは恐ろしいことかもしれません」と書くと、ヴァルザーはこの心配には与せず、共通の出版社のジークリット・ウンゼルトに別件で――フリッシュの小説の中にドイツ人に対するスイス人の政治的無遠慮さを発見して――苦情を申し立てた。ジークリット・ウンゼルトは、フリッシュの原稿には必ずしも感動しなかったが出版はするという態度を取り、ハンス・マグヌス・エンツェンスベルガーは、出版社の依頼でフリッシュの原稿を朗読していたが、後半に差し掛かった頃にはもう、フリッシュに対しなぜか詳しいことは一切ぬきにして、この本は「大胆きわまりない」、「感嘆に値する」と書いてよこした。

当時のドイツ文学の世界には対立があった。フリッシュの友人とバッハマンの友人との間に。まるでどちらかに決めなければならないかのようだった。とりわけインゲボルク・バッハマンは彼女の友人たちにこの印象を与えていた。そして、エンツェンスベルガー、そしてヴァルザーも、ウンゼルトさえも、四七年グループ出身の詩人に非常に近いところに立っていたのだ。[三一]

バッハマンはフリッシュが『ガンテンバイン』を刊行してのちフリッシュの名前を人前で口にすることはなく、新たにフリッシュと親交をもった友人とは交友関係を解消する。『ガンテンバイン』刊行前の六三年の一月に書かれた年来の友人ハンス・ヴェルナー・ヘンツェ宛の手紙の中には、別離直後六二年秋以降の入院が自殺未遂の結果だったことの告白とフリッシュとの関係についての彼女の側の見解が記されている。

あなたはもしかするとこの最後は私の責任だと思うかもしれません、でもそれはちがう。そもそも責任について語り得るとすればそれはマックスの責任よ、さもなければこんなことにまでならなかったでしょう。でも責任の話はしたくない、私は彼を非難もしない、これまでには時折、些細なこと、どうでもいいことで非難したことはあったけれど。[…]私には実際なぜだかわからないの、嫉妬ではない、何か完全に別のもの、もしかすると私が何年も前、実際、継続的なもの、「ノーマルなもの」に依拠したかったから、時には私の人生の可能性に反しても、ということかもしれない、繰り返し私はそれに固執したのよ、たとえ時折この必然的変化が私の掟をあるいは私の運命を傷つけると感じていたにしても――私にはどう表現すべきかわからないわ。[三二]

バッハマンが自分本来のライフスタイルを犠牲にしても手に入れたかったもの。小説中のガンテンバインは自分の嫉妬ゆえの愚行について語るのに夢中でリラの犠牲には気づかなかったようだし、リラの自殺未遂の話も回想には登場しない。

フリッシュが『ガンテンバイン』で二人の私生活を文学市場に売りに出したということは周囲の友人たちにも察しがついたであろう。だがフリッシュが「私は想像してみる」というフレーズで読者の前に提出した女優リラのイメージは、やはりあくまでもフリッシュ、自分に限りなく近いガンテンバインを「女に見捨てられた男」と設定し、一九六〇年には原稿を書き始め、六三年の夏には新しい恋人マリアンネ・エラースに完成稿をタイプさせていたフリッシュによって作り出されたバッハマン像だった。バッハマンにしかわからない皮肉のちりばめられた『ガンテンバイン』によってもたらされる苦痛、男女の私的な関係を作品の素材にされるという――当事者の一方の言い分だけが流布されることを意味する――三度目の経験、そしてこの時点で噂は囁かれるもののフリッシュの行為を公に非難する者はいない。彼女はやはり作品をもってこれに抗弁するほかなかったのである。[三三] バッハマンのこれ以降の作品は『ガンテンバイン』刊行の多大な影響を受けている。すなわち「様々な死に方」構想の膨大な遺稿、そのうち生前発表された『マリーナ』、そして次節で扱う抒情詩「ボヘミアは海辺にある」は、この世論の反応を含めた出来事を抜きにしては本当の意味では理解されえない。

時系列から言えば先取りになるが、この一件が特異な文学スキャンダルとしてその全容を露にするその経緯を辿っておく。

二―五　バッハマンの死、フリッシュの『モントーク岬』の刊行

六四年フリッシュが『ガンテンバイン』を出版、七一年バッハマンが『マリーナ』を刊行、そして七三年にバッハマンが死去すると、翌七四年、まずスイスの雑誌「行動」Die Tat が「バッハマンの『マリーナ』とフリッシュの『ガンテンバイン』　一つの生活の二つの側面」という記事を掲載する。これが両作品の関係性に対する最初の世論の反応である。[三四]この記事では小説『マリーナ』はフリッシュの『ガンテンバイン』への文学的「報復」だと理解されている。しかし両作品の関係性が本格的に論じられるまでにはさらに数年を要し、論じられ始めた八〇年代前半の段階では『マリーナ』はフリッシュ作品への「報復」ではなく「模倣」であると捉えられていた。両作品の間にある緊張関係を――「報復」ではなく文学的「対話」という言葉に置き換えて――八八年、再度取り上げ焦点を当て直したのがモニカ・アルブレヒトである。そのアルブレヒトは、バッハマン作品におけるフリッシュ作品を暗示する箇所はツェランのそれよりも多いにもかかわらず――二〇〇二年の時点では――両作品の本格的比較研究は進んでいないと述べている。理由は「マックス・フリッシュのタブー視」である。この研究の空白ともいうべきフリッシュの『ガンテンバイン』を度外視する態度を正当化するためには、バッハマンのフリッシュとの関係はツェランとの関係ほど知的に論じられえないという主張がなされるのである。[三五]

しかし、フリッシュはバッハマンに対してなにかひどいことをしたらしい止まりでは、バッハマンが六四年以降発表した作品や遺稿の意図も意義も問えない。これは五〇年代のジェンダー・バイアス、八〇年代のフェミニズムを原因とする受容の偏りに続き、作品素材としての「私的な事柄」の扱いに起因するバッハマン受容史の第三の曲折と言ってよいかもしれない。

七五年に出版されたフリッシュの『モントーク岬』は公に文学スキャンダルとして認識されている。セリーヌ・レターヴはしかし、『ガンテンバイン』にまで遡り、フリッシュの一連の行為を次のようにまとめている。

スイス人作家マックス・フリッシュは長らく、人間は自分が本当は誰なのかを虚構によって最も良く示すことができるという考えだった。「人格とは何か？　だれかに思い浮かべられるものを想像で語り、物語ることのできる機会を与えなさい。［…］私たちが彼の話を長く聴いていればいるほど、彼が書き換える経験のパターンは認識しやすくなる。」この原則をフリッシュは小説『私の名前をガンテンバインとしよう』（一九六四）の中で具体的に示す。［…］小説『ガンテンバイン』の中の「私」のように、フリッシュも虚構の中で「本心を表し」たかったのだ。彼は虚構作品の中で間接的に、彼が実際何ものだったかを示したかった。彼はこれを「偽装された伝記」と名づけている。一九七四年、フリッシュはしかしこの詩学は失敗したという印象を持つ。インタヴューの中で彼は、彼の虚構は「瓜二つの手配書」にすぎないものを作成していると認める。彼の考えは明快だ、「私は自分に自分の人生を黙っていた。私はどこかの大衆に物語でサービスした。私は私をこの物語の中へと露出した、わかっている、識別できないほどにだ。」フリッシュは「偽装された伝記」の原則との関係を絶とうとする、別の方法で独自の真実へ近づくために。彼は初めて虚構による偽装なしに私的な要素をさらすことが求められる自叙伝『モントーク岬』を書こうとする。[三六]

フリッシュは、その頃のパートナーのアメリカ人女性とアメリカのモントークという海岸の町で週末を過ごしながら、三人称を用いていくつかの恋愛関係を回想する。その中にはバッハマンとの、そのあとに結婚したマリアンネ・エラースとの関係も含まれている。第一節冒頭で引用した通り実名入りで。『モントーク岬』に対する世論の反応は概ね否定的なものだった。モラルの点から配慮がなくスキャンダラスであると批判されるのである。レターヴは、この傾向は書評のタイトルを見るだけでわかるとそのいくつかを羅列する。「まったく不愉快な気分にさせられる、鍵穴からの視線」、「作家の自己陳列。マックス・フリッシュは物語『モントーク岬』で、ベストセラーリストのためにプライベートを売る」、『私』を探して。マックス・フリッシュは、愛の生活を懺悔する」。すなわち、読者はフリッシュの性的能力、三人の女性に四回堕胎させた話などを読まされ、「精神的ストリップショー」につきあわされたあげくの、フリッシュの無遠慮さに対する反感が大勢を占めているのである。『モントーク岬』は「作家がそのパートナーを自分の文学の中に組み入れても良いのかどうか」問題提起をする。[三七]

これに対し、ウヴェ・ヨンゾーンは「批評は技術的な分析を回避して、心遣いや配慮を前面に押し出して楽をしている」と批判する。つまりこの作品のいくつかの構成要素、たとえば「老いと死」というテーマは書評の中でほとんど触れられないのだ。これは語りの形式についてもあてはまる。本の中で中心的な役割を果たし目を引くはずの語りの視点の変化を、言及する価値のあるものだと見なす書評はない。

わずかな書評だけが、最終的にはフリッシュは自叙伝的なものを問題視していること、二つの矛盾する意志を示唆していること、文学と人生の境界について問題提起をしていることに関心を示す。この本に関するスキャンダラスなものが『モントーク岬』の多くの分析の邪魔をし、『モントーク岬』は自叙伝的な記録でしかなく、「芸術作品」とはもはや見なされないという結果を生んでいる。[三八]

レターヴによれば、フリッシュは『モントーク岬』を最後の本と考えて六巻の全集を出版する。しかしそのあと三作を発表し全集に七巻目を加えた。「興味深いことに、それは虚構作品である。『モントーク岬』で自叙伝的なものが創作同様批評においても引き起こす困難な状況を経験しなければならなかったあと、フリッシュは虚構に戻る。[三九]」フリッシュは以後、実名公表のリスクは避けるのである。

『モントーク岬』は『ガンテンバイン』の解説書である。『ガンテンバイン』はフリッシュが言うところの「偽装された伝記」、虚構を装った自叙伝だった。しかし、バッハマンの抒情詩「ボヘミアは海辺にある」、『マリーナ』、そしてバッハマンの死を経て、再びフリッシュが『モントーク岬』で事実確認をするのはなぜなのか。フリッシュの二つのテクストにおいて「事実」もしくは「事実をめぐる解釈」の記述に異動はないように思われる。バッハマンが『ガンテンバイン』に対して行った文学的応答に対し、フリッシュはただ持論を繰り返すだけなのだ。バッハマンの抗弁は理解されない、もしくは実名公表によって強硬に退けられたのだともとれる。フリッシュは『ガンテンバイン』をめぐる文学スキャンダル――「偽装された伝記」をめぐる「婉曲な言い回しによる批評」――では、その程度なり性格なりに不服があり、更なるスキャンダルを意図したのだろうか。

ヴァイダーマンはこれらの文学スキャンダルを経て、今日『ガンテンバイン』をこう評す。

　これは見事な小説だ、息苦しく、強烈で、物語性に富み、視点が豊かで、不快で、謎めいている。マックス・フリッシュはその芸術の頂点にいる。[四〇]

『ガンテンバイン』刊行以後のフリッシュの一連の行為は、世論の複雑な反応も含め、この間のバッハマンの作品の意味と意図をはかるのに欠かせない情報であることは間違いない。

第三節　抒情詩「ボヘミアは海辺にある」
――『ガンテンバイン』に対する最初の文学的応答

一九六八年、抒情詩「ボヘミアは海辺にある」*Böhmen liegt am Meer* は他三篇の詩とともに雑誌「クルスブーフ」[四一]上に発表された。五四年の第二詩集以後詩は発表しておらず、短篇集『三十歳』を世に問うていたバッハマンにとって、再び抒情詩を世に送り出すことは自らに課したタブーを犯すという意味合いがあった。[四二]バッハマンの遺稿の中にある次のような言葉の重みは、第二章で確認した状況を踏まえて初めて理解できよう。

もう終わったのだと考えていたがもう一つ詩を書いた。だがこれは遅れて生まれてきた子供に過ぎない。書けて嬉しいけれど、これで本当におしまいだ。私はこの詩をずっと傍らに置いておくだろう。この詩はすべての人間に向けられたものだ、なぜならこの詩は誰も到達しない希望の土地だから。［…］私はもう二度と詩は書かないだろう、これですべてを言い尽くしてしまったから。[四三]

「ボヘミアは海辺にある」は、五〇年代の詩と変わらず美しく難解である。詩人自身が「すべてを言い尽くした」と言うように、そのタイトルは、シェイクスピアの『冬物語』（一六一一）を併読するよう指し示し、テクスト内には他にも、ハイデガー、ヴィトゲンシュタイン、ツェラン作品からの引用、あるいは関連性の暗示が見られる。バッハマンはなぜこの時期に再び抒情詩を発表したのか。その答えは「バッハマンの多くの詩がそうであるように、語られたり、書かれたりした言葉の関連する複雑な編み細工[四四]」の一つであるこの詩を解読することができた時に与えられるだろう。本節では、まずテクストを示し、作品成立の背景として、対人関係、バッハマンの政治的地理観、下敷きとされているシェイクスピアの『冬物語』について説明を加え、さらに、T・S・エリオットの『荒地』に言及しつつ、作品世界の理解を試みることにしよう。

ボヘミアは海辺にある

この場所で家々が緑ならば、私はまだ一軒の家の中へ入っていく。
ここで橋が無傷ならば、私はしっかりとした地面の上を歩く。
愛の苦労が永遠に無駄に支払われるものなら、私はここで喜んで支払おう。

それが私でないのなら、それは私と同じようなだれか。

ここで言葉が私に接してあるなら、言葉が私に境を接するままにしよう。
ボヘミアがいまだ海辺にあるのなら、私は海を再び信じよう。
そして海が信じられるのなら、私は陸地を望む。

それが私なら、それは私と同じほどの人々。
私は自分のためにはもう何も望まない。私は落ちてゆこう。

落ちて——つまりは海へ、そこにふたたびボヘミアを見いだす。
下降しながら、私は安らかに目覚める。
いまこそ私は底から知った、私は失われてはいない。

おいで、おまえたち、すべてのボヘミア人よ、船乗りよ、港の娼婦よ、船よ、
錨をおろさずに。ボヘミア人であろうとは思わないか、イリュリア人、ヴェローナ人よ、
ヴェネチア人よ、みな。笑いをよび、

涙させる喜劇を演じるがよい。そして幾度となく思い惑え、
私が迷い一度として試練に耐えたことがなかったように、
いや私は演じきった、その度毎に。

ボヘミアが試練に耐え、ある美しい日に
海辺の地を恵まれて、いまも水辺にあるように。
私はいまなお言葉に境を接し、もうひとつの国に境を接し、
少しずつでもすべてのものにますます近づいている。

私はボヘミア人、私は放浪者、なにももたず、なにものにもとらわれず、
疑わしい海から、いまはただ私の選んだ国を望み見る才だけを与えられて。

Böhmen liegt am Meer

Sind hierorts Häuser grün, tret ich noch in ein Haus.
Sind hier die Brücken heil, geh ich auf gutem Grund.
Ist Liebesmüh in alle Zeit verloren, verlier ich sie hier gern.

Bin ich's nicht, ist es einer, der ist so gut wie ich.

Grenzt hier ein Wort an mich, so laß ich's grenzen.
Liegt Böhmen noch am Meer, glaub ich den Meeren wieder.
Und glaub ich noch ans Meer, so hoffe ich auf Land.

Bin ich's, so ist's ein jeder, der ist soviel wie ich.
Ich will nichts mehr für mich. Ich will zugrunde gehn.

Zugrund – das heißt zum Meer, dort find ich Böhmen wieder.
Zugrund gerichtet, wach ich ruhig auf.
Von Grund auf weiß ich jetzt, und ich bin unverloren.

Kommt her, ihr Böhmen alle, Seefahrer, Hafenhuren und Schiffe
unverankert. Wollt ihr nicht böhmisch sein, Illyrer, Veroneser,
und Venezianer alle. Spielt die Komödien, die lachen machen

Und die zum Weinen sind. Und irrt euch hundertmal,
wie ich mich irrte und Proben nie bestand,
doch hab ich sie bestanden, eins um das andre Mal.

Wie Böhmen sie bestand und eines schönen Tags
ans Meer begnadigt wurde und jetzt am Wasser liegt.
Ich grenz noch an ein Wort und an ein andres Land,
ich grenz, wie wenig auch, an alles immer mehr,

ein Böhme, ein Vagant, der nichts hat, den nichts hält,
begabt nur noch, vom Meer, das strittig ist, Land meiner Wahl zu sehen. (W 1, 167f.)

三―一　作品成立の背景―フリッシュとツェランとバッハマン

二〇〇八年にズーアカンプ社から出版された書簡集『ヘルツツァイト』は、バッハマンとツェラン、ツェランとフリッシュ、バッハマンとツェランの妻ジゼル・ド・レストランジュの往復書簡を収めている。ツェランとバッハマンは、一九四八年ツェランがヴィーンからパリへ発った後から五二年五月末、ニーンドルフでの四七年グループの会合までと、五七年ヴッパータールの会合での二人の再会以後、六一年のゴル事件――ツェランにかけられたイヴァン・ゴルの詩の剽窃疑惑――を頂点とし、六七年まで、時に一方の沈黙の時期を挟みつつ、手紙や葉書、電報をやりとりしている。この間ツェランは五三年にジゼルと結婚、バッハマンは五八年の夏から別居時期も含め五年ほどフリッシュとパートナー関係にあった。この書簡集の眼目は、それぞれのいくつかの作品をより深く理解する上で欠かせないツェランとバッハマンの私的な関係を辿ることにあるが、フリッシュやジゼルの書簡を配することで、フリッシュとバッハマンの文学スキャンダルのもう一つの背景をも浮かび上がらせている。本節では、後者のフリッシュとバッハマンの関係を「ボヘミアは海辺にある」の成立の主たる要因、詩を解読する材料と考えるので、この書簡集を手掛かりにまず四人の人間関係を概観しておく。

フリッシュとバッハマンの関係は前節で見たが、ここでは両者の関係が破綻するプロセスを新しい要因を視野に再度確認する。両者の関係は――フリッシュの『モントーク岬』によると――フリッシュが五八年の春に放送されたバッハマンの放送劇『マンハッタンの善良な神』を聴いて、ミュンヘンのバッハマンに手紙を書いたことがきっかけで始まった。バッハマンはその夏には、自作『ビーダーマンと放火犯』の初演のためパリに出向いていたフリッシュを訪ねた。五七年十月ヴッパータールで行われた文学の会合で再会し、再燃していた既婚のツェランとバッハマンの恋愛関係に終止符が打たれた直後の時期である。バッハマンは秋にはフリッシュの住むチューリヒへ転居。フリッシュには別居中の妻子があり、その後離婚が成立。フリッシュとバッハマンは結婚という形は取らずに、ジュネーブやローマで同居、別居を繰り返した。二人の関係にはしかし、作家同士の同居という困難とは別の困難が――『ヘルツファイト』の書簡から察するに――影を落とす。フリッシュとツェランの不和である。ツェランとジゼル、バッハマンとフリッシュのカップルは――ツェランとバッハマンの過去の恋愛関係については承知の上で――顔を合わせ、同性間でも書簡のやり取りが始まる。だが五九年十月二十三日付のツェランの手紙が契機となり、この関係はぎくしゃくし始める。ツェランは十月十一日付の「シュピーゲル」に掲載されたギュンター・ブレッカーの「死のフーガ」評に怒り、フリッシュに「親愛なるマックス・フリッシュ、ヒトラーの時代、ヒトラーの時代、ヒトラーの時代。カスケット帽の連中。ブレッカー氏、ドイツ若手批評家の第一人者が、リヒナー氏の恩恵を受け、おお、カフカ、バッハマン論の書き手が、書いていることを見て下さい」[四五]と、手紙と当該の記事を同封する。手紙の中でツェランは、フリッシュの同僚ブレッカーが「アウシュヴィッツ、トレブリンカ、テレージエンシュタット、マウトハウゼン、殺人、ガス殺」[四六]といった歴史的背景に一切言及することなく、「死のフーガ」を「グラフィック・イメージ」と呼ぶことに対して抗議する。これに対しフリッシュは十一月六日付の返信を、「親愛なるパウル・ツェラン！　私はあなたにすでに四通の手紙を書きました、長いものを、それから五通目の短いものを、すべて出していません。でも返事を出さないでおくことはできません。私は一体なんと書いたら良いのでしょう？　あなたは政治的な理解を私に対してあてにして下さって結構ですが、それはあなたの短い手紙に関して私の頭から離れないことを覆い隠してしまうでしょう、あなたの個人的な問題、これについて語る気はありません、あなたがそれをそれとしてではなく、政治的、客観的なものとして私の前に置くのであればなおさらです」[四七]と始め、「怒らないで下さい、親愛なるパウル・ツェラン、公の誤解がいかに感情を害するものであるか私は思い出します、それが反ユダヤ主義に発しているという疑いが適用できない場合でも。『ヒトラーの時代、ヒトラーの時代、ヒトラーの時代。カスケット帽の連中』とあなたは書いています。私はブレッカーの批評を良いとは思いません。曖昧な言い回しから自由になっていません、それは認めます、他方の側のことを言っても良いのでしたら、私はあなたの反論、それが言語的明敏さの傑作であるにもかかわらず、それも良くないと思います。あなたの反論は（私はあなたをすすんで尊敬していますが）私に尊敬を強いるものです。つまりあなたが、親愛なるパウル・ツェラン、私や他の者を悩ます感情的な反応、虚栄心や傷つけられた野心という感情的な反応から完全に自由なのかどうかを問うことを許さないものなのです。[四八]」フリッシュはこの手紙をもってツェランが自分との交際を絶っても仕方がないという言葉で返信を締めくくる。そしてツェランからはさらに何通か手紙が書かれるにもかかわらず、両者の実質的な関係はこの時期に終わっている。

他方、ブレッカーの記事はバッハマンにも送られていた。バッハマンは十一月九日付ツェラン宛の手紙で「親愛なるパウル、ちょっとドイツに行っていて、ひどい感冒にかかって帰宅し、すぐに返事が書けませんでした。そして今度は別のことが、私に以前のような返事を書かせないのです、というのもマックスがあなた宛に書いた手紙のことを知っているので、私の不安、この件に関して私は何も助言できないということゆえに、すべての上に影が差しているからです。[四九]」と書いてよこすツェランに対し、バッハマンは「フリッシュはこの『事件』に文学的に好奇心を刺激されている」と書いてよこすツェランに対し、気遣いは見せるものの深入りするのを避けようとする。この時のバッハマンの心情は、十一月十七日付ジゼル宛の投函されなかった手紙に最もよく現れていよう。「私にはわかりません、こんな状況でどうやって生きていったらいいのか、嫌悪感を覚えます、なぜなら私にはもうわからなかったのです、マックスを裏切らず、パウルの信頼を失わずにいるにはどう振る舞えばいいのか。さらに悪いことにはパウルが私にどうしてほしいのかもわからなかったのです。[五〇]」そしてこの一件がフリッシュとツェランの間のみならず、フリッシュとバッハマンの関係にも影響を及ぼしたらしいことは、十二月二十日付ツェラン宛の手紙から窺い知れる。「そして最近、ヒルデスハイマーが旅行の途中で私に、フリッシュはあなたを『疑っている』と話したのです、私は一人で居て、フリッシュはこのことについては何も言っていませんでした、でもこの知らせは私を驚かせました。[五一]」ツェランはこのときまでフリッシュの手紙に返信していない。バッハマンはツェランに和解を勧める。「私は、あなたはマックスに手紙を書かなければいけないと思います、どんな場合でも、明晰にする明瞭さによって。彼には何が我慢できないか——あなた方の間のことに私が調整に入る方が良いと考えることです、私にはわかります。」[五二]バッハマンはこのときフランクフルト大学で詩学講義の真最中だった。

このあと一九六一年のゴル事件に際して、バッハマンはジゼルの頼みを入れツェラン擁護のため他の作家と連名で声明を発表するなどツェランに対し誠意を示しつづける。他方、フリッシュはこの一連の騒動に着想を得て、戯曲『アンドラ』（一九六一年初演）を書くが、これは彼のツェラン宛の最後の手紙同様かなり含みのある作品だったと言わざるを得ない。フリッシュはツェランに献本のみを送っている。[五三]

この書簡集からは、ジゼルが夫ツェランとバッハマンの関係に過去のことも含め理解を見せ、かつゴル事件の時には助力を乞い、ツェランが新たなパートナーを得たバッハマンに対し五〇年代と同様の忠誠心を求め、フリッシュがツェランに対し最初から心理的距離を覚え、それがやがてツェランのために尽力するバッハマンへの不信を生む様、バッハマンがフリッシュと新しい関係を構築する途上で心情的に苦境のツェランを見限れずフリッシュとの板挟みになるといった人間関係が浮かび上がる。

バッハマンとツェランの人間関係は書簡のやり取りを含め六一年時点で実質的には終わりを告げる。そしてバッハマンとフリッシュとの関係もすでに述べたように、六二年の秋にはフリッシュが新しいパートナーとともにバッハマンの前から姿を消すという形で終わる。フリッシュとの別離後、バッハマンは自殺未遂に始まるアルコール依存症、薬物依存症の治療のために、チューリヒ、ベルリン、バーデン・バーデンの病院に入退院を繰り返す。金銭的にも苦境に陥り、フォード財団の奨学金を受けて六三年四月から六五年末までベルリンに滞在することになった。

バッハマンにとって、六一年以降、六五年にふたたびローマに入るまでの数年間は、作家活動における抒情詩から散文へのジャンル替えが、文学市場によって作られた抒情詩人のイメージからの脱却を目論みながら、今度は書けなくなった抒情詩人のイメージを喧伝されるという不本意な状況を招き、私生活においてはフリッシュとの関係を失い、文字通り人生における「危機の時代」、その上経済的にも困窮し居場所の定まらない「放浪者の時代」となった。

三―二　作品成立の背景―ベルリンとプラハ

抒情詩「ボヘミアは海辺にある」におけるボヘミアという地名は、一九六四年のプラハ旅行の好印象とのちの詳述するシェイクスピア『冬物語』の中でのユートピア的空間を重ねて表象している。両者をつなぐのは一九一九年に消滅した多民族国家オーストリア帝国である。そしてこの発想の大本には戦争犯罪被害者ツェランとの交友関係がある。東欧はバッハマンにとって、何よりもまず第二次世界大戦におけるドイツの被植民地なのだ。被植民地の象徴がプラハでありボヘミアである一方、六四年の時点で、フォード財団の奨学金を受けて療養生活を送っていたドイツの首都ベルリンは、それと対になる象徴的な意味を担わされる。

(a)　反ファシズムとフェミニズムの接続

バッハマンはフリッシュとの別離後の一九六三年に初めて、それも六一年壁が築かれたのちの西ベルリンの地を訪れ、ここに三年ほど活動の拠点を置くことになる。そもそも五二年の四七年グループ会合以来、ドイツに対する感情には複雑なものがある。七三年のインタヴューでは、バッハマンはオスカー・ワイルドがイギリス人とアメリカ人について語った言葉を引いて「ドイツ人はオーストリア人にもとても理解しにくい存在」であり「私たちの考えは別物」だとも語っている（GuI, 132）。六四年のビュヒナー賞受賞講演で朗読されクルト・バルチュに「グロテスクな散文」と言わしめた『発作の場所』*Ein Ort der Zufälle* は、バッハマンのベルリン観の文学的表現であると言えよう。バッハマンは五〇年代半ばからドイツ語圏もしくはドイツを避けて居住地を選んでいたが、『発作の場所』は避けてきたドイツの首都に滞在することがバッハマンにとってどのような意味を持ったのかを、シュールレアリスティックな、いや、神経発作を装ったテクストで表現している。

バッハマンは二度のプラハへの旅行に続き、六四年四月から六月にかけてアテネ経由でアレクサンドリアに入り、カイロ、紅海沿いハルカダ、ナイル川沿いルクソール、テーベ、アシュアン、アブ・シンベル、ついにはスーダンのワディ・ハルファにまで足を伸ばしている。直接的にはこの旅行が契機となり――中東、北アフリカ旅行を経て体得した批判的オリエンタリズムの地理的枠組みの中で――ベルリンは西欧社会の表象ともなっていると言える。すなわち「フランツァの書」の中で描かれるように、中東の砂漠は父権制発祥の地、もしくはアブ・シンベル神殿のハトホル女神の顔が削り取られていることに象徴される母権失墜の痕跡をとどめる地として捉えられる。そして父権制の暴力はドイツのファシズムの中でこそもっとも強烈に顕現した。アドルノの影響を受けたバッハマンの場合、このファシズムは平和な時代にも生き延びていると主張されるのである。短篇集『三十歳』においてすでに表明されていたバッハマンの作品のフェミニズム的方向性は、すでにフリッシュの『ガンテンバイン』が発表され文学スキャンダルに巻き込まれようとしていたこの時期、西欧の歴史を背景に理論武装の傾向を見せている。すなわち六〇年代のバッハマンの場合、反ファシズムとフェミニズムは、ファシズムの中に現れる暴力は父権制の悪しき権力志向の発露であるという意味において接続されるのである[五四]。バッハマンにとって東欧は第二次世界大戦中ドイツファシズムによって植民地化された土地である。フリッシュの『ガンテンバイン』刊行という行為を、フリッシュの歪んだジェンダー観に基づくミソジニーから生じたものだと理解する、そして自らをその行為の犠牲者であると理解するバッハマンにとって、東欧は――多分に観念的ではあるが――共感を呼ぶ場所なのだ。

(b) ユートピア的時空への「敷居」としてのプラハ

バッハマンは一九六四年の一月と三月、それぞれ数日間のプラハ旅行を契機に抒情詩「プラハ、六四年一月」*Prag Jänner 64*（W 1, 169）と「ボヘミアは海辺にある」を書く。前者の詩の冒頭「あの夜から、私はまた、歩き、話をしている、ボヘミアの言葉は響く、まるで私はわが家にいるかのようだ」（Seit jener Nacht/ gehe und spreche ich wieder,/ böhmisch klingt es,/ als wär ich wieder zuhause,）の部分を読むならば、これは旅の好印象から生まれた機会詩であるかのような印象を受ける。だが続く「モルダウとドナウと故郷の川の間では、すべてが私にはわかる」（wo zwischen der Moldau, der Donau/ und meinem Kindheitsfluß/ alles einen Begriff von mir hat.）では、早くも旧オーストリア帝国領を暗示する地理的指標が盛り込まれる。

バッハマンにとって東欧は、先にも見たように戦後も生き延びているファシズム、具体的にはフリッシュの『ガンテンバイン』刊行――バッハマンはこれを人格破壊欲求の現れとみなす――の犠牲者である彼女のための場所である。その東欧の地でプラハが旅行先に選ばれたのはなぜか。この点についてはクリスティーネ・イヴァノヴィッチが、バッハマンは「様々な死に方」構想の仕事も始めていたこの時点でパウル・ツェランの抒情詩と以前のような対話を始めていたとし、具体的には六三年に発表されていたツェランの詩集『誰でもないものの薔薇』*Die Niemandsrose* の中の「すべては違っている」*Es ist alles anders* との間テクスト性を指摘している。ツェランのこの詩の中にはシェイクスピアの『冬物語』、ハイネの『ドイツ冬物語』を示唆する語、また「ボヘミア」という地名が登場し、「喪失と新たな獲得とのアンヴィバレントな関係から『ボヘミアは海辺にある』に劣らずヘテロトピアを形成している」[五五]というのである。

ツェランの『誰でもないものの薔薇』との更なる引用による関係性の暗示としては、詩の中心（一二行目）で強調されて言語化されている「そして私は失われていない」（und ich bin unverloren）もそう読むことができる。ツェランの場合は「失われたは、失われていないだった、心、守りを固められた場所」（Verloren war unverloren,/ das Herz ein befestiger Ort.）である。ジークリット・ヴァイゲルが述べたように、「失われた」という言葉は、彼らの以前の詩的対話の枠内では、「両作家にとって、失われていることを知るという場所からようやく可能になる希望の詩的言語のための言語的トポスになる。[五六]」

六一年の時点で書簡のやり取りも途絶え、この時期のバッハマンはもはやツェランとの直接的な交流は望んでいない。ツェランの「失われた」とバッハマンの「失われた」はそれぞれ別のもの——ツェランのショアー、バッハマンの、フリッシュによる公私にわたる裏切り行為——のために選ばれた言葉である。しかしバッハマンのフェミニズムの根幹にある反ファシズムの思想は、ツェランとの出会いを契機に醸成され始めた。バッハマンはその記憶故に再びツェランの詩と自らの詩の間に間テクスト性の関係を構築するのである。

この時期のバッハマンのプラハにはそれゆえツェランの、カフカやラビのレヴが葬られているプラハ、ツェランがシェイクスピアから『冬物語』を経由してハイネを連想するユダヤ的プラハとは別の意味が付与される。すなわちバッハマンのプラハは町の名がそもそも「敷居」を意味するのだが、観念的な——イヴァノヴィッチはヘテロトピアと呼ぶ——ユートピア的空間への「敷居」なのである。バッハマンはオーストリア出自である自分が本来の姿を取り戻すということを表現する際に、このような地理的なメタファを用いる。それも政治的に容認できない現実のオーストリアではなく、比較的平和裡に多民族が共存していた旧オーストリア帝国への観念的な帰還を表現するために。

バッハマンは戦後世代に属するというばかりではない、戦争犯罪被害者であり戦後のドイツでも差別感情に悩まされたツェランに心情的に寄り添おうとする。しかし彼女は本来オーストリア人なのであり、それゆえツェランによって恋愛関係の継続を拒絶されもした。その後の彼女のドイツ語圏を離れイタリアに拠点を置くという態度、抒情詩から散文へジャンルを変えるという決心は、しかしそれでも戦争の傷跡の深いいまはまだ和解にも融和にもほど遠い二つの存在、植民地化した側と植民地化された側の存在を二つながらに抱え込み、対話を諦めない者のそれだったと言ってよいであろう。旧オーストリア帝国への観念的な帰還というイメージの複雑さと屈折度は、バッハマンのこの問題へのこだわりの強さから生まれたのだと言える。

三―三　作品成立の背景―シェイクスピアの『冬物語』

「ボヘミアは海辺にある」が発表されたのは一九六八年だが、書きおこされたのはシェイクスピア生誕四百年にあたる六四年だった。バッハマンは次のような言葉を残している。

人々は私に尋ねた、それは非常に名誉なことだったが私は謝絶した。ストラッドフォード・オン・エイヴォンのシェイクスピア年のために、ドイツ文学界を代表して詩を一篇書けないかというのだ。私は書いた。いや、それはありえない。そのとき思いついたのはシェイクスピアの一文「ボヘミアは海辺にある」だけだった。シェイクスピアと彼と同時代人のとても頭の切れるジョンソンの間で論争が起こる、シェイクスピアは無教養でひどい詩人だ、ボヘミアは海沿いにはないということを知らないのだと。私はプラハへ行った時シェイクスピアは正しいと思った。ボヘミアは海辺にある。[五七]

バッハマンのこの言葉は、自らの詩を読む者にシェイクスピアの「ボヘミアは海辺にある」の一文が記された

『冬物語』を読解の手掛かりとするよう示唆している。タイトルとして選ばれたこの一文は『冬物語』の第三幕第三場のト書きにある「ボヘミア、海辺の荒れ地」(Böhmen, eine wüste Gegend am Meer.) からとられている。この詩を読むにあたり――バッハマンの場合はツェランとは異なる意味で用いられている――『冬物語』のあらすじを次に確認しておく。

シチリア王リオンティーズと王妃ハーマイオニは、リオンティーズの幼友達、ボヘミア王のポリクシニーズを歓待している。しかしふとしたことからリオンティーズは王妃とボヘミア王の仲を疑い、忠臣カミローの必死のとりなしにもかかわらずボヘミア王を毒殺するよう命ずる。カミローはボヘミア王に事情を打ち明け、ともにボヘミアに出奔。後に残された王妃ハーマイオニは幽閉され、獄中で女の子を産み落とす。王はこれを自分の子と認めず、他国に捨ててくるよう家臣アンティゴナスに命じ、王妃を裁判の場に引き出す。ハーマイオニの抗弁にもかかわらず、まただれかが王妃を陥れようと画策しているのでもない、宮廷の貴族たち、デルフォイの神託までもがハーマイオニの身の潔白を証しているのにもかかわらず、リオンティーズだけがこれを信じない。裁判の最中、幼い王子マミリアスが急死。ハーマイオニはこれを聞いて気を失い、裁きの場から運び出される。リオンティーズは「失った赤ん坊を取り戻せない時には王に世継ぎはない」という神託が早くも実現したことに驚き自分の非を悟るが、そこに運び出された王妃が亡くなったという知らせがもたらされる。一方アンティゴナスに託された女の赤ん坊は、ボヘミアの海辺の荒れ地に捨てられ土地の羊飼いに拾われる。しかしアンティゴナスは帰路熊に襲われ、乗ってきた船は水夫もろとも嵐にのみ込まれてしまい、改心したリオンティーズは捨てるように命じた子供の行方を知ることができない。

王の突然の、そして不自然とも思える疑惑の心が招く悲劇的な結末をもって前半（第一幕、第二幕、第三幕）部分は幕を閉じる。後半は十六年の月日を経たボヘミアのポリクシニーズの宮殿の場面から始まる。王子のフロリゼルは、最近羊飼いの美しい娘に恋をしているらしい。ポリクシニーズは、カミローとともに変装し様子を見に出かける。王子は王に内緒で羊飼いの娘パーディタと結婚しようとするが、これが変装した王の逆鱗に触れ、やむなく二人はシチリアへ駆け落ちする。フロリゼルは父の名代と偽ってリオンティーズに挨拶するが、ボヘミアから王とカミローが後を追ってシチリアにやってくる。主要人物がふたたびシチリアに揃ったところでパーディタの養い親の羊飼いの話からパーディタの実の親がシチリア王であることが判明する。ボヘミア王とシチリア王は和解、フロリゼルとパーディタの結婚も認められる。一行はさらに完成したばかりのいまは亡きハーマイオニの彫像を見に、ハーマイオニの侍女、亡きアンティゴナスの妻、ポーリーナの館へ赴く。亡き王妃に生き写しの彫像を前にリオンティーズは身動きができない。やがて彫像のハーマイオニが動き出し王を抱きしめパーディタを祝福する。ハーマイオニはポーリーナの手によって長らく匿われていたのだった。王と王妃は十六年の月日を経て和解する。王は夫を亡くしていたポーリーナと戻ってきたカミローを結婚させ、物語は大団円を迎える。

小田島雄志訳の『冬物語』に蒲池美鶴は解説を寄せて次のようなことを述べている。これは一六一一年に成立したシェイクスピア晩年のロマンス劇である。十七世紀から十八世紀にかけての評価は、当時の作劇法の基本である「三一致の法則」を無視し「時」がコーラス役で登場したり「ボヘミアの海岸」が出て来たりするというので、必ずしも高くなかった。しかし現代の批評家たちの評価は異なる。かつては荒唐無稽とされた「時」のコーラスをはじめとする古い劇の手法は意図的なものであり、劇中繰り返される「昔話のよう」(märchenhaft) という表現と相俟って、この劇の虚構性を意識させる効果を生むと考えるからである。そもそもシェイクスピアが、定本としたロバート・グリーンの『パンドスト』(一五八八) の設定を大胆に改変している。原作では主人公はボヘミア王で、不義の子の疑いをかけられた女の赤ん坊が打ち捨てられるのはシチリアの海岸である。王妃は不義を疑われて本当に亡くなり、ボヘミア王はそれとは知らずに、美しく育った実の娘に恋情を覚え事実を知って自殺するという悲劇であり、そこから引き出されるべき教訓は「よこしまな嫉妬は罰せられる」であった。これに対して『冬物語』の後半部分は「冬の炉端で語られるお伽話」にふさわしい現実離れした大団円に終わる。シェイクスピアはそれゆえ意図的に海辺のボヘミアという架空の舞台を用意したのだという主張もなされるのである、と。[五八]

作家の無知によるにせよ意図したものであるにせよ、非在の「ボヘミア、海辺の荒れ地」は和解の奇跡が起きる場所として選ばれている。

三―四　言葉の複雑な編み細工―読解の試み

作品成立の背景でも見たように、抒情詩「ボヘミアは海辺にある」はバッハマンの他の抒情詩の例にもまして、いくつもの経験、文学的イメージ、哲学的観念から織られた言葉のタペストリーという観がある。作品成立の背景を、作品の深層に潜む個人的な経験およびバッハマンの生きた時代に分けて概観したが、これらはバッハマンにとってあくまでも詩の材料である。次にこの詩によってバッハマンが何を言わんとするのかを見ていこう。

(a)　破滅と再生

この詩は冒頭からバッハマンのプラハ旅行の印象と『冬物語』の虚構性を強調された空間が自然な形で融合する。それはそもそもバッハマンのプラハが先にも見たように旧オーストリア帝国への入り口とも目される観念的な意味を持たされた土地だからである。詩の冒頭二行「この場所で家々が緑ならば、私はまだ一軒の家の中へ入っていく。／ここで橋が無傷ならば、私はしっかりとした地面の上を歩く」には現実のボヘミアの緑の家並や橋が歌い込まれ、バッハマンに再生の希望を抱かせた旅の印象そのままに健全な生のメタファとなっている。そしてその健全な生は四行目「それが私でないのなら、それは私と同じようなだれか」が挿入され、八行目に「それが私なら、それは私と同じほどの人々」とあるように、抒情詩の中の「私」のような多くの人々のために求められるのだ。そのような人々が健全な感覚――海そして陸への信頼――を取り戻すためには何が必要なのか。「私」は現実のプラハを離れ架空の時空へと沈んでゆく。そこにあるのはシェイクスピアが作り出しておいてくれた海辺のボヘミア、言葉によって現出する別の世界である。[五九]

　詩の中で繰り返されるgrenzenという言葉は、バッハマンの場合、容易にヴィトゲンシュタインを連想させる。バッハマンはフランクフルト大学での文学講義において『論理哲学論考』のあの一節、「主体は世界の一部ではない、主体は世界の境界だ」を経由して「言葉は事実についてのみ語ることができ、私たちの――私とあなたの――世界の境界を形成する。言葉が届かず、それゆえ思考も届かないところで世界は境界を越える。それは、何かが『姿を現す』ところで生じる。現れるのは、神秘的なもの、表現不可能な経験である」(W 4, 118)と述べているが、イヴァノヴィッチはここで一二行目についてのエリッヒ・フリートの言葉「一人称の人物が何を知っているのかは言葉にされない。言われるのは、その人物が知っているということだけだ。この一見不完全な文章が耳と心とに食い込んでくる」を引いて、grenzenという語がバッハマンのヴィトゲンシュタイン解釈から派生して使用されていることを確認している。一二行目「いまこそ私は底から知った、私は失われてはいない」は、すなわち言葉に先行する何らかの経験とそれを経たところで生まれた「新しい自己意識」を表しているのだ。イヴァノヴィッチはさらにこの自己意識の変化は詩人と言葉の関係にも影響を与えている、すなわち五行目の「ここで言葉が私に接してあるなら、言葉が私に境を接するままにしよう」は、一二行目でほのめかされている経験ののち、二一行目では「私はいまなお言葉に境を接し、もう一つの国に境を接し、／少しずつでもすべてのものにますます近づいている」となり、「私」の態度は受動的なものから能動的なものへと変化していると、この詩にバッハマンの文学的姿勢、態度表明の一端を見る。

バッハマンは、フリッシュ以前にもヴィーンの文学サークルの中心人物ハンス・ヴァイゲルの小説『未完成交響曲』、ツェランの詩の幾篇かにおいて作品の素材にされる経験をしている。バッハマンの経験とは、文学作品とは時として虚構を装いながら、関係のあった当事者の一方の言い分だけが反映された理不尽なものだという苦い認識であったといえよう。バッハマンは五〇年代の抒情詩においてツェランの詩から詩句を引用し、自分の思いを自作の詩に込めて返すという一方的な関係を是正しようとするかのような振る舞いをする。しかしフリッシュの『ガンテンバイン』に至って、バッハマンはその意識を大きく変える。すなわちツェランに対しては——恋愛感情、ツェランの過去への配慮から——文学的対話の体裁をとっていたが、主としてフリッシュとの軋轢がバッハマンの創作意欲を刺激している遺稿を含めた「様々な死に方」小説群では、書かれる側から書く側への意識の変化はより鮮明に打ち出されるのである。この詩「ボヘミアは海辺にある」は、バッハマンが「様々な死に方」構想の執筆に傾注している時期、構想の一部が『マリーナ』に結実して世に問われる三年前に発表されている。この詩はバッハマンの創作の姿勢の変化とジャンルの変化が連動することを証するテクストでもあると言える。

(b)「陸」と「海」の意味するもの

「ボヘミアは海辺にある」には確かにツェラン作品との間テクスト性による対話の痕跡は認められる、だがここまで見てきたように、ボヘミアもプラハもツェラン体験を経て自らの中に蓄積された政治的地理観によって意味付けされている。ツェランの存在を詩の中に呼び込んだ背景には、フリッシュ体験の反動すなわちフリッシュの不興を買ったバッハマンの文学上の交友関係の正当性を誇示する意味合いもあったのではなかろうか。なぜならこの時期のバッハマンにとって問題なのはやはりフリッシュだからである。フリッシュ作品に関しては直接引用を含まないため、その影響を指摘するためにはツェラン作品の場合とは別の手続きを踏まなければならない。

バッハマンはフリッシュとの別離後、西ベルリンからプラハ以外にエジプト、スーダンに旅行をしたことは先に触れたが、このエジプト、スーダンへの旅行からは「砂漠の本」*Das Wüstenbuch* が構想されている。この構想は独立した作品としては結実せず、一九六四年のビュヒナー賞受賞講演『発作の場所』あるいは未完の「フランツァの書」へと分散して引き継がれた。[六〇] バッハマンがしかしこの時期砂漠のモチーフに関心を抱いていたことは明らかである。バッハマンが「ボヘミアは海辺にある」の詩のタイトルを『冬物語』第三幕第三場のト書きから借用していることは前に触れたが、そのト書きは「ボヘミア、海辺の荒れ地」(Böhmen, eine wüste Gegend am Meer.)である。一見偶然のように見えるが「砂漠」もしくは「荒地」と訳されるWüsteという単語の重なりは、『ガンテンバイン』を視野に入れるならば決して偶然ではないことが明らかになる。

『ガンテンバイン』の語り手の観察対象は女優のリラ(Lila)だが、この作品の他の女性名には、Camilla、Alilのように Lila の名前が埋め込まれている。(Camillaは、マニュキア師で、複数の男性を相手にする娼婦、Alilは、お伽話の中の、アラブの羊飼いに四ポンドで買い取られた盲目の花嫁である。)フリッシュはまた言葉遊びのように「ぼくのリラリル」(Meine Lilalil)[六一]「リラリル」(Lilalil)[六二] と繰り返し、彼女の年齢も三十一歳と二度繰り返されている。[六三] ここでいささか唐突だが、T・S・エリオットの長詩『荒地』*The waste land/ Das wüste Land* の冒頭部分、第二部「チェス遊び」の後半を引用する。

一　死者の埋葬

四月は最も残酷な月、リラの花を
凍土の中から目覚めさせ、記憶と
欲望をないまぜにし、春の雨で
生気のない根をふるい立たせる。
冬はぼくたちを暖かくまもり、大地を
忘却の雪で覆い、乾いた
球根で、小さな命を養ってくれた。
[…][六四]

二　チェスの遊び

[…]
リルの亭主が除隊になるとき、言ってやったのよ――
はっきり言うけど、って、わたし言ったの、
イソイデクダサーイ、時間デース
アルバートが帰ってくるんだから、もうちょっとスマートになさいよ。
虫歯の治療代、どうした、って訊くわよ。
[…]

よくしてあげないと親切な女がでてくるわよって、言ってやった。
あら、そう、って、彼女は言ったわ。まあね、って言ってやった。
どちらさまか知りたいわね、と彼女は言って、私をじろっと見たわ。
イソイデクダサーイ、時間デース
いやならそのままでいたら、って、わたし言ってやった。
あんたにその気がないんなら、誰かが面倒見てくれるわよ。
アルバートに捨てられても知らないよ。忠告はしてあげたんだからね。
恥ずかしいわよ、そんなに老けちゃって、って言ってやった。
(あの子、まだ三十一よ。)
仕方ないのよ、って浮かぬ顔して彼女は言った。
子供を堕ろすとき飲んだあのピルのせいよ、と彼女は言った。
(五人の子持ちで、末のジョージのお産のときに死にかけたの。)
薬剤師は大丈夫って言ったけど、あれからおかしくなったのよ。
あんた、ほんとに馬鹿よ、って言ってやった。
アルバートがひとりで寝ないって言うなら、そうするしかないじゃない。
子供ができるのがいやなら、何で結婚なんかするのよ。[六五]

1 THE BURIAL OF THE DEAD

APRIL is the cruellest month, breeding
Lilacs out of the dead land, mixing
Memory and desire, stirring
Dull roots with spring rain.
Winter kept us warm, covering
Earth in forgetful snow, feeding
A little life with dried tubers.

2 A GAME OF CHESS

When Lil’s husband got demobbed, I said,
I didn’t mince my words, I said to her myself,
HURRY UP PLEASE ITS TIME
Now Albert’s coming back, make yourself a bit smart.
He’ll want to know what you done with that money he gave you
To get yourself some teeth. He did, I was there.
You have them all out, Lil, and get a nice set,
He said, I swear, I can't bear to look at you.

And no more can't I, I said, and think of poor Albert,
He's been in the army four years, he wants a good time,
And if you don't give it him, there's others will, I said.
Oh is there, she said. Something o' that, I said.
Then I'll know who to thank, she said, and give me a straight look.
HURRY UP PLEASE ITS TIME
If you don't like it you can get on with it, I said.
Others can pick and choose if you can't.
But if Albert makes off, it won't be for lack of telling.
You ought to be ashamed, I said, to look so antique.
(And her only thirty-one.)
I can't help it, she said, pulling a long face,
It's them pills I took, to bring it off, she said.
(She's had five already, and nearly died of young George.)
The chemist said it would be alright, but I've never been the same.
You are a proper fool, I said.
Well, if Albert won't leave you alone, there it is, I said,
What you get married for if you don't want children?

エリオットの『荒地』は岩波文庫版の訳者岩崎宗治によると一九二二年に発表され「発表当時、第一次世界大戦後のヨーロッパの荒廃を意味するものとして受け取られた。だがこの詩はそうした時事的関心を越えて、人類史の中の死と再生についても深い洞察を含んだ詩である」という。なぜならこの詩は「一見、言葉とイメージの自由連想的な集合とも見えるが、『聖杯伝説』と『再生神話』を軸にすれば、そこに一貫した意味を読み取ることができる」からである。

タイトルの『荒地』とは、エリオット自身が原注で言及しているのだが、「聖杯伝説」の中の不具の王あるいは漁夫王と呼ばれる生命力の衰えた王の国土を指す言葉である。テクスト全体にはギリシア神話や西欧古典作品からの引用がちりばめられ、さらにエリオットの「過去が過去であるばかりでなく、それが現前にあることを認識させ、また自分の時代を骨髄の中にもつとともに、ホメロス以来のヨーロッパ文学全体が同時的に存在し、同時的な秩序を構成しているという感覚」を持て、という「伝統」論ゆえに、この長詩の解釈には長らく研究者が翻弄される。他方、一九七一年に、エズラ・パウンドが手を加える前の草稿が発見され、あるいはエリオットの妻ヴァレリーが、エリオットが生前「多くの批評家がこの詩を現代文明批判の詩、社会批評の詩と考えてくれたのは名誉なことだが、わたし自身にとってこれは、現実に対する個人的な、まったくとるに足らぬ不満のつぶやきに過ぎなかった」と言っていたと証言するなどし、モダニズムの金字塔たるこの詩の解釈には別の見方も加わった。[六六]

フリッシュが『ガンテンバイン』の構想全体にエリオットの『荒地』を意識した工夫を凝らしていると言うためには詳細な検討が必要だが、少なくともバッハマンとおぼしき人物にリラという名を冠し、三十一歳という年齢を設定したのは、いくつかの点から『荒地』の第二部「チェスの遊び」後半部を暗示するためだったと主張することは可能であろう。

まずこのテクスト『荒地』は第一次大戦後のヨーロッパの秩序崩壊の様子を、不具の王すなわち生殖能力の落ちた王の国の様子として描き出すことを狙っているため、性的にシニカルな描写がテクストのあちこちに現れている。王のコントロールの利かなくなった国土には生殖に結びつかない性的放縦がはびこるのである。不具の王は詩の中で姿を変えて幾度も登場し、一方、女性は「情況の女」、すなわち「情況に応じて姿を変える節操のない女、あるいはすべての女である一人の女」として性的に放縦なイメージが強調されている。これは『ガンテンバイン』において語り手が三つの名前を持って登場し、リラおよびカミラなどがしばしば性的にルーズであることをほのめかされていたことを容易に想起させよう。

さらにこの生の不毛を不毛の性で象徴する『荒地』の大きな枠組みの中でも、第二部「チェスの遊び」は「暴力とは結びつくが、生殖とは結びつかない」、「無益」、「無秩序」の象徴のような情景を歌っている。[六七] 第二部のタイトルは、シェイクスピアと同時代人、トマス・ミドルトンの戯曲『女は、女に心せよ』の中のチェスの場面——ある人妻に横恋慕した公爵が、お目付役の義母の気をそらすためにチェスをやらせ、その隙に人妻を強姦するという場面——からとられており——前半は富裕階級の、後半は先ほど引用した労働者階級の——歪んだ性愛すなわち「不毛の愛」を描く。フリッシュはそしてこの『荒地』第二部を借用して『ガンテンバイン』の二一〇頁「リラは伯爵夫人だ、カトリック教徒、ヴェネチアの伯爵夫人、モルヒネ常用者で、朝食はベッドの中で、青い制服の召使に給仕してもらう。ベラドンナの眼」から二一九頁「私はもう一度変更する、リラは伯爵夫人ではない、女優でないのと同じくらいに。どうしてそんな考えを持つに至ったのかわからない。リラはただの女、結婚した女、当時バーで私が会うはずだった男と結婚している女。三十一歳。モルヒネ常用者ではない。カトリックではない、無職」という数頁を語り手の妄想の一つとして紛れ込ませる。[六八] フリッシュが——これもまた間テクスト性と呼べるであろう——エリオット作品をこのように暗示して表現したかったことは、女性の性的放縦をいうだけではない、エリオットのテクストからも明らかな、夫を寝取られた女、三十一歳リルの堕胎である。

二〇〇〇年にバッハマンの遺稿から詩集『私はよりよい世界を知らない』*Ich weiß keine bessere Welt* が編まれたとき、そこに彼女の自殺未遂や堕胎の経験に基づく詩が含まれていたため、後に触れるが、詩集の刊行を問題視する声が上がった。しかし六四年の『ガンテンバイン』刊行時、フリッシュのこの記述に気づいた者は当事者のバッハマン以外にはほとんどいなかったに違いない。[六九] このような事実を知らずに長らく『マリーナ』の作品評価が行われていたことを考えるなら、個人的なものの中途半端な隠蔽が、果たしてバッハマン作品の理解に貢献するのかはなはだ疑問である。[七〇] 世論が『ガンテンバイン』を扱いかねて遠巻きの議論に終始したことは先に見た。他方『ガンテンバイン』刊行によってバッハマンが被った個人的な苦痛は、作中、交友関係を疑われ娼婦扱いされるリラに個人的特徴を付与され流布されるにとどまらないということを知ったならば『マリーナ』の読まれ方は変わらざるを得まい。

バッハマンが「様々な死に方」構想の最中に抒情詩を発表したのは、フリッシュによるエリオットの『荒地』の借用に気づいていたからである。すなわち、ツェランの時と同じように、詩には詩で返答する、それもフリッシュに対して直接にではなく、エリオットの『荒地』の作品世界に対してバッハマンは応答する。grenzen と Grund がヴィトゲンシュタインとハイデガーに結びつく語だとするならば、エリオットに結びつけられうるのは、六行目、七行目、一〇行目、二〇行目、二四行目にある Meer と Land の二語である。エリオット作品では、「水」は再生能力の象徴である。『荒地』のなかで陸（荒地）と「海」がともに揃うのは、詩の最終部である第五部「雷の言ったこと」の最終部である。

ダミャータ——船は従った
楽しげに、帆と櫂に熟達した人の手に
海は凪いでいた。もし誘われれば、きみの心も快く、
応じたことだろう、指図する者の手の動きに
柔順に鼓動して

　ぼくは岸辺に坐って
釣りをしていた。背後には乾いた平原が広がっていた
せめて自分の土地だけでもけじめをつけておきましょうか？
ロンドン・ブリッジが落っこちる落っこちる落っこちる
ソレカラ彼ハ浄化ノ中ニ姿ヲ消シタ
イツワタシハ燕ノヨウニナレルノダロウ――おお、燕、燕
廃墟ノ塔ノ、アキタニア公
これらの断片を支えに、ぼくは自分の崩壊に抗してきた
では、おっしゃるようにいたしましょう。ヒエロニモふたたび狂う。
ダッタ。ダヤヅワム。ダミヤタ。
　　シャンティ　シャンティ　シャンティ[七二]

Damyata: The boat responded
Gaily, to the hand expert with sail and oar
The sea was calm, your heart would have responded
Gaily, when invited, beating obedient
To controlling hands

I sat upon the shore
Fishing, with the arid plain behind me
Shall I at least set my lands in order?
London Bridge is falling down falling down falling down
Poi s'ascose nel foco che gli affina
Quando fiam ceu chelidon - O swallow swallow
Le Prince d'Aquitaine a la tour abolie
These fragments I have shored against my ruins
Why then Ile fit you. Hieronymo's mad againe.
Datta. Dayadhvam. Damyata.
Shantih shantih shantih

エリオット自身の原注によると『荒地』は、ジェシー・L・ウェストンの『祭祀からロマンスへ』に大いに刺激を受けて書かれている。性的な描写が多いのは、ある論者によると、エリオットがキリスト教の聖杯伝説の背後にあるキリスト教以前の植物神話のイメージに引かれたからであるという。「聖杯伝説の中で至高の霊的存在としてあらわれる漁夫王は、植物神話においては生々しい生命力つまり性的能力を具現した国王としてあらわれる。[七二]」詩の中では、「二十世紀のロンドンにふさわしく、『ぬるぬるしたおなかをひきずるねずみ』が植物を食い荒らすそばで、ガスタンクのうしろで、よどんだ水のなかで釣りをしている」、「聖杯伝説の中の品位ある漁夫王からはほど遠いデフォルメされた釣り人の姿」で王は登場する。[七三]だが「聖杯伝説」ではなく植物伝説により比重がかかっていて性的メタファが前面に出ているにせよ、それらの伝説の要である宗教的救済、あるいはせめて不毛から豊穣への変容の訪れはあるのかといえば、この詩の最終部、サンスクリット語の「平和」を意味する「シャンティ　シャンティ　シャンティ」すら「希望を与える暗示」[七四]あるいは「精神的再生のヴィジョンは閃光でしかない」、「もしそのヴィジョンを読み解く機敏な感受性を持ち合わせなければ、瓦解したヨーロッパ文明の、その虚ろな心の廃墟の中に、無機質で機械的な性と死のサイクルが渦を巻く喧噪の中に、取り残されたままなのだ」[七五]と結論づけるのがせいぜいなのである。エリオットの「私」は救済の訪れのない荒地の所有者として海に釣り糸をたれる。海もまた「海ハスサンデ空漠」（第一部四二行）とあるように理想郷のメタファになりえていない。

バッハマンの詩の中の「私」もまた海や陸への信頼を失っている。この「私」にとってはしかし「底に向かう」「落ちてゆく」ことは「海に向かう」ことと同義であり、そこでボヘミアを見いだし安らかに目覚め再生の気配を見せる。海は「私」の居場所である、そこで自分を取り戻し「私」の身に起こった語られない出来事について「根本から」「完全に」知る。Grundは、言葉遊びのように少しずつ意味をずらして使われ、「私」を「私」の居場所に送り届ける。エリオットの「私」が「荒地」の王ならバッハマンの「私」の居場所は「海」である。この明確な対立の構図は、やはりエリオットの世界観に対する次節で詳しく見ることになるバッハマンの世界観の対置と見るべきものであろう。

第二章でその論を引用したチェリーニは「ボヘミアは海辺にある」について次のように述べている。

私たちは、要するに――「古典的」な例を挙げるなら――文学的関連が、直接的現実的なものや月並みなもののレベルとは印象的な対立を成す機能を受け継いでいるエリオットの『荒地』とは非常に異なる引用技巧を前にしている。[七六]

バッハマンはいたずらに高踏的にシニカルを装うことをしない。不毛の愛や歪んだ性愛のメタファとして女性像を濫用するエリオットに対し、シェイクスピア作品のこれとはまったく異なる精神性を対峙する。エリオットもまた『荒地』の中で『あらし』、『アントニーとクレオパトラ』、『ハムレット』、『コリオレイナス』などから引用したり台詞をもじったりしているが、バッハマンの選んだシェイクスピア作品は悲劇を調和的大団円に導くのである。

(c)　悲劇から喜劇へ

「ボヘミアは海辺にある」は『冬物語』以外のシェイクスピアの作品を暗示する詩句がちりばめられており、それはいずれも誤解や取り違えの喜劇を示唆しているとイヴァノヴィッチは指摘している。すなわち三行目「愛の苦労が永遠に無駄に支払われるものなら、私はここで喜んで支払おう」は『恋の骨折り損』、一四行目のイリュリア人は『十二夜、御意のままに』、同じく一四行目のヴェローナ人は『ヴェローナの二紳士』、一五行目の「ヴェネチア人よ、みな」は『ヴェニスの商人』、一六行目の「そして幾度となく思い惑え、私が迷い」は『間違いの喜劇』を。[七七]この喜劇性の強調は「ボヘミアは海辺にある」の一つの特徴である。

これら喜劇作品を背景に、バッハマンがロマンス劇『冬物語』を抒情詩の枠として選び詩のタイトルにト書きの一行を冠したのには、ボヘミアという地名から派生する歴史的過去、そのボヘミアが海辺にあるという虚構性、もしくはユートピア的設定以外に理由がある。重要なのは筋の展開である。

これまで見てきたように、バッハマンがこの抒情詩を書いた動機としてフリッシュとの公私にわたる軋轢をあげることができる。私的な「人生の危機」の経験は詩の一二行目までに暗示されている。この事情を踏まえてシェイクスピアの『冬物語』を再読するならば、この戯曲の前半部分はバッハマンの――フリッシュ自身が『ガンテンバイン』、『モントーク岬』で「嫉妬」ゆえに愚行を繰り返したと告白しているが——フリッシュ体験ときれいに重なりあっていることに気づく。すなわち王妃ハーマイオニは身重の身体で、突然ボヘミア王との不倫を疑われ、周囲の誰もがそして神託さえも王妃の貞節を言うのに王だけはこれを信じない。その結果シチリア王家は跡継ぎの王子を失い王妃も生まれたての娘も失い崩壊する。パンドストの原作にほぼ忠実な悲劇が展開するのである。他方『ヘルツツァイト』にあったように、フリッシュはバッハマンとツェランの仲を疑い、フリッシュの『ガンテンバイン』の中の語り手は女優であり妻であるリラの複数の異性関係を疑う。シェイクスピアの劇では悲劇の原因は明らかである。すなわち王の突然の、根拠のない嫉妬である。

　つまるところこの詩は当事者がみな存命で『ガンテンバイン』がフリッシュとバッハマンの私生活を素材にしているという噂がささやかれるのみだった当時、『ガンテンバイン』の作品世界を貫くフリッシュの言い分、フリッシュのあるいはエリオットの女性観に対するバッハマン側から文学テクストの形でなされたさしあたっての抗弁であった。文学スキャンダルのことを知っていて『ガンテンバイン』を読み、「ボヘミアは海辺にある」を読み、借用に気づいてさらにシェイクスピアの『冬物語』を読む労をとった者は、バッハマンはこの詩の中に『ガンテンバイン』の中でガンテンバインが、いやフリッシュがほのめかすリラの不貞が、ガンテンバインの妄想にすぎないという主張を忍ばせていることに気づく。この観点からすればバッハマンが『冬物語』の「ボヘミア、海辺の荒れ地」を詩の中に再現した——おそらく最大の——理由は自ずと明らかになろう。シェイクスピアのロマンス劇の強調されるべきは大団円の結末、王の理不尽な嫉妬の犠牲となった者たちの名誉回復である。

　イヴァノヴィッチは、『冬物語』の中では王子マミリアスの死、パーディタによる王位継承によっても象徴されている「これを限りに失われていくのは、一方的な男性の権力行使[七八]」である、またパーディタにはホラおばさんのメルヘンにも見られる典型的に女性的な通過儀礼——「こちらの世界の秩序の中に戻ってくるために、水をくぐり抜けて他国にたどり着き、そこで自分の行為の正しさを信じて一連の試練に耐えなければならない」——

が用意されていると指摘する。[七九]ここから『冬物語』の大団円は男性原理に対する女性原理の勝利あるいは対等性の獲得という解釈を引き出すことは可能であろう。だがバッハマンの「ボヘミアは海辺にある」のタイプ原稿から To the only begetter の一行が消え、[八〇]完成原稿の四行目「それが私でないなら、私と同じような誰か」(Bin ich's nicht, ist es einer, der ist so gut wie ich.)、八行目「それが私でないのなら、それは私と同じほどの人々」(Bin ich's, so ist's ein jeder, der ist soviel wie ich.)[八一]では、抒情詩の中の「私」から女性性を払拭するかのように文法的に中性的な表現が選ばれていることを考えるなら、ここには経験を昇華して文学作品化するとはどういうことかの、バッハマンの意思表明を見ることができる。

個人的な経験を昇華し普遍化することはことほどさように簡単なものではない。バッハマンの場合さらにフリッシュの「私的な事柄」の扱いそのものを論難しなければならないのだ。バッハマンはフリッシュ作品を反面教師に、さらに『マリーナ』でも一人称の語りについてその方法と効果を模索することになる。

『冬物語』の後半部分、シェイクスピアがパンドストの原作を改変して導きだした大団円は、バッハマンの実生活においては望むべくもなかった。フリッシュとの関係は修復されなかったし、バッハマンの公のイメージは損なわれたままだった。シェイクスピアも悲劇を大団円に持ち込むという力技を成し遂げるためには、ボヘミアを海辺に置きさらに劇の中で十六年の年月を必要とした。王は心から悔いかつ貞節を守り、王妃は時が満ちるまで身を隠し、遺棄された娘パーディタが美しく生い育つのを待たなければならない。試練はそれぞれに耐えられねばならないのだ。

バッハマンは「ボヘミアは海辺にある」という詩において、自らの身の潔白を言い、同時に個人的な男女関係の縺れの滑稽さをシェイクスピアの喜劇になぞらえる余裕を取り戻している。あるいは『冬物語』をエリオットの『荒地』、間接的にフリッシュの『ガンテンバイン』と対にすることによって別の精神のあり方による別の結末の可能性を提示する。「ボヘミアは海辺にある」も『冬物語』の構成に似て一二行目を境に詩の中の「私」の自己肯定が始まる。

「おいで、おまえたち、すべてのボヘミア人よ、船乗りよ、港の娼婦よ、船よ、／錨をおろさずに。ボヘミア人であろうとは思わないか、イリュリア人、ヴェローナ人よ、／ヴェネチア人よ、みな。笑いをよび、／涙させる喜劇を演じるがよい。」シェイクスピア作品において登場人物たちはたやすく身分や性を取り替え、それが東の間の混乱を生みながらやがてすべては収まるべきところに収まる、いや新しい秩序が構築される。ボヘミアン、放浪者であれという呼びかけの中には、シェイクスピアの登場人物たちが既成の性差や身分についての価値観から逸脱して自由に振る舞う態度を誉め、東欧のファシズムの暴力の犠牲になった過去と自らの現状を重ねあわせ、かつ既成の秩序から逸脱し新しい秩序を求める自らのボヘミアン的生き方を肯定する三つの声が響いている。

バッハマンのテクストはこの詩に限らず間テクスト性をその特徴の一つとする。引用や関連性のほのめかしによって自テクスト内に他者のテクストの存在を許し、あるいは読者に他者のテクストの併読を要求する。それら他者のテクストはそれによって嫌でもその閉ざされた構造を開かれ対話を余儀なくされる。テクストに対してテクストで答えるというバッハマンの姿勢は、閉ざされた自己中心的な文学の脱構築を誘発するものだと言えよう。

深刻なはずの「人生の危機」の時代はバッハマンをして――『マリーナ』をはじめとする長篇小説へと文学的に昇華される少し前に――まるで暗号文のような抒情詩テクストを生みださせる。ボヘミアという語に、プラハ旅行の印象、ツェランを経由して摂取したドイツと東欧の関係性の理解、シェイクスピアのユートピア的時空、放浪者ボヘミアンといったいくつものイメージを接続し、言葉の魔術によって読む者を惑乱しつつ、他方ヴィトゲンシュタインの言葉から自らの詩論を紡ぎだし、私的な部分では不貞の疑惑を否定してフリッシュの『ガンテンバイン』を暗に揶揄する。「すべてを言い尽くした」と言うバッハマンの言葉どおり、この詩はバッハマンのこれまでの経験によって織られた言葉のタペストリーである。詩を構成する要素を取り出しそれぞれに吟味したあとは、言葉の有機的なつながりを確認するためにいま一度テクストが読み返されなければならない。

第四節　もうひとつの間テクスト性

一九七一年にバッハマンの初めての長篇小説が刊行されたとき、その複雑な構成と暗示に満ちた表現は「強い関心とそれ以上に強いいらだち」[八二]を持って受け止められた。インタヴューの中で作品の解説を求められ、バッハマンは、これは連作「様々な死に方」の序章に当たる作品であること（GuI, 95f.）、マリーナは語り手「私」の夫ではなく「私」のドッペルゲンガーであること（GuI, 99）、自叙伝的要素があることは否定しないが、それは従来の意味でのだれかの経歴や事件を書いた伝記ではないことなど（GuI, 73）、いつになく明瞭に作品解読のヒントとなるようなことを答えている。第二節でも触れたように『ガンテンバイン』と『マリーナ』の関係性について公に論じられるようになったのは一九七三年のバッハマンの死後である。当時の読者にはこれまで見てきたような作家の伝記的な事実を踏まえずに作品を読むことが求められたのだが、バッハマンはそのような知識がなくとも理解可能な作品を書いていたのであろうか。筋立ての確認と内在解釈の試みから作品へのアプローチを始めることにしよう。

四―一　『マリーナ』の筋立て

一九七一年に出版された『マリーナ』は、冒頭の人物紹介と小説の導入部分、第一章「イヴァンという幸福」

(Glücklich mit Ivan)、第二章「第三の男」(Der dritte Mann)、第三章「最後の有様について」(Von letzten Dingen)から成る長篇小説である。まずおおよその筋を辿っておく。

語り手の「私」は小説家でオーストリアのクラーゲンフルト出身、ヴィーン三区ウンガーガッセ(Ungargasse)に住んでいる。眼は茶色、髪はブロンド。彼女はマリーナという五〇年代後半に若干部数刊行されたある「外典」(Apokryph)の著者で軍事兵器博物館に勤務する四十歳の人物と同居している。この人物が夫なのか恋人なのか兄弟なのかははっきりしない。「私」は同じ通りに住むイヴァンという三十五歳の男性と付き合っている。時の指定は奇妙なことに「今日」、それも「自殺者だけ使ってもよい言葉」(W 3, 13)である「今日」なのだ。

第一章ではイヴァンと「私」との関係が中心に描かれる。イヴァンは花屋の前で「私」がその美しさに一目惚れした年下の恋人である。人物紹介によると一九三五年にハンガリーで生まれ、別居中の子供が二人いる。妻のことは語られない。時折「私」の部屋を訪れてチェスをしたり、ベッドを共にしたり、他愛ないおしゃべりをしたりする。「私」はイヴァンのおかげで再生を果たしたと語り、彼から来る電話を心待ちにしている。また彼のために「美しい本」を書こうとしている。彼といる時には「私」は「様々な死に方」や「エジプトの闇」などという本を構想してはいけない。

しかしイヴァンが帰ってしまうと「私」の気分は一変する。住居の一番奥の部屋に住んでいるマリーナが、時々姿を現しては「私」と過去の話をしようとする。「私」はその話はしたくない。イヴァンには決して知られてはならない。「私」が絶えずタバコを吸い、アルコールや睡眠薬が手放せずにいるのは、封印された記憶が「私」を絶えず刺激するからである。「私」には心理的に清算されていない過去がある。

再び昼の世界に戻り「私」はイヴァンと彼の二人の子供と出かけて一緒に一日遊ぶ。あるいはイヴァンが子供たちと遠出をしてしまうと、その間、自分の友人の招待を受けてヴォルフガングゼーに出かけ休暇を楽しもうとする。しかし「私」にはこの滞在が耐えられず、マリーナに偽の電報を打ってもらって早々にウンガーガッセに帰ってきてしまう。

　これが第一章の「私」とイヴァンのエピソードを拾い上げて辿ることのできる筋である。実際には所々「私」の作家としての仕事に類すると思われる秘書のイェリネック嬢とのやりとり、「未知の女」の署名のはいった手紙、ミュールバウアー氏によるインタヴューの様子、そこに「カグラン王女の秘密」という挿話が前後の脈絡なく差し挟まれ、さらに「私」の取り留めない語りが絡んでいて読み手を混乱させる。

　イヴァンとマリーナと「私」の関係も不可解である。イヴァンとマリーナは鉢合わせをすることがない。同居人のマリーナはイヴァンの存在を知っているが「私」とイヴァンの関係を気にもとめない様子で常に淡々と振る舞う。

　第二章「第三の男」はいきなり「私」が「父」と呼ぶ人物が「娘」である「私」をガス室に閉じ込め殺害する悪夢から始まる。ここは「私」が夜毎に見る悪夢の章なのである。悪夢はいくつものヴァリエーションを持つ。だがすべての悪夢の中心には「父」がいて、この「父」が「私」や「母」や「妹」に暴力を振い、破壊し殺害する。この章はただその繰り返しで構成されている。メラニーだけは「父」の愛人で「父」と共犯者だが「父」に利用されているのだと「私」は思う。最初の頃は「父」にやられるばかりだった「私」は悪夢の中で少しずつ反撃を始める。章の最後では「私」は「父」に向かって「私はあなたが誰だか知っています。私には何もかもわかったわ」（W 3, 235）と言う。

　イヴァンが存在する世界を昼とするなら、ここは「私」とマリーナしか入ることを許されない夜の世界である。「私」は悪夢を一つ見終わる度にその夢についてマリーナと対話をする。「私」はマリーナの助けを借りて悪夢にうなされながら「父」の正体に気づく。その「私」は夢から覚めてマリーナに「あれは父ではない、私を殺す犯人よ」（W 3, 235）と言う。この章は「私」の「いつも戦争だ、ここにはいつも暴力がある、ここにはいつも戦いがある、永遠の戦争がある」（W 3, 236）という独白で終わる。

第三章「最後の有様について」は「私」の郵便配達員についてのモノローグから始まる。出されなかった手紙について語られ「信書の秘密」という言葉が繰り返される。イヴァンとの電話で「私」ははじめて「時間がない」と断りの言葉を口にし、またイヴァンと一緒にいる時でも以前のような幸せを感じられなくなっている。この章ではまるで「私」の性格が一変してしまったかのように「私」のマリーナについての独白や「私」とマリーナの対話が増える。そこにゼンタ・ノヴァーク夫人による星占いの話やマルセルというパリの浮浪者の話、あるいは男性の病気についての「私」の見解などがやはり脈絡なく差し挟まれる。「私」はもう「美しい本」を書くことはできないと考える。マリーナが「私」に「彼を殺せ、彼らを殺せ」と囁き始める。「未知の女性」の署名で遺言書についての手紙が書かれる。「私」はすべての手紙を書き物机の引き出しに隠す。引き出しの鍵はマリーナの古いガウンのポケットの中に落とす。

「私」はマリーナのために台所でコーヒーをいれ、マリーナがコーヒーを飲んでいる間に台所の壁の小さな裂け目に姿を消す。マリーナは「私」の持ち物をひとつひとつ処分して「私」の存在の痕跡を消し、かかってきた電話に「ここには女の人はいません」、「私の名前ですか、マリーナです」と答える。そして小説は「それは殺人だった」(W 3, 337) の一語で締めくくられる。

ハンス・ヘラーは作品出版前夜の出版社と作家の攻防を伝えている。それによればクラウス・ピーパーは一九六〇年にはほのめかされていた新しい小説の構想を知りたがり、六三年には「小説(様々な死に方)についてあなたの仕事の詳細を伺えるのではないかと心待ちにしています」[八三]と書き、六七年にバッハマンが鞍替えしたズーアカンプ社のジークフリート・ウンゼルトは七〇年には、原稿を読ませてもらえたら印象を述べられると、小説の進捗ぶりに神経を尖らせている。数年に亙り約束を果たせずにいたバッハマンはこの経緯を「ジークフリート大王が私を呼ぶ、最初は小声で、それから大声で、私には王の声がいらついているように聞こえる、おまえは何を書こうとしているのだ、どんな本を書こうとしているのだ？　私は声を出さない。ジークフリート大王は何を望んでいるのか。王は上の方からますますはっきりとした声で叫ぶ、それはどんな本になるのだ？　一体おまえの本はどうなるのだ？」（W 3, 177）と『マリーナ』第二章の悪夢の中に紛れ込ませたので、ウンゼルトはその名を「永遠に留め」ることになってしまった。[八四] 七〇年十二月にローマからフランクフルトの出版社へ小説はようやく完成したと連絡が入る。「作家が自身が病気なのにもかかわらず書いた本ではなく、時代の病を言語化しようとしている本と理解している本が[八五]」完成したのだと書くヘラーは、この作品のシュールレアリスティックな混乱した描写が当時の読者に与えた印象を言外にほのめかしている。

ブリッタ・ヘルマンによれば作品が刊行された際、四節冒頭でも引用したような作者による作品解説がインタヴューなどを通じて行われ、バッハマンによる朗読巡業「マリーナ・プロモーション・ツアー」が組まれ、かつて抒情詩人として称賛されたバッハマンの華やかなカムバックが演出された。また「複雑で必ずしもたやすく理解できる構造を持っていないにもかかわらず、六八年の学生運動、フリーセックス、同時代のドキュメンタリー文学を要求する傾向にもかかわらず、この『アウトサイダー』小説は数週間ベストセラーリストの上位を占めた。[八六]」しかしながらこのあと批評家の多くは作品を酷評する。マルセル・ライヒ゠ラニツキによる七四年、八〇年にＦＡＺ紙上での、「薄くて混乱していて不快で完全に出来損ないだ」、ヴィルジングによる「複雑化されて自己満足したアイデンティティとの悪ふざけ」といった具合に。ここでもまた『マリーナ』は五〇年代の抒情詩人のイメージを大きく裏切ったということが批判の根拠としては考えられる。だがこれらの批評はテクストの多義性「そのテクスト生成を通じ異種の、一つにまとめるのが難しい本」、「古い慣習に従って小説と呼ばれるであろう本[八七]」を前にして当惑する者のある意味自然な反応であったと言ってよいだろう。ライヒ゠ラニツキは一九九九年の自伝の中で『マリーナ』を一読した感想を再度次のように述べている。

さて私はこの小説を詩的な病状報告、ある重たい苦悩の精神図と読んだ。言いかえれば『マリーナ』を、インゲボルク・バッハマン当人にかんする本と読んだ。［…］ちょうどそのころ私は独りずまいのストックホルムのホテルで、テレビに映ったインゲボルク・バッハマンを見た。丁重なインタヴュアーの質問をそらさぬよう精いっぱい心がけているのが、ありありとわかった。「男性たちの病」を話題にした彼女は、「だって男性は不治の病にかかっていますから……ひとり残らず」と言っていた。小説『マリーナ』を読むと、こんなくだりがあった――「それが私の身にふりかかる、私は分別を失う、私には慰めがない、私は気が狂う。」

私はショックを受けた。［…］ある古い詩句が念頭にこびりつき、どうしても払いのけられなかった。それは私をたえまなくいらだたせ、とうとう強迫観念に変じた。「あとは私のせいでないことを切望するばかり」という詩句だ。[八八]

フリッシュによる『ガンテンバイン』の「アーダムだけの」作品世界を擁護し、「良い小説だ」と断定した人物の『マリーナ』評は「病気のバッハマン」の印象をよく伝えている。ある意味バッハマンに対するその姿勢には筋が通っていると言えよう。

バッハマンの死後、よく分からないが不愉快だと門前払いをする人々とは異なり『マリーナ』から何らかのメッセージ性を感じとり解読を試みた人々については、ペーター・フォン・マットの次の一文がその関心と論点の状況をよくまとめている。

「それは殺人だった。」インゲボルク・バッハマンの長篇小説『マリーナ』の最終行は、過去二十年のドイツ文学のなかで最もよく議論の俎上に載せられた。多くの人にとってそれは神聖な言葉だ。この言葉とかかわると、小説全体との祭儀的な関係の密度は増す。その際、誰がその言葉を口にしているのか、同じように、殺人者は誰だと言われているのかわからない。この点に関して一世代と言わずドイツ文学研究者たちが、とくに女性研究者たちが探偵になった。[八九]

普通の推理小説ならばまず死体ありきである。しかしこの小説は、「私」が壁の裂け目に消え、マリーナが後に残り、最後に「それは殺人だった」の一文が来る。殺されたのが「私」だとして、そもそも死体はどこにあるのだろう。犯人はイヴァンと「私」の仲を裂いたようにも見えるマリーナなのか。第二章で登場した「父」とは何者なのか。マリーナと「父」は共犯者なのか。フォン・マットはさらに続ける。

> このフーダニットは今度は読者とくに女性の読者に謎かけをする。「さあ、犯人を捜しなさい。殺人者を発見したときお前が何に脅かされていたかがわかる。」これまで様々な解答が演習のレポートから教授資格論文にいたるまで無数に提出されている。父親、男性、男性原理、女性の魂の中の男性的な部分、社会における支配的な男性、男性支配の技術文明の中に広く存在しているファシズムといった具合に犯人が告発される。[…]しかし実際のところ本のなかの謎はとても込み入っていて意地悪く矛盾しているので、いかなる二義的でない解釈も自らを否定してしまうのだ。[九〇]

第二波フェミニズムが台頭しようとする一九七〇年代初めに発表された『マリーナ』は、作品の放つフェミニズムの気配ゆえ圧倒的に女性たちによって読まれ、議論され、研究される。しかし女性ならバッハマンが表現しようとする世界像を男性読者より的確に読み取れるかと言えば必ずしもそうではなかった。例えば一部のフェミニスト批評家はバッハマンの作品を中心に考えるというよりは当時のフェミニズムの理論に適うかどうかを基準に作品を読み「私」がイヴァンのためにお料理を覚えなくてはと独白する場面やマリーナにコーヒーをいれる場面をことさらに取り上げ、古臭い女性表現だと批判して、バッハマンをいらだたせもしたのである。

フォン・マットの言葉には女性たちの奮闘ぶりを軽く揶揄するかのような響きがあるが、この文はその実、『マリーナ』読解の多くのヒントを含む『様々な死に方構想』という遺稿をまとめた四巻本が一九九五年に出版されるのを受けて寄稿されたもので、フォン・マットはこのあと、『マリーナ』というテクストの作品内在解釈の限界について述べることになる。だが『マリーナ』は本当に内在解釈の不可能な作品なのか。次にバッハマンのインタヴューの言葉を手がかりに、いま少しテクストにアプローチしてみよう。

四―二 『マリーナ』内在解釈の試み

問題になるのはまず「私」を殺したのは誰かである。犯人は、イヴァン、マリーナ、「父」の男性（的）登場人物の中に探されてきた。フーダニットすなわち推理小説の設定は、バッハマンの意図したところでもあるので、これら被疑者の実際の役回りを一人一人確認していこう。

(a) イヴァン

「私」とイヴァンの関係は小説が進むにつれいつの間にかフェードアウトしてゆくが、第一章ではこの人物には過剰な期待がかけられている。

なぜならイヴァンこそはそのまなざしによって、彼がやってくる以前に私の網膜に焼きついてしまった様々な像を洗い流してくれるはずだから、幾度の洗浄のあともしかしほとんど消えることなく暗くて恐ろしい像が再び浮かんでくる。イヴァンはすぐにその上に明るい像を押し付ける、私から邪悪なまなざしが発せられないように、私がこの邪悪なまなざしをなくしてしまうように、私にはわかっている、それがどんなふうに私のものとなったのか、しかし私は思い出さない、思い出さない……。(W 3, 32f.)

あるいはまた、

そして私はイヴァンに最高の勲章を与えなくてはならなくなるであろう、彼が私を再発見しかつてあったところの私、私の最古の層に出会い、私の埋没していた自我を発掘してくれるからというので、私は彼を彼のすべての才能ゆえに聖者の列に加えよう、だがどのような、どのような才能ゆえに、なぜなら結末がどうなるか予測がつかないしこれは終わってしまってはいけないから……(W 3, 36)

イヴァンとの恋は「私」にとっては再生の試みである。「少しも揺るがずにある惨めな心情、不眠症がすっかり馴染みのものになった夜、絶え間ない神経衰弱、頑な何もかももうどうでもいいという気持ち」(W 3, 36) がイヴァンの存在によって払拭されるというのだ。だがこれらの引用箇所からは、「私」の語りの特徴が読み取れる。饒舌さの中にこの恋の効力を疑う気持ちが紛れ込んでいるのである。「私」の気持ちの不安定さの原因は「私」の口から語られる。

イヴァンを混乱させたくない、しかし彼には私が二重の存在だとはどうしても見えないのだ、私はマリーナのものでもあるのにイヴァンは私という現象を無防備にも拠り所にしている。私の肉体が彼にとっての

手掛かりだ、おそらくは唯一の手掛かりだ。（W 3, 104）

イヴァンとの恋を語る「私」の言葉の饒舌さはかえってこの関係が実は表面的なものであることを露にしてしまう。

私の土に落ちるものは成長する、私は言葉でもって私を増殖させる、私はイヴァンをも増殖させる、私は新しい種を作り出す、私とイヴァンの結合から神に望まれたものがこの世に現れるのだ、
火の鳥、
藍銅鉱
水くぐる炎
ひすいのしずく（W 3, 104）

バッハマンはここで詩的な秘教的な言葉を恋の現実を虚飾するために使い、美しいが空疎な言葉として異化している。

バッハマンはインタヴューの中で、イヴァンと「私」の間にはそもそも「コミュニケーションというものが存在していない」（GuI, 75）と解説している。イヴァンは「私」の部屋で「様々な死に方」のタイプ原稿を見つけ言う、「ぼくは気に入らないな、似たようなことは考えたことがあるよ、このきみの霊廟にごたごた並んでいるこの本はどれも誰も望まないよ、どうしてこんな本しかないの」、「この悲惨を市場に出して、この世に広めるなんて、だって不愉快きわまりないじゃないか、ここの本はどれも嫌だね。」（W 3, 54）それを聞いて「私」がひとりとき夢想するイヴァンのための「美しい本」は「カグラン王女」のメルヘンを内容としているが、しかしこれ

は中世のお伽話に過ぎない。すなわち「私」はそのようなお伽話を書くためには、アンティークショップにあった五千シリングを下らない修道院由来の古い斜面机と古い長持ちする羊皮紙ともうどこにもない本物の鵞ペンとインクが必要だと考えるのだから。(W 3, 62-70)

バッハマンはインタヴューの中でまた「イヴァンとの関係の中にはおそらく自嘲的な箇所がいくつかあります、彼女が手元にはない料理本を見つけようとしたり、料理をしようあるいは(イヴァンの)子供たちに慣れようとしたりすると、これは明らかに彼女には無理なことなのですが、この皮肉はもちろんあまりに息のつまる絶え間ない不安状態から脱出する唯一の手段なのです」(GuI, 98f.) と話し、イヴァンとの関係は「私」に無理を強いる不自然なものであることをほのめかしている。バッハマンは第三章のマリーナとの電話の場面ではイヴァンの名前さえ出さない。

イヴァンは、「私」に対し根本的には無関心だったという意味で「私」の死の遠因であるかもしれない。

(b)　マリーナ

「私」の殺人犯として最も議論されたのが小説のタイトルにその名を冠されたマリーナである。この人物は恋人イヴァンと「私」の関係を阻むようにも見える存在なので、読者のイヴァンへの思い入れが強いと相対的にその評価が下がりしばしば犯人扱いされてきた。しかしバッハマンはインタヴューの中で繰り返しその誤解を解こうとしている。

最後はそう見えるであろうにもかかわらず、私はマリーナが彼女を死に追いやるのだとは言いたくありません。なぜなら彼は彼女の身に何が起こったのかをただわかりやすいものにしてやるだけだからです。

(Gul, 93)

バッハマンは別のインタヴューで、マリーナは「私」のドッペルゲンガーで理性的な部分を司っているのだと語る。つまり一見「私」をめぐる三角関係のようにも見えるイヴァンとマリーナと「私」の関係は、マリーナとイヴァンは同じ男性登場人物でありながら存在様式が異なっており、イヴァンは女性作家の恋人だが、マリーナと「私」は、この女性作家の中の異なる二つの人格とでも言うべき関係にあるということになろう。イヴァンと会っている時には女性作家の「私」という人格が前面に出ている。イヴァンが姿を消し夜になって「私」が過去の悪夢にうなされるとマリーナが登場して「私」と対話を始める。イヴァンとマリーナが鉢合わせをすることがなく、マリーナはイヴァンの存在を知っているがイヴァンにはマリーナの存在が知られていないなど、バッハマンはマリーナをドッペルゲンガーとして読めるように周到に描いている。

マリーナはイヴァンがいなくなったあと「私」の世話をし悪夢を見る「私」の話し相手になる。「私」とマリーナの対話は「私」に何かを言語化させる苦痛を強いるが最終的に「私」に答えを導きださせる。

マリーナ：起きて、動いて、私と一緒に行ったり来たりしなさい。深く息をして、深く。
　私：できない、ごめんなさい、こんなことが続くなら私はもう眠れない。
マリーナ：どうしていまだに「戦争と平和」を考えるんだい？
　私：だってそれは一つまた一つと続いているからよ。ちがうの？
マリーナ：何もかも信じる必要はないよ。自分で考えた方が良い。
　私：私が？（W 3, 185）

マリーナ：私にはまだ何も言えないのかい？
　私：私には何かが見えている、その中に一貫性が見え始めている、でも個別には何もわからない。いくつかのことはだって半分本当なんだから。（W 3, 206）

マリーナ：私が笑っているって？　きみが笑ってるんだ。寝なさい、きみが真実を話そうとしない限りきみと話しても無意味だ。（W 3, 308f.）

「私」はそして悪夢の中で「父」に向かって「私はあなたが誰だか知っています。私には何もかもわかったわ」（W 3, 235）と言ってしまうと落ち着きを取り戻す。

　マリーナは私を支える、彼はベッドの縁に坐っている。私たち二人はしばらく話さない、私の脈は速くもなく遅くもない、発作は起きない、寒くはない、汗は出ない、マリーナは支える、私を支える、私たちはお互いから離れない、というのも彼の静けさが私に受け継がれるから。それから私は彼から身を離す。私は枕を自分で直す。私は私の手でマリーナの手を包む。ただ彼を見つめることはできない、私はますますしっかりと握りあっている私たちの手を見下ろす。私は彼を見つめることはできない。（W 3, 235）

「父」とは「私」の神経症の原因である。そしてフロイトの精神分析学をここで応用すれば、第二章の終わりで「私」が「父」の正体を言い当てた時「私」は神経症から回復するためのきっかけを摑んだことになる。マリーナは「私」に苦痛を伴う荒療治を施していたのだ。テクストの冒頭から「私」がマリーナに怯え疎ましがるのは苦痛に満ちた過去と対決したくなかったから、イヴァンとの恋がトラウマから逃れるための誤魔化しでしかないことをマリーナが見抜いていて、恋に溺れていたい「私」にはその存在が目障りだったからである。

この作品の中でバッハマンはマリーナに関してイメージのトリックを仕掛けていると言えよう。女性の「私」が過去に「父」の暴力に象徴されるひどい経験をした。マリーナは「私」に対して暴力は振るわないが、冷徹な印象を与える上、最後にはイヴァンを殺せとまで命じる。暴力的な「父」と同じく男性的形象で現れるので、読み手はマリーナも限りなく犯人に近いと思い込んでしまうのである。

この対話劇は精神分析におけるトラウマ解消の心理療法の体裁をとっているが「私」とマリーナがドッペルゲンガーだというならば、両者の対話は一人の女性の自問自答ということになる。ここに「私」の恋人イヴァンを配置すれば、ユング派の研究者の次の言葉はバッハマン作品のマリーナとイヴァンと「私」の関係を解釈する際、非常に参考になろう。


女性にとって意識的になることは、特殊な女性的な力の減少を意味する。女性はその無意識性によって、男性に魔術的作用を及ぼす。彼女はその力を彼に貸し与える魔術師である。彼女はこのことを本能的に知っており、かつこの力を失いたくないと思うので、たとえ精神的なものがそのものとして極めて努力に値するものに見えても、意識的になることに対し、しばしば非常に抵抗する。多くの女性は、このような犠牲を払わずに済むために、いわばわざと無意識的に振る舞う。もちろん、女性がそうするのはしばしば男性に促されてのことであることも言わねばならない。なぜなら、多くの男性は、女性の無意識性を悦び、彼らにとり面倒で不必要に思われる彼女のより大きな意識性の発達にできる限り抵抗するから。[九一]

この小説の第一章で恋人の意に沿うように振る舞おうとする「私」の態度は、このような女性の心理状況をいささか大袈裟に戯画化しているように見える。つまり「私」は女性らしく振る舞うということが異性を引きつけるための方便としてマニュアル化されていることすら十分意識し、イヴァンのために料理を作るとかチェスで必ず負けるとかきちんと化粧をするとかイヴァンの子供たちに気に入られようとするとかあれこれ試してみるのである。その上、構想している「様々な死に方」の本をイヴァンに否定されると、それならばイヴァンにふさわしい「美しい本」を書こうという気持ちにさえなる。だが『マリーナ』においてバッハマンは「私」にイヴァンを選ばせない。「私」にとっては過去を直視し書くことによってこれを乗り越えることの方が先決なのだ。その過程がどんなに苦痛に満ちていても、様々なことを意識化し言語化すること、マリーナを活性化することの方を選ぶのである。「私」は自分の外側にいるイヴァンという男性ではなく、自分の中にあるマリーナという理知的な部分を選んだのだと言える。バッハマンはインタヴューに答えて次のようにも語っている。

　私はずっとこの主人公を模索していました。その人物は男性的であるだろうということがわかっていました。私は男性的な立場からのみ語ることができるであろうと。しかししばしばいったいなぜなのかと自問もしたのです。[…] この女性的な自我を否定しないで、にもかかわらず男性的な自我に比重を置くというのは、私にとっては私自身の発見のようなものでした。(GuI, 99f.)

あるいは、

　この本では一貫して、マリーナというはるかに優れた人物を生み出すことが目指されていました。(GuI, 95)

マリーナが男性的な形姿をとるのは『マリーナ』や「様々な死に方」を構想する力、あるいは書くという行為が男性的と見なされていることと関係している。バッハマンは女性の中にあるジェンダー観を、「ゴモラへの一歩」の中ではシャルロッテとマーラの関係を一見同性愛のように見せつつ女性とその女性観の葛藤としても提示し試していたが、『マリーナ』において再び試しているのだといえる。マリーナという女性名のように響く名前は、「私」はそもそも女性である自分の中にある冷静な理知の部分をなぜ男性的に表象しなければならないのかという素朴な疑問に辿り着いた読者のために、バッハマンが用意しておいた答えである。バルバラ・アグネーゼは、「ゴモラへの一歩」のあの一節を引いて、次のように言う。

女狩人、偉大なる母、偉大なる娼婦、サマリアの女、深いところから呼ぶ誘惑の鳥、星座の中の女たち……。

私はどんなイメージにも生まれついてはいなかった、とシャルロッテは考えた。だから壊したくなるのだ。だから私は、鏡像がほしい、それを自ら作りたいと思う。まだ名前はない。まだない。まず跳躍だ、すべてを飛び越えること、脱出を完遂すること、太鼓が打ち鳴らされ、赤い布が地面を撫でるように滑る時に。誰もどんなふうにそれが終わるのか知らない。王国を待望すること。男たちのでもなく女たちのでもない王国。(W 2, 212f.)

まだ名前はない――バッハマンはそう強調する――「まず跳躍だ。」名前はあとからやって来た。「はるかに優れた人物」とは要するに、現存の目の前にある諸々の手本とは対立する実際のアイデンティティの手本に相応しいという意味で、何よりもいかなる精神病理学的意味からも自由であるべきこの鏡像以外の何ものも意味していない。[九二]

「私」は「様々な死に方」を書く時には社会が要請する「女らしさ」に呪縛された「私」ではなく、マリーナ的な心理的布置を必要としていた、よってその場をマリーナに明け渡したということなのだ。以上のような意味で「私」を殺したのはマリーナだという指摘は正しい。だがフォン・マットが先ほどのフェミニスト批評を憚るような書評の後半部分に紛れ込ませた言葉を借りるなら、この殺人は「新生」[九三]と読み替えるべきものではないのか。

読者は「ゴモラへの一歩」の時のように『マリーナ』の中ではマリーナをネガティヴな人物としてしか読めないのか、イヴァンとの恋の方がやはり魅力的なのか、自らの中の男性観、女性観のあり方を試されるのである。

(c)「父」

イヴァン、マリーナに続いて登場する「第三の男」、第二章の「私」の悪夢の主役とも言える「父」はいったい何者なのか。「昨晩の夢」の中の最初の情景は見えない湖の辺のたくさんの墓地である。それは「殺された娘たちの墓」である。次に「父」は、いきなりガス室とともに現れる。

その部屋は大きくて暗い。いいや、それは広間だ。汚い壁に囲まれていて、アプリアのホーエンシュタウフェンの城の中かもしれない。なぜなら窓やドアがないのだ。私の父が私を閉じ込めてしまった。[…]どうして私はホースにもっと早く気づかなかったのか、なぜなら最初からそこにあったにちがいないのだから[…]私はガス室にいる。これは世界最大のガス室だ。私は一人でその中にいる。ガスの中では身を守れない。私の父は姿を消していた、父はドアがどこにあるか知っていたのだ、それを私には教えなかったのだ、私が死んでゆく、私の父にもう一度会って一つのことを言いたいという私の願いも死んでゆく。

お父さん、私はもういない父に向かって言う、私は裏切らなかったわ、誰にも言わなかったわ。ここでは身を守ることができない。(W 3, 177f.)

「殺された娘」、「ガス室」という言葉からこの時点で早くも「父」を父権制の象徴、ファシズムのメタファといった歴史的、社会的概念を用いて解釈することは可能である。「父」は他にも「私」にとって大切なものを破壊する「私」に何かをしゃべらせない存在としても強調されている。

私の父は私から鍵を取りあげ、私の服を窓から通りへ投げ捨てる、それを私はすぐに拾い埃を払い落としたあとで赤十字に渡す、[…]私の本だけは触らないで、これらの本だけは、あなたたち私を好きなようにして、私をいいようにして、私を窓から放り投げて、あの時やろうとしたみたいにもう一度！　だが私の父はあの時やろうとしたこのことを何も知らないかのように、一度に五、六冊の本をつかみ出しはじめる、レンガの包みみたいに。[…]こうなるしかなかったのだ、なぜなら私は寝る前に毎晩これらの本を撫でていたのだから、マリーナは私に最高の美しい本を贈ってくれた、そんなことは私の父は決して許しはしない、全部読めなくなってしまった、こうなるほかなかったのだ。(W 3, 182ff.)

だが私がいやだと叫ぶのを止めるように、私の父は短くてしっかりと堅い指を私の目の中へ突っ込む、私は目が見えなくなった、でもさきに進まなければならない。耐えられない。私は微笑む、私の父が私の舌に手を伸ばし毟り取ろうとするから、ここでも私のいやだを誰も聞かないように、誰も私の言うことを聞かないにもかかわらず、でも父が私の舌を毟り取る前に恐ろしいことが起こる。青い巨大な染みが私の口の中に入ってくる、私が大声を出せないように。私の青、私の素晴らしい青、その中で孔雀が散歩する

青、遠方の私の青、水平線の青い偶然！　その青はますます深く私の中へ、私の喉の中へ食い込む。（W 3, 177）

第二章は「私」の見る悪夢の章で、他の章にもまして超現実的な表現が用いられているので、「私」の「父」から被った被害について何か具体的なことを言うのは難しい。バッハマンはなぜこんな表現方法をとるのか。バッハマンはあるインタヴューの中で「私」はもちろんこの圧倒的な父という人物によって引き起こされた前史を通じて「すでにほとんど壊滅させられている」のだが「私」は自分のことを何一つ話してはいけないから――ドッペルゲンガーによって禁じられているから――前史はすべて夢の中に出てくる、そのため物語全体に余白が生まれるのだと説明する。そして続くやり取りは小説の描写にもまして含みのあるものとなっている。

ルドルフ：この殺人者とは誰ですか？

バッハマン：この殺人者は彼女の前にいつでも「父」の顔で現れます。彼女は彼女がとっくにその人物を認識し始めているということを自分に認めようとしません。そしてマリーナ、彼女のドッペルゲンガー、彼女の非常に鋭く優れていて精通しているドッペルゲンガーは、これらの夢の中に本当は誰が身を潜めているのか思い出させる手伝いをするのです。あなたが「殺人者はだれか？」と質問されるなら……

ルドルフ：「私たちすべての中にいる殺人者」とあなたはおっしゃいました。

バッハマン：ええ。人が戦争の中でだけ殺されるあるいは強制収容所の中でだけ殺されると信じることは非常に大きな間違いです――人は平和の只中で殺されます。

ルドルフ：どうやって？

バッハマン：私が殺人者と名づけるものについては他の人々が心配しています。
ルドルフ：人間社会の共同生活の中の様々な不確定要素、それが私たちを病気にする、そういったものすべてを一つにして「殺人者」なのでしょうか？
バッハマン：不確定要素というのはなにかかなり無害なもののようですね。ですが存在しているのは非常に、ずっと厳しいものなのです――
ルドルフ：うまく言えないので不確定要素と言いました。だれかが絶望して飲み始めるとそれは一つのあるきっかけだけによるという必要はない、この人間を絶望に追いやったたくさんのきっかけが存在しうる。
バッハマン：でもきっかけはいつでも一人の人間です。
ルドルフ：あるいは何人かの？
バッハマン：ええ、あるいは何人かの。何人かのときもあれば一人のときもあります。
ルドルフ：そしてあなたは「私たちすべての中にいる殺人者」をそう理解しているのですね。
バッハマン：はい。(GuI, 89f.)

「父」は社会的な規模の父権制やファシズムという抽象概念でもあり、それらの社会現象を生みだす個人でもありうる。このやり取りは小説の中のマリーナによるカウンセリングの最後の「私」の言葉の意味を補完するものである。

マリーナ：きみはどうしていつも私の父と言ったんだい？
私：私本当にそう言った？　どうしてそんなこと言えたのだろう？　私はだって、そう言いたくはなかった、でも見えることしか話せないもの、私はあなたに見えた通りに正確に話しました。私は彼に、人はここでは死ぬんじゃない殺されるんだってとっくにわかっていたとも言いたかった。だからなぜ彼が私の人生に入り込むことができたのかもわかるわ。誰かがそうしなければならなかった。それが彼だったのよ。（W 3, 236）

インタヴュアーが釈然としない思いを抱くのも仕方あるまい。概念としての「父」と具体的個人としての「父」。バッハマンはどちらをも作中に存在させようとしている。この二層構造はマリーナのそれとは異なる。マリーナは「私」にとって統合されねばならない精神的心理的他者だが「父」は「私」とマリーナの外側にいるイヴァンと同じ意味での他者なのである。

ここから先はテクストの中のその他の説明のつかない描写も含め、別の観点から作品を見ていかねばならない。モニカ・アルブレヒトは一九八八年に、『マリーナ』の中のいくつかの日付、なかでも一九五八年七月三日という日付に着目し、バッハマンとマックス・フリッシュの私的な確執についてその論文の中で言及する。それは、強烈な印象を残す「父」について具体的なモデルがいるというフリッシュが存命のうちになされた指摘であった。

四―三　合わせ鏡の『マリーナ』

(a)　ジェンダー観のずれ

『私の名前はガンテンバインとしよう』が世に問われてからおよそ七年後に発表されたバッハマンの『マリーナ』は、内在解釈を可能にするテクストと、フリッシュの行為すなわち二人の私生活を文学市場に売りに出したこと、さらには作品の中の二人の関係に対するフリッシュ側からの一方的な描写に対する異議申し立てのためのテクストの二層構造になっていると考えられる。例えば『マリーナ』第二章には映画監督の「父」が「私」を使って映画を撮るという悪夢がある。

私は腰を下ろしてぼんやりと待っている。まだ服も着ていないし化粧もしていない。頭にはヘアカーラーを巻き、肩にはタオルをかけているだけだ。私は突然気づく、私の父がこの状況を利用して密かに撮影を始めているのだ、私は憤慨して椅子から飛び上がる、身を覆うものが何もない、それにもかかわらず父とカメラマンのところへ走って行って言う、撮るのをやめてください、すぐにやめてください！　私は言う、このフィルムはすぐに処分してください、映画とは何の関係もないでしょう、約束が違うわ、フィルムを捨ててください。私の父は答える、まさにこれがほしかったんだよ、映画の中で一番おもしろい場面になるだろう、父は撮影を続ける。（W 3, 199）

これは――『マリーナ』の書かれる前史を知っている者には――フリッシュが私生活を記録し、作品として刊行したことを言っている、あるいは次の夢はその行為の結果を言っているのだということにすぐに気づくであろう。

私たちは零下五〇度の寒さの中で服もつけずに宮殿の前に立っている。命じられた姿勢をとらなければならない、観衆の少なからぬ人がため息をついた、だが誰もがバルドスは無実なのに共犯者だと考える、なぜなら氷のように冷たい水が私たちの上に注がれ始めたから。私にはまだ自分がすすり泣き、呪いの言葉を吐いているのが聞こえる。私が最後に見たものは父の勝ち誇った微笑みであり、満足げな父のため息が私が耳にした最後のものである。私はもうバルドスの助命を願うこともできない。私は氷になる。(W 3, 211f.)

作家の主観的な認識に基づいている上、打ち消されたりフェードアウトしたりするものの、想像、妄想という名の挿話がはめ込まれたこの作品は、実在の誰それとのことを書いているらしいという風評がたった時点で、非常に質の悪いものになる。フリッシュが『ガンテンバイン』の中で、T・S・エリオットの『荒地』をどのように借用しているかを見たあとでは、フリッシュは二人の私生活を文学市場にただ売りに出したのではない、バルドスと「私」が氷づけにされる悪夢でもほのめかされているように、バッハマンに関する良くない印象を周知しているように思われるのだ。例えば『ガンテンバイン』の中のスヴォボダからエンダリンへと心変わりするリラをスヴォボダが問いつめる次のような会話部分である。

「リラ」と彼は言う、「さあ、何か言ってみろ！」「何も言うことはないわ」と彼女は言う、「この件であなたが私を妻としてしか見ていないってことを私は知っているもの。あなたの言葉のすべてがそう物語っているわ。あなたは何もかもその一点からしか見ないのよ。」［…］彼の視線がじっと据えられるのでリラはぎくりとする。落ち着き払っているが彼のまなざしは突然に険を帯びる。ひどい冗談でも繰り返すみたい

に彼は繰り返す、「君のことは妻としてしか見ていない。」「それにひきかえエンダリン氏は、か。わかっているさ！」九四

まるでリラが二人の男性の間で揺れているかのような描写だが、スヴォボダもエンダリンもそれぞれにフリッシュの特徴を付与された語り手の分身である。エンダリンは表向きのものわかりのいいフェミニストとしての顔を、スヴォボダは夫としての本音を示す人物で、この場面は客観的かつ今日的な立場に立てば、一人の女性がパートナーの男性に対しそのように嫉妬深くしないで独立した人間としての自由を認めてほしいと頼んでいるに過ぎない。

フリッシュの小説を丹念に読んでいくならば、リラにかけられた不実の嫌疑は例えば迎えに行った飛行場でリラが見知らぬ男性と飛行機を降りてくるのを見たとか、ある男から電報が届いたとか、同じ男から何度も手紙が来るといった些細なところから生まれ、その上はっきり裏切りの証拠づけがなされることもなく描写としてはフェードアウトする。フリッシュが小説の中でリラの職業を女優に設定しているため、読み手も——これも偏見だが——異性関係の華やかさに違和感を覚えないし、語り手から提出された証拠をすんなりとリラの異性関係の証拠のように思い込む。だがこれを仕事を持っている女性の話として読み直してみるとどうだろう。

『ガンテンバイン』における三人の男たち、つまりはその背後にいる一人の語り手とリラの関係からは、フリッシュがそう読ませたがっているリラ＝バッハマンとフリッシュの関係が悪化せざるを得なかったおそらくは最大の理由が推測できる。バッハマンは詩人として四七年グループの花形的存在でそれ故にフリッシュとは別個の交友関係を持つ。時にドイツの各地で開かれた文学的、政治的会合に参加し、時にフランクフルト大学の講義に講師として数週間招かれもする。イヴァン・ゴル剽窃疑惑の影響で精神状態の悪化したパウル・ツェランに付き添ってネリー・ザックスを訪問し、あるいは作曲家のハンス・ヴェルナー・ヘンツェとともに、脚本部分を担

当したオペラの初演を観劇したりもする。フリッシュは、作家バッハマンの華やかな、すなわち広範な交友関係と文学活動が許容できなかったのではないのか。つまりバッハマンのところにも電報や手紙は絶えず届いたろうし、フリッシュの目の前で彼女が文学仲間の一人と同じ飛行機から降りてくるという場面もあったであろう、そしてそれが許せなかったということなのである。

　バッハマンの『マリーナ』と照らし合わせた時、フリッシュの小説の中に事実と異なる記述があるようには思われない。しかし幾ばくかの事実も、フリッシュの妄想の名を借りた複雑な表現方法に包み込まれてその印象を変える。フリッシュは女性の不実の疑惑を事実のように、女性の家の中での失態をまるで毎日がその繰り返しだったかのように叙述する。結果として読み手はいつのまにか、男性側の行う私信の開封や詰問、威嚇や暴力にさえ情状酌量の余地があるかのように思い込む。リラに関する事柄の数々は主として語り手自身が断りを入れている、妄想に過ぎない語り手の感情的な真実を描いているにもかかわらず。

「独立独歩の」、「今どきの女性」を気取る女の本当の姿はこんなものだ、自分こそいい被害者だとフリッシュはそういう小説を書いた。これは公の顔を持つバッハマンのイメージを損なう方法としてはこの上なく効果的だったと言えよう[九五]。

　フリッシュが作品の中で書いているパートナーに対する嫌がらせの数々は、今日の感覚でいえばすでにドメスティック・ヴァイオレンスの兆候を感じさせるものである。フリッシュはその上かつてのパートナーのイメージを歪曲して流布しようとする。フリッシュは文学の名の下に何をしようとしたのか。

　バッハマンは『マリーナ』の中に次のような言葉を残している。

> 　そして私は試みに一枚のメモの上に三人の殺人者と書いてみた。しかしそれは完成しなかった。なぜなら第四の殺人者をほのめかすために私はこの三人について書きたかったのだから。私の三人の殺人者の話

はお話ではないのだから。その男に再会することはなかった。彼らは今もどこかで生活をし他の人と夕食を食べ何かの衣装を纏っている。（W 2, 282f.）

『マリーナ』の中にはバッハマンの個人的な経験の痕跡があちこちに顔をのぞかせている。フリッシュの『ガンテンバイン』や『モントーク岬』に見られる男と女の間の事柄、すなわち私的な事柄の扱いに対する無神経さ、これはフリッシュのジェンダー観を映し出しており、世論の複雑な反応は時代のジェンダー観の現れであると言える。モニカ・アルブレヒトによれば、フリッシュとバッハマンが同居していた六二年には訪問客を交えシモーヌ・ド・ボーヴォワールの『第二の性』が議論のテーマになっていた。フリッシュの『ガンテンバイン』の刊行を見れば、それぞれのジェンダー観の同居生活あるいは議論による調整が失敗に終わったことは明白である。

バッハマンは短篇集で挑発していた世論の擁護を彼女が望む形ではあてにはできない。フリッシュの文学、フリッシュや世論のジェンダー観に自らの作品で抗弁しなければならなかったのだが、にもかかわらず「ボヘミアは海辺にある」でもバッハマンが見せたイロニーに彩られた創作上の機知は、一見深刻きわまりない『マリーナ』でも大いに発揮されている。

(b)　「私的な事柄」の扱いをめぐる葛藤

両作品を併読して気づくのは、バッハマンの作品がフリッシュの「模倣」[九六]であると言われたいくつもの形式上の類似である。モニカ・アルブレヒトは「『マリーナ』と『私の名前をガンテンバインとしよう』の構造的間テクスト性」に着目して、その比較研究の重要性を強調し続けてきた。最も目につく特徴はそれぞれの小説の三人の男性登場人物の存在である。

まず『ガンテンバイン』では語り手は最終的に「私の名前をガンテンバインとしよう」と宣言する――これはエンダリンでもスヴェボダでもないガンテンバインの決意、すなわちリラと別れ二人の生活を小説にするという決意の表明でもある――が、三つの名前を使い分けている。これは『マリーナ』においてイヴァン、マリーナ、「第三の男」である「父」の三人の男性（的）登場人物の描き分けに――形式的に――受け継がれている。[九七]だが三人の男性（的）登場人物には――イヴァンにすら――フリッシュのことかと思わせるような描写がちらちらと付与されるが『ガンテンバイン』とは異なり、イヴァンとマリーナと「父」はまったく別人もしくは別の存在である。イヴァンは表面的な異性関係の表象、マリーナは先にも見たように女性作家の作家としての新たなアイデンティティの表象、「父」には個人的な経験を社会的な問題に拡大する機能が付与されている。バッハマンはフリッシュ作品に構成を似せて、そこに似ても似つかぬ内容を盛り込んでいるのである。

この他にもフリッシュのアリとアリルあるいはフィレモンとバウチスの寓話にはバッハマンのカグラン王女のメルヘンが対応している。[九八]フリッシュ作品の中に登場する「未知の女」は、バッハマンの作品の中で手紙の書き手として登場する。未知の女はバッハマンの作品の中でようやく言葉を発する機会を与えられるのである。フリッシュは生まれなかった子供を女の子として書いているが、バッハマンは男の子として書き名前をアニムスとしている。ガンテンバインはチェスが強かったが『マリーナ』のイヴァンは「私」との勝負の最中、アドヴァイスをくれて、引き分けに持ち込ませてくれる。ガンテンバインはリラが家のことができないことを暴露したが、バッハマンのイヴァンとの恋に夢中になっている「私」は自分の書庫の本棚のカントやライプニッツやハイデガー、フロイトやユングを前に考える。「料理の本はここにはない、なんて馬鹿げてるんだろう、だってこれまで私が読んできたものはイヴァンのために使えないなら何の役に立つのかしら。」（W 3, 80f.）バッハマンの描写は時にどこかからかうような調子でフリッシュ作品の個々の描写をなぞってゆく。

『マリーナ』が『ガンテンバイン』を模倣しているというのは正しい。だがこれが形式上のことであり、作品刊行を含む一連のフリッシュの行為を批判する内容を持つということを付け加えなければバッハマンの意図については誤解を招く。バッハマンはツェランの場合とは異なる方法――引用によるのではない構成上の間テクスト性――を用いて、フリッシュ作品と――フリッシュ作品の激しさに相応しい激しさで――議論に臨んでいるのである。

バッハマンはマリーナの造形においても前述の通りジェンダー・バイアスの問題をクローズアップさせるような工夫をしたが「父」の造形にもフリッシュ告発に終わらないそこから父権制やファシズム批判がひきだせる工夫をしている。アルブレヒトは「フランツァの書」が未完に終わったのは、バッハマンが登場人物から自伝的要素をそぎ落とすことに失敗したと考えたからだと言う。この「フランツァの書」には『マリーナ』の「父」のイメージが生まれる瞬間とおぼしき描写がある。バッハマンが「私的な事柄」をめぐる作家のモラルについてどう考えていたか知る上で格好の例だと思われるので「フランツァの書」の当該の部分を次に少し詳しく見ておこう。

バッハマンは『マリーナ』を完成させる前に「フランツァの書」を書いてこれをほとんど完成させていた。この小説は精神科医の夫レオ・ヨルダンが妻フランツァを威嚇したり無視したりしながら精神的に追い込み間接的に死に至らしめる物語である。一人の女性が夫の精神的な暴力にさらされ人格を破壊されるという筋の明確な作品なのだが『マリーナ』における悪魔的な「父」がどのように生まれたのかここから読み取ることができる。

フランツァという女性は弟マルティンとともに戦後の混乱期を生き抜き医学部に進学し、そこでヨルダンに見初められて結婚する。弟のマルティンははじめて姉の夫ヨルダンを見た時その面差しが彼らの亡くなった父親に似ていることに気づき、姉のフランツァには弟ではなく庇護者としての父親こそ必要だったのだと感じる。精神科医の夫がここではごく自然に父という言葉と結びつけられている。その後ヨルダンとの生活の中で精神のバランスを崩したフランツァはヴィーンの夫の家を出奔する。彼女が身を寄せたのは故郷クラーゲンフルトだった。彼女を探し当てた弟に伴われてエジプトの砂漠を旅行している最中、彼女はひどい神経の発作に襲われる。

私の父。私は私の父を見た。彼はコートを脱ぎ捨てる、たくさんのコートを脱ぎ捨てる。彼女は手を頭の上にかざした、頭が燃えてしまわないように。しかしそれは彼ではない、彼は私の父ではない。彼はいったい誰なのだろう？　彼女はさらに足を速める、黒々と上体をまっすぐに起こし、それは岸を越え、砂を越え、再び地に足をつける。そして漆黒の邪なそれは今度は岸を越えて這い、のたうちながら近づいて来た。神が私のところに来る、私が神のところへゆく。彼女は再び走った、泣いて泣いて、なぜなら言葉が出てこなかったから、タバコの苦汁だけがのど元にせりあがる、それを砂に吐き捨てさらに走った。（W 3, 445f.)

たくさんのコートを脱ぎ捨てるという表現は『ガンテンバイン』の「物語を試着する」という表現を連想させる。エジプトの砂漠で父と父でないものと神が融合しフランツァを襲う。夫が父のイメージを帯びさらに神のイメージへとふくれあがる。バッハマンは「フランツァの書」を書きつつヨルダンという夫が多義的な「父」のイメージを帯びるや、この作品を未完のままに『マリーナ』第二章の悪夢の中でこの形象をシュールレアリスティックに一気に増殖させるのである。なぜなら「フランツァの書」では、フランツァはバッハマンと同じくパートナーとの関係によって心身を病み、フランツァがヴィーンを出て身を寄せたのはバッハマンの故郷と同じクラーゲンフルト近郊ガリーツィエン、フランツァが弟と二人で向かったエジプトはバッハマンが一九六四年にアドルフ・オペルと旅した土地である。つまりこの小説は虚構性に乏しく、ヨルダンやフランツァが誰なのか容易に察しがつく自叙伝的作品だったのである。アルブレヒトは、バッハマンは「フランツァの書」を書き始める前にインタヴューの中で、登場人物たちには誰とわかるような特徴を付与してはいけない、「余地（Spielraum）を残しておかなければならない」（GuI, 54）と語っているとし、さらに次のように続ける。

この観点に立って、例えばインゲボルク・バッハマン自身はヨルダン像にどういう態度で対するか、あるいはより普遍的に表現するのか、対人関係における「ファシズム」の具現として構想されているある登場人物のためにどうすればどんな人間にもその資格があるという余地が残されうるかといった問題が起きる。加えてインゲボルク・バッハマンが自身によって繰り返しテーマ化されてきた文学とモラルの関係の問題、文学作品の中で伝記的事実を同時に使用する際の秘密保持の掟の問題が出てくる。小説フランツァはそれゆえ、とりわけ殺人者像の適切な描写に失敗した。作家は一九六六年秋この仕事を断念する。わけてもその原稿がただ「まず書かれねばならない何かを救いようもなく暗示している」という理由で。[九九]

「父」という言葉はバッハマンにしてみれば、実名はもちろん出さずに夫から切り離し絶対的な暴君、父権制、ファシズムを暗示し、しかしかなり年上だったフリッシュを当人にはわかるように名指すことのできる便利な言葉であった。バッハマンはこの着想だけを拾い上げて『マリーナ』に取りかかる。

「フランツァの書」の「父」の造形プロセスは二つのことを教えてくれる。まず弟マルティンのフランツァは「庇護者」がほしかったのだという言葉は、バッハマンが友人ヘンツェに宛てた手紙の中のフリッシュとの同居生活の動機を「継続的なもの」、「ノーマルなもの」に依拠したかったからと説明している部分（本章注三一参照）を想起させる。バッハマンは五二年のニーンドルフにおける四七年グループの会合以来ツェランとは音信不通になっていた。経済的に逼迫してイタリアを引き上げ、戻ってきたミュンヘンで既婚のツェランと関係を再燃させるがこれは長続きしない。バッハマンの中でツェランとの少なくとも恋愛関係はこの時点で終わっている。いや、ツェラン体験はバッハマンにとって五六年の抒情詩「解き明かしておくれ、愛よ」の最終連に集約されてしまっていると言ってよいかもしれない。そしてこのあとのバッハマンは「フランツァの書」の「父」が――弟のマルティンの回想によると――そもそも決してネガティヴな意味で用いられてはいなかったことがわかるように、初めての手紙の中で自分の作品を褒めた上、女性が書くことを強く勧めるフリッシュと男性との新しいパートナーシップのあり方を模索しようとしていたと思われるのである。

次にバッハマンが自叙伝的要素を排除、いや、隠蔽するその方法である。バッハマンは『ガンテンバイン』から引用はしない。フリッシュのように当事者をそれとわかる形でほのめかすこともしない。「父」の造形のプロセスを見、ほとんど完成していたより自叙伝に近い「フランツァの書」ではなくシュールで難解な「精神的自叙伝」である『マリーナ』を先に世に出したという点を考慮すれば、バッハマンは「自分に課した掟」に最後まで忠実であろうとしたのだといえる。[一〇〇] モニカ・アルブレヒトは「様々な死に方」構想の遺稿を精査したあとで次のようにまとめる。

> インゲボルク・バッハマンはしかし、文学とモラルを一致させるという自身の仕事に対する要求を断念しないし、マックス・フリッシュの作品への相応の非難を取り下げもしない。[一〇一]

「相応の非難」は「掟」に従い『マリーナ』の中では個人的な経験をより普遍化させた形で行われようとする。すなわちバッハマンは個人的な遺恨を晴らすために作品を書いてはならない、ファシズムが平和な時代にも生き残っている、「私」は対人関係における「ファシズム」によって壊れかかっていることを示すことがこの小説の第一の目的である。「私」の見る最初の悪夢がガス室の描写から始まるのはそのためである。

『ガンテンバイン』のリラ像と『マリーナ』の「父」像。両作品の「観念の舞台」(W 3, 286) 上で繰り広げられるのは対話ではない。呼びかけですらもはやない。アルブレヒトは、フリッシュの「私は想像してみる」という言葉に続く彼の妄想にバッハマンの第二章の悪夢の数々が対応していると指摘して、バッハマンのインタヴューでの言葉を引く。

それらの夢はある経験の純粋に個人的なものと個人を超越したものの関係を表現すべきものなのです、一方ではこの「私」のための様々な死に方が（GuI, 95）、他方ではこの時代のぞっとするようなものに起因するすべてのものが叙述されることによって。（GuI, 70）

「私的な事柄」の扱いに対する考えがバッハマンとは根本的に異なるように思われるフリッシュは――アルブレヒトによると――『マリーナ』におけるバッハマンの個人的な経験の普遍化をおそらく意識しつつ、「他人の秘密を漏らす権利」[一〇二]の問題に直接結びつけ、『日記　一九六六―一九七一』にこう記す。「この秘密保持の代価、自己中心癖の肥大、あるいはこれから逃れるために政治性の肥大化？」[一〇三]当時の『マリーナ』評のほとんどが「独自の偏見に奇妙にとりつかれている」あるいは「世界から、物語られたり物語ったりする主体の内面への撤退」、あるいはさらに、書評の「王女の愛と死」、「愛の名の下に」といったタイトルからも窺い知れるように作品の社会批判、時代批判的性格が視野に入っていないものであったことを考えると、フリッシュの評言はバッハマン作品の性格を良く理解していた者のそれであったと言うべきかもしれない。しかし、とアルブレヒトは続ける。

マックス・フリッシュがこの「政治性の肥大化」という概念によってインゲボルク・バッハマンの「様々な死に方」構想の中心テーマ、対人関係の中の「ファシズム」を批判するつもりなのかどうかは推測の域を出ない。この女性作家はこの手の異議をたとえどの方面からであっても予期していて、それを登場人物イヴァンに言わせている――「いつでもこの人たちはすぐに人類全体のために苦しむんだ」（W 3, 54）――、だがこのような潜在的な批判によって、壮大に構想された散文計画「様々な死に方」から気をそらされたりはしなかった[一〇四]。

バッハマンは「様々な死に方」構想の中でももっとも抽象的で難解な『マリーナ』を世に送り出し「神経症患者の症例報告」といった酷評にさらされた。他方フリッシュはこのあと実名入りの『モントーク岬』を出版し、先述した文学スキャンダルの渦中の人となる。文学のモラルに対する考え方に関しても存在した両者間の溝は決して埋まることはなかった。

(c)　偽装される狂気

バッハマンが抒情詩「ボヘミアは海辺にある」で見せた作品を文学たらしめるための作家の創意工夫――シェイクスピア作品の引用に始まり、同時代人のツェラン、T・S・エリオットを経由してのフリッシュとの対話を目論む間テクスト性、ヴィトゲンシュタインを経由した詩論の展開を同時に行い、かつこれを抒情詩としてうたう――は、発作を起こした神経症患者のモノローグのような『マリーナ』でも凝らされている。これまで見てきたように『マリーナ』の大枠は、対人関係の中にあらわれる「ファシズム」の告発――バッハマンの場合、男女関係に限定されている――という目的に沿い設定されている。しかしこの目的を作品を書く動機となっているバッハマンの個人的体験から完全に切り離すことは不可能だった。フリッシュ個人に対する非難の言葉はやはり作品の中に紛れ込んでしまうのである。

毎晩マリーナと私は思い煩う、時にはその上ほろ酔い加減で、今晩さらにもしかするとヴィーンで起こるかもしれない恐ろしいことについて。なぜなら新聞を読むのに熱中し、いくつかのニュースを真に受けてしまうと、想像力はフル回転するから。（私の表現ではない、マリーナのものでは全くない、でもマリーナは、ドイツ旅行での収集品としてこの表現をおもしろがった、というのも「フル回転」といった言葉は、あのような活発で動きのある国々でしか拾えないから。）しかしいつも私は新聞断ちを続けることができない、読まない期間、あるいは私たちの鞄のとなりに古新聞古雑誌の束が置いてある物置部屋から一部とって、ある日付、一九五八年七月三日に目を留め驚く、その程度の期間がますます長くなっているにもかかわらず。なんと不当な！　とっくに過ぎ去ったこの日に関しても、それらの新聞雑誌はおせっかいにも私たちにニュースやニュース解説を処方した、地震、飛行機墜落、国内政治のスキャンダル、外交上の失政について私たちに知らせたのだ。私が今日、一九五八年七月三日版に目を落とし、その日付を信用しようとし、ついでに本当にあったかもしれない、予定表に何も書き入れていないことに気づくその日、「一五時にR！　一七時にBに電話、夜ゲッサー、Kの講演」といった略記号もない、——それは全部七月四日のところにある、しかし三日の下にではない、その日の頁は空白のままだ。（W 3, 254）

一九五八年七月三日は、繰り返しになるが、バッハマンの死後、フリッシュが『モントーク岬』にフリッシュとバッハマンがパリで初めて顔をあわせた日として書き込み、研究者のアルブレヒトがこれに気づいて『マリーナ』と関連づけ、フリッシュとバッハマンのテクストが間テクスト性の観点から論じられ始めたという経緯がある。バッハマンは、おそらくフリッシュにしかわからない描写を他にも『マリーナ』の中に紛れ込ませている。そして一般読者には意味のない脈絡もないこれらの日付なり表現なりは、読者が、「私」が神経を病んでいてとりとめのないことをしゃべり散らしていると思い込んでいればこそ——バッハマンが自分に課した掟に抵触せずに——作品のあちこちに紛れ込ませることができるのである。『マリーナ』の中では、悪夢や精神分析学の心理療法も「私」が過去の出来事を語る、それも事実をデフォルメして事実が剝き出しにならないように語るための道具立てになっている。

『マリーナ』のテクストが神経症患者のモノローグを偽装しているという点に関しては、一九六四年のビュヒナー賞受賞講演『発作の場所』*Ein Ort für Zufälle* ——クルト・バルチュをして「グロテスクな散文」と言わしめた——を、その先行テクストと見なすことができる。

『発作の場所』に関しては、『マリーナ』にとっての「フランツァの書」のように、下絵図のようなテクストが遺稿として残されている。遺稿をもとにその構想と文体の変化をまとめるならば、バッハマンはまずビュヒナーの文学作品および自然科学の著作と関連づけようとしていたが、そこから『レンツ』における狂気にテーマを絞りこれを講演題目に反映させる。テクストの構想を練っていた時期はエジプト旅行直後に当たる。この旅行の印象は冷戦の象徴であるベルリンを砂漠化した大都市と捉える——ただしエジプトの砂漠は治癒力のある無なのだが——発想の源泉になっている。初期構想の中でバッハマンはベルリンを「錯乱」や「病」、「悪い夢の数々」の訪れる都市と位置づけ、それに対し旅行それも「治癒」の途上にある「私」を配して「秩序だった表現」をしようとしている。[一〇五] つまり、最初の構想で都市と砂漠、病と治癒はわかりやすい対立の関係にあったのである。だが、これら単純な構図はさらに構想が練られると、動物園から逃げ出した駱駝が背中に病人たちを乗せて辺境の砂漠に向かおうとするシュールな表現に変わり、その上このひとまとまりのイメージ群さえ他の超現実的な表現の間に断片的に差し挟まれ一層脈絡を失うのである。

短篇集『三十歳』にももちろんフランクフルト大学での講義にも見られなかった、そして『マリーナ』を予感させるこのような文体を、バッハマンはなぜ用い始めたのか。ベッティーナ・バナシュは次のように述べる。

ビュヒナー賞受賞講演の構想の初期では、彼女にとってはまだ人間の理解力を広げる可能性としての文学の機能に関し詩学的熟考を広げる、より正確に言えば、詳述し解説することが大事である。フランクフルト講義と比較すると「発作の場所の」のための準備作業はバッハマン作品における重点の移動を映し出している。文学に関して、苦しみを捉えようとする試みは明らかに前面に出ている。確かにバッハマンははじめは作品の中で苦しみに由来する文学という見解を追う。しかし今度は言葉が、被った苦しみの程度を捉えきれているかどうかという点で鋭く吟味されるのである[一〇六]。

バッハマンはフリッシュ体験を経たあと時代の病を客観的に書くのではなく、神経を病んだ者の目を通して見える世界を書くことによって病を生む社会を告発しようとするのである。バッハマンはここで苦しみの経験を「あらゆる文学様式の上に置く[一〇七]。」なるほど「バッハマンの惨憺たる状況は友人たちの間、広範な人間関係の中でも秘密ではなかった[一〇八]」が、ここにあるのは狂気を装ったテクストなのだ。

このように考えると『マリーナ』はフリッシュによって歪められた自分のイメージを逆手に取り、生活破綻者としての自らの姿をも利用して書かれた、再び読者の解読能力を試す作品なのだと言えよう。

バルバラ・アグネーゼは遺稿の中にある次のようなタイプ原稿を、バッハマンが『マリーナ』を最初から推理小説仕立てで構想していた証拠として提出する[一〇九]。

殺人それとも自殺？
証人はいない。
二人の男と一人の女。
最後の大いなる情熱。

部屋の中の壁、
気づかないような亀裂。
死体は、発見されない。
消えてしまった遺言状。（TAK, 3. 2, 742）

その上「父」をめぐる悪夢の章のタイトルは、第二次大戦直後のヴィーンを描いたキャロル・リード監督、グレアム・グリーン原作の映画『第三の男』（一九四九）からとられている。

バッハマンはここでも読者を挑発するのをやめない。「ゴモラへの一歩」を書いたときよりも、おそらくは公私ともはるかに悪い状況下で。そして『マリーナ』の中に散見される「私」がイヴァンのためにやり慣れない料理をしようという場面や、悪夢の中に紛れ込んだ原稿を催促するウンゼルトのエピソードや、例えば「いつかすべての女たちが黄金の目を持つことになるだろう。黄金の靴と黄金の服を身に着けることになるだろう。そして彼女は黄金の髪を梳った、彼女は髪をかきむしった、いや、彼女の髪は風になびいたのだ、黒馬に乗ってドナウをさかのぼりラエティア[一〇]へ向かった時……」（W 3, 136）といった自嘲的表現は、バッハマンの作家としての、経験を剝き出しにするような文字通り芸のない書き方は私はしないという矜持と、そのような条件を自分に課しても社会性を帯びた批判とフリッシュ個人に対する批判、と同時にマリーナに象徴される新しいジェンダー観の提示とを同時にやってしまう作家の力量を示すものとして『マリーナ』評価の指標あるいはバッハマン作品の特徴として再度強調してよいだろう。

四―四　受容の曲折２

本章では主としてモニカ・アルブレヒトの研究成果をもとに、フリッシュとバッハマンの作品はその関連性を無視するのではなく併読して両者の言い分に耳を傾け、それぞれの作品世界を精査する時期に来ている、そのためには作家の私的な事柄についても言及しなければならないという立場を取った。だがツェランとバッハマンの関係に比べバッハマンのフリッシュ体験は、この文学スキャンダルが一九七一年に発表されたバッハマンの長篇『マリーナ』解読には欠くべからざる出来事であるにもかかわらず公に語ることを憚る、いや、問題視する傾向がある。この文学スキャンダルをめぐる研究の動向について少し見ておこう。

一九九九年に刊行され、すでに本論でもしばしば引用してきたジークリット・ヴァイゲルの大著『インゲボルク・バッハマン』の副題は「信書の秘密を保持した上での遺産相続」であり、フリッシュの『モントーク岬』から遡り『マリーナ』と『ガンテンバイン』を比較研究する際に生じる――「私的な事柄」の取り扱いという――問題を批判的に意識していることを示している。ヴァイゲルは自著のコンセプトをプロローグの部分で、「年を重ねるにつれ、意識的、積極的に」行われた、「生き残った人々、亡命者たちの経験との対話」、「アウシュヴィッツ以後の思考との意見交換」を試みたバッハマンの「知識人としての場」を明らかにすることだと書いている。

ヴァイゲルは、バッハマンが文学市場で抒情詩人として称賛されたがその後の散文作品の評価が芳しくなかった理由を女性知識人に対する抵抗だと見る。「文学批評は、叙情性＝直観＝女性性の方程式の力を借りて境界が定められているあの領域から彼女がはみ出すことを決して許さなかった」[一二]のである。ヴァイゲルはしかし、このあとのバッハマン研究におけるフェミニズム的動向を「確かにフェミニズム的、脱構築的文学理論の光の中で、彼女の思考と文筆のラディカルな哲学的な次元は多方面から発見された」[一三]と評価しつつも、彼女の作品を「女性文学」の遺産として誤読したと見なす。

ヴァイゲルは受容史の流れを是正したい。女性のアイデンティティに焦点を当てフェミニズムが議論を沸騰させたあとは、そこから自由になって歴史的哲学的思索者としてのバッハマンをクローズアップしたいのである。そのためにヴァイゲルが積極的に扱うのはパウル・ツェランとの関係、もちろん引用という間テクスト性に着目した詩的対話についてである。なるほどツェランに関しては、これまで本論でも見てきたように、そこからアウシュヴィッツ以後の文学を模索する詩人の詩論に含まれる歴史観、政治観を前面に押し出し論じることが可能である。だがフリッシュの場合はこの手法は通用しない。ヴァイゲルはモニカ・アルブレヒトの研究の方向性を念頭に置きつつ次のように論を展開する。

文学テクストから「事実であるところの自叙伝的な内容」あるいは「自叙伝的情報」を突き止めようとする奇妙な企ては、必然的に犯罪捜査学に近いものになり、ゲルマニストの興信所と化すということは言わないにしても、これでは循環論法である。『モントーク岬』のテクストがすでにこれは自叙伝的な情報であると宣言している限り『モントーク岬』に関しこれらの疑問点を精査することは難しい。であるから必要なことは、とにかく比較的速やかに容易な方法で目的を達成するために、他の諸々の文学的テクストをこれと比較しさえすればよい。というのも一方のテクスト『モントーク岬』も、他方のテクストである小説の自叙伝的内容の証拠として考慮されたがっているのだから。[一一三]

つまり、ヴァイゲルは『ガンテンバイン』を迂回し——妄想と現実の錯綜する記述に足を取られるのは敬遠して——『ガンテンバイン』の中の虚構の「平明なテクスト」[一一四]である『モントーク岬』からバッハマンに関する記述を拾い上げる。ヴァイゲルの結論はよって『ガンテンバイン』の中に見られる第三者フリッシュを経由したバッハマンの人物像の中にはインテリ女性に対する「不快感とルサンチマンの混合物」[一一五]が見てとれる、『モントーク岬』のテクストを貫いている男性の自己批評というレトリックおよび人生を文学化する自身の傾向に関する声明は、真正を求める態度を疑問視する効果を上げるのではなく、むしろ真実を求める態度を保証するという課題を担っている」[一一六]という的確かつ、簡潔なものとなる。

だがこのようなヴァイゲルの『マリーナ』分析からは、フェミニズム的問題意識を反映させた「父」の解釈――「父」は、「対人関係の中の『ファシズム』」の象徴である――は引き出されえないし「ボヘミアは海辺にある」におけるシェイクスピア借用の理由のうち、T・S・エリオットの作品世界に対する批判を読み取ることはできない。[一一七]ヴァイゲルは、バッハマンが「私的な事柄」を素材にすることを問題視するがゆえにツェランに対する個人的な感情を変化させ、「ボヘミアは海辺にある」におけるプラハやボヘミアという地理に関連する間テクスト性の性質が、あるいは『マリーナ』における「コロナ」の借用の意味が五〇年代の抒情詩におけるそれとは異なっていること、すなわちそこにバッハマンのツェラン離れのプロセスがあることには当然触れることができない。

アルブレヒトは、バッハマン研究におけるフリッシュ作品との比較研究の遅れについて次のように要約している。

マックス・フリッシュの作品との間テクスト性に基づいた非常に高い程度の関連に関するこのような逆説的な反応の理由はあっさりと読み取れるものではない、名前を挙げると、断定的に説明するベーレの場合は「フリッシュの業績は（ムージル、ニーチェ、ツェランの）三人の地位ほど高くない。」この裁断は一般的にバッハマン研究におけるマックス・フリッシュの閉め出しの基本であるように見える。明白なのはここではいまだ、（とくにドイツの）ドイツ語ドイツ文学の遺物が幅を利かせていて、それらは（事実あるいは推測するに）文学的、哲学的伝統の高い尾根にないものはすべて完全に無視するかあるいはあれやこれやの方法で貶めるのである。[118]

二〇〇〇年にはペーター・ハムが、ハンス・ヘラーの編纂した遺稿の詩集『私はよりよい世界を知らない』について「ツァイト」に寄稿し、バッハマンの「私的な事柄」をめぐって再び議論が起こる。遺稿にはフリッシュとの破局後の一九六二年から六四年にかけての詩が残されており「恋愛関係やパートナーシップに対する失望、堕胎のトラウマ、怒りと苦しみ、気鬱と絶望[119]」が詩の形で綴られているが、自伝的記録として読まれるべきもので詩としての完成度を問うべきものではない。ハムは「われわれ読者は、必然的に低劣な不幸の覗き見を押し付けられてしまう」、さらに出版したピーパー社を、バッハマンが反ナチという政治的理由からピーパー社と契約を解消した事実になぞらえて「早急にノーマン・フィンケルシュタインのホロコースト産業[120]をドイツの書籍市場に生みだしたい者は、バッハマン産業をも利益を上げつつ稼働させようとする[121]」と批判する。他方ラインハルト・バウムガルトは、未発表とはいえ作品世界と語調には紛れもないバッハマンの特質が見られることを言い、作者の許可は得ていないが、読者は「インゲボルク・バッハマンの最も個人的な苦痛の記録[122]」を目にすることになると述べ版の出版を擁護する。レンガウアーはこれらの一連の議論を紹介したあとに「伝記と作品、解釈と秘密保持の問題には明らかに万能の解決法はない、歴史的に解決されるのみだ。すなわち論争の変化という意味で、ケースバイケースで[123]」と述べる。

バッハマンのテクストは抽象的な思考の産物ではない。バッハマンは目の前にいる個人の行為に触発されて作品という具体的なメッセージを発信している。伝記的研究成果が次々に上梓されたのは関係者の最後のひとりフリッシュが亡くなる一九九一年前後からという事実が、バッハマンの作品の性格と問題性をよく物語っていると言える。だがここで忘れてならないのは、バッハマンが「フランツァの書」ではなく『マリーナ』を、自伝的内容が露な詩の中から「ボヘミアは海辺にある」を含む四篇のみを世に送ったという点である。遺稿の中の作品は世に問われた作品の完成度を確認するために読まれればよい。自らに課した「私的な事柄」を扱う際の掟、文学のモラルと私情との間でバッハマンがどのような葛藤を経たのかを知るために。

註

一　フォルカー・ヴァイダーマンはその経験の深刻さを当事者双方の側からこう描写する。「インゲボルク・バッハマンの人生では良い年月はそのあと来ない。薬物中毒、アルコール、怒り、憎しみ、非生産性に彩られて。『最後を私たちはうまく持ちこたえられなかった、二人ともだめだった』とフリッシュは『モントーク岬』に書く。彼にとってはそう思えた、それは彼女にとってよりははるかにましだった。マックス・フリッシュのことを今日まで殺人者と呼ぶ人々、バッハマンの読者、家族がいる。彼女の人生を破壊した人間だと。

マックス・フリッシュが一九七三年十月に彼女の訃報を聞いた時、彼はほっとしたという話だ。まるで呪いから解放されたみたいに。翌朝ようやく深い悲しみが来た。生涯続く悲しみが。彼の死の直前、彼は一度、友人のペーター・フォン・マットに語った、毎晩彼女の夢を見ようと努力してみる、インゲボルクの夢を見ようと。だから毎晩寝る前に一心に彼女のことを考える。『それで?』とフォン・マットは尋ねた。『うまく見られるのかい?』フリッシュは首を横に振った。夢は見られないままだった。」

Vgl. Volker Weidermann: *Max Frisch. Sein Leben, seine Bücher*. Köln 2010, S. 259.

二　Volker Ladenthin: Literatur als Skandal. In: Stefan Neuhaus, Johann Holzner (Hg.): *Literatur als Skandal. Fälle-Funktionen-Folgen*. Göttingen 2009〔2007〕, S. 19.

三　Ebenda, S. 20.

四　Ebenda, S. 21.

五　Ebenda, S. 24.

六　Ebenda, S. 25.

七　Ebenda, S. 25f.

八　Ebenda, S. 27.

九　Ebenda, S. 12.

一〇　ヨスト・シュナイダーは「ゴモラへの一歩」を「インゲボルク・バッハマンはその非伝統的、非市民社会的生活スタイルが社会的なアンチモダニスムス、アンチプルラリスムスの信奉者たちからは時として挑発と感じられていたが、人生および芸術の中で好戦的に彼らの理想に反対した」その好例と考える。
Vgl. Monika Albrecht, Dirk Göttsche（Hg.）: a. a. O., S. 119.

一一　ハンス・ヴァイゲルはバッハマンが属していたヴィーンの文学サークルの主催者。小説の中では、第二次世界大戦中ヴァイゲル自身とおぼしきスイスに亡命していたユダヤ人が戦後ヴィーンに名実共に帰還を果たすことを、バッハマンをモデルにした新進ピアニストとの結婚によって象徴的に表現している。
Vgl. Joachim Hoell: a. a. O., S. 47f.

一二　『モントーク岬』はバッハマンの死後、当事者の実名入りで刊行された。フリッシュの回想録の性格を持つ。後に見るように『スキャンダルとしての文学』に収められた論文は、フリッシュ、バッハマン両作家の『ガンテンバイン』、『マリーナ』による文学的応酬に言及はするが、スキャンダルだと名指し取りあげるのは実名入りのこの『モントーク岬』である。

一三　Max Frisch: Montauk. In: *Gesammelte Werke in zeitlicher Folge*. hg. von Hans Mayer unter Mitwirkung von Walter

Schmitz. 6 Bände. Frankfurt. a. M. 1976, Bd. 6, S. 676.

一四　Volker Weidermann: a. a. O., S. 248f.

一五　Joachim Hoell: a. a. O., S. 94.

一六　Andreas Hapkemeyer: a. a. O., S. 100f.

一七　Max Frisch: Montauk, a. a. O., S. 715f.

一八　Ebenda, S. 715.

一九　Ebenda, S. 717.

二〇　Max Frisch: *Mein Name sei Gantenbein. In: Gesammelte Werke in zeitlicher Folge*, a. a. O., Bd. 5, S. 22.

二一　Ebenda, S. 303.

二二　Ebenda, S. 303.

二三　Vgl. Hans Mayer: Mögliche Ansichten über Herrn Gantenbein. In: *Die Zeit* vom 18. September 1964. Nachdruck in: Walter Schmitz (Hg.): *Über Max Frisch II*. Frankfurt am Main 1976, S. 314–324.

二四　Ebenda, S. 314–324.

二五　Vgl. Marcel Reich-Ranicki: *Plädoyer für Max Frisch*. In: *Die Zeit* vom 2. Oktober 1964. Nachdruck in: Walter Schmitz (Hrsg.): *Über Max Frisch II*, S. 325–334.

二六　Ebenda, S. 325–334.

二七　Ebenda, S. 325–334.

二八　ライヒ＝ラニツキは自伝の中で『ガンテンバイン』擁護の論陣を張ったことで始まったフリッシュとの交友関係を回想しこう締めくくる。「デュレンマットやベル、グラスやヨンゾーンとちがって、フリッシュはインテリのコンプレックスや葛藤を描き、再三再四われわれ、市民的教養層出身のインテリに問いかけた。他のだれにも増してフリッシュは、われわれの心性を見抜き、認識していた。生への渇望も愛する能力も、弱みも無力も。われわれが長らく気づいており、予感し思念し、願ったり恐れたりしながら、表現できずにいたこと、それを彼は言葉で表現し明示した。彼はおのれの（兼われわれの）世界を創作したが、あえて詩化はしなかった。」ライヒ＝ラニツキはこの直前で自らのフリッシュ擁護は作品の質を問題としたものではなかったと断っている。これはフリッシュの作品世界、アーダムだけの「煩悶」に寄せるライヒ＝ラニツキの個人的共感の表明であろう。M・ライヒ＝ラニツキ『わがユダヤ・ドイツ・ポーランド――マルセル・ライヒ＝ラニツキ自伝』西川賢一訳、柏書房、二〇〇二年、四五六―四五七頁、参照。

二九　『ガンテンバイン』は刊行後数ヶ月で十万部を売り上げる。
　Vgl. Daniel de Vin: *Max Frischs Tagebücher*, Böhlau, Köln 1977, S. 56.

三〇　Volker Weidermann: *Max Frisch. Sein Leben, seine Bücher*, a. a. O., S. 266f.

三一　Ebenda, S. 268.

三二　Ingeborg Bachmann/Hans Werner Henze: *Briefe einer Freundschaft*. München 2004, S. 244f.

三三　バッハマンの遺稿の中には別離後彼女からフリッシュに宛てられ決して送付されることのなかった無数の手紙がある。
　Vgl. Andreas Hapkemeyer: a. a. O., S. 100.

三四　Monika Albrecht, Dirk Götsche（Hg.）: a. a. O., S. 284.

三五　Ebenda, S. 285.

三六　Céline Letawe: Max Frisch »Montauk«–eine »Chronique scandaleuse«? In: Stefan Neuhaus, Johann Holzner（Hg.）: a. a. O., S. 449f.

三七　Ebenda, S. 452f.

三八　Ebenda, S. 454.

三九　Ebenda, S. 454.

四〇　Volker Weidermann: a. a. O., S. 262.

四一　「クルスブーフ」（Kursbuch）は一九六八学生運動の理論的指導書として出版された。
Vgl. Heinrich Kauren: Zwischen Engagement und Kunstautonomie. Ingeborg Bachmanns letzter Gedichtzyklus. Vier Gedichte（1968）. In: *Deutsche Vierteljahrsschrift* H. 15. Stuttgart 1991, S. 757.

四二　朗読の形で公開されたものも四篇あるが、その場合特定の個人宛の献呈詩の形をとっている。
Vgl. Siegrid Weigel: a. a. O., S. 355.

四三　Siegrid Weigel: a. a. O., S. 320.

四四　Christine Ivanović: Böhmen als Heterotopie. In: *Interpretationen. Werke von Ingeborg Bachmann*, a. a. O., S. 109.

四五　Ingeborg Bachmann, Paul Celan, Max Frisch, Gisèle Celan-Lestrange: a. a. O., S. 165.

四六　Ebenda, S. 166.

四七　Ebenda, S. 170.

四八　Ebenda, S. 171.

四九　Ebenda, S. 125f.

五〇　Ebenda, S. 186f.

五一　Ebenda, S. 131.

五二　Ebenda, S. 131.

五三　この戯曲は一九六一年十一月に上演される。劇の中では、若いアンドリをユダヤ人だと思い込んだアンドラの人々による人種差別的信条、追従、高慢から生まれた殺人が描かれる。ヨーロッパでは大成功を収めた。

Vgl. Volker Hage: *Max Frisch*. Hamburg 1997〔1983〕, S. 81.
しかしイスラエルで、バルバラ・ザイフェルトは「戯曲の本質的な欠陥は相変わらずだ、すなわちユダヤ人は『別物』ではまったくなく、そういう存在を強いられているということの証明、これは当然イスラエルでは持ちこたえられない」と書く。

五四　この接続のプロセスはのちに触れる未完の長篇小説「フランツァの書」から読み取ることができる。
Vgl. Hans Bänziger (Hg.): *Max Frisch. Andorra. Erläuterungen und Dokumente*. Stuttgart 2008〔1985〕, S. 60.

五五　Christine Ivanović: a. a. O., S. 110.
ヘテロトピアとはミシェル・フーコーの用語で、どこにもない場所であるユートピアに対し、現実に存在する場所でありながら他の現実に存在する場所すべてに異議を唱える場所のことを言う。

五六　Ebenda, S. 110.

五七　Siegrid Weigel: a. a. O., S. 356.

五八　ウィリアム・シェイクスピア『冬物語』小田島雄志訳、白水社、二〇〇五年、二一六—二三一頁参照。さらには当時自国の王女がプファルツ選定侯（のちボヘミア王）に嫁ぐという噂が流れていたので、劇の後半の牧歌的な場面をボヘミアで展開し、同時に理想郷的要素を盛り込んで国民の期待感を表したのだという政治的な解釈も紹介されている。

五九　イヴァノヴィッチはgrenzenという語がヴィトゲンシュタインを連想させるように、バッハマンの場合すぐさまハイデガーを連想させるGrundという言葉が詩の前半部分しか出てきていないこと、この語を名詞としてしか用いておらずzugrund (e) やVon Grund aufのような垂直方向を表す意味を強調していることを言って「哲学的な意味で議論する」必要を認めていない。ここにはバッハマンの学位請求論文ですでに表明されていたハイデガー批判とヴィトゲンシュタインの肯定的受容の態度が再び示されていると考えられよう。

Vgl. Christine Ivanović: a. a. O., S. 113.
六〇 Monika Albrecht, Dirk Göttsche (Hg.): a. a. O., S. 179.
六一 Max Frisch: *Mein Name sei Gantenbein*, a. a. O., S. 190.
六二 Ebenda, S. 192.
六三 Ebenda, S. 219, 265.
六四 T・S・エリオット『荒地』岩崎宗治訳、岩波文庫、二〇一〇年、八三頁。
六五 同上書、九三―九五頁。
六六 同上書、二一二―二一八頁。二七四―二八五頁。
六七 鈴木瑠璃子『まぼろしの荒地―エリオットの見た現代―』松籟社、一九九五年。一一一頁。
六八 「ベラドンナ」は『荒地』第一部、四九行目に、やはり「岩窟の女」、「情況の女」という語と併置されて使われている。この第一部にはまたヴァーグナーの『トリスタンとイゾルデ』の「サワヤカニ（Frisch）風ハ吹ク／故郷ニ向カッテ。／ワガアイルランドノ子ヨ／キミハ今ドコニイル？」（三一―三四行）がある。
六九 フリッシュの『ガンテンバイン』とエリオットの『荒地』の比較研究を寡聞にして知らない。
七〇 フリッシュは、ガンテンバインがリラから子供ができたと打ち明けられたあと、自分に娘がいたらという空想遊びで長々と子供モチーフをもてあそぶ。バッハマンは「ボヘミアは海辺にある」では、この問題には直接には触れない。ただしシェイクスピアの『冬物語』で遺棄される娘はパーディタ（失われたもの）と名づけられている。『マリーナ』では「私」は生まれた男の子に「アニムス」という名を付け、それが「父」の愛人メラニーに射殺されるシーンを描く。
七一 前掲書、T・S・エリオット『荒地』、一一五―一一六頁。
七二 星野美賀子『T・S・エリオット　詩と人生』、研究社選書、一九八二年、一二五頁。

七三　同上書、一二六頁。
七四　同上書、一二七頁。
七五　前掲書、鈴木瑠璃子、一二八頁。
七六　Paolo Chiarini: a. a. O., S. 20.
七七　Christine Ivanović: a. a. O., S. 117.
七八　Ebenda, S. 117.
七九　Ebenda, S. 118f.
八〇　Hans Höller: *Ingeborg Bachmann. Letzte, unveröffentlichte Gedichte*. Frankfurt a. M. 1998, S. 105.
八一　Ebenda, S. 119.
八二　Franziska Frei Gerlach: a. a. O., S. 232.
八三　Hans Höller: *Ingeborg Bachmann*, a. a. O., S. 141.
八四　Ebenda, S. 142.
八五　Ebenda, S. 142.
八六　Monika Albrecht, Dirk Göttsche (Hg.): a. a. O., S. 130.
八七　Ebenda, S. 131.
八八　前掲書、M・ライヒ＝ラニツキ、三六〇頁。
八九　Peter von Mat: Im Umstromland des Erzählens Ingeborg Bachmanns Todesarten. In Frankfurter Allgemeine Zeitung, 10. Oktober 1995, Nr. 235.
九〇　Ebenda.
フーダニットとは Who done it? からの造語、推理小説の意味。

九一　エンマ・ユング『内なる異性』笠原　嘉、吉本千鶴子訳、海鳴社、一九九二年、三七頁。

九二　Barbara Agnese: *Der Engel der Literatur. Zum philosophischen Vermächtnis Ingeborg Bachmanns*. Wien 1996, S. 128.

九三　Peter von Mat: a. a. O.

九四　Max Frisch: *Mein Name sei Gantenbein*, a. a. O., S. 232.

九五　『ガンテンバイン』には、前後の脈絡のない不貞を犯した妻の顔をナイフで切り刻むパン屋の主人の男の話が差し挟まれている。

Vgl. Ebenda, S. 111–114.

九六　八〇年代にはすでに、バッハマンの後期散文作品は「マックス・フリッシュとの人間的美学的対決」だと見ていた研究者もいたが、主流は「マックス・フリッシュの三大小説『シュティラー』、『ホモ・ファーバー』、『私の名前をガンテンバインとしよう』を女性ヴァージョンで模倣しようとした」という理解だった。

Vgl. Monika Albrecht, Dirk Göttsche (Hg.) : a. a. O., S. 284.

九七　だが『ガンテンバイン』では「私の名前をガンテンバインとしよう」と接続法一式が用いられているが『マリーナ』では「私の名前はマリーナです」と直説法が用いられている点は留意すべきである。さらにバッハマンがフランクフル大学での講義（W 4, 225）で「我話す、ゆえに我あり」のモットーも思い起こさねばならない。語り手を複数に分裂させてもその背後には作家がいる。書いている「私」は書いたものに責任を持たなければならないのだ。

九八　バッハマンのこのメルヘンはツェランとの出会いと別れを素材にし、そのことをツェランの「コロナ」から数行借用して暗示している。ツェランは作品後半でも妻と二人の子供と一緒に登場する。

九九　Monika Albrecht: »Bitte aber keine Geschichten« Ingeborg Bachmann als Kritikerin Max Frischs in ihrem

»Todesarten«-Projekt. In: Heinz Ludwig Arnold (Hg.): a. a. O., S. 146.

一〇〇　『マリーナ』の中にはすでに引用した「お父さん、私はもういない父に向かって言う、私は、裏切らなかったわ、誰にも言わなかったわ」(W 3, 177f.) という箇所、マリーナに父の正体を問われて「私は決してしゃべらないつもり。だってできないでしょう、知らないんだから。」マリーナに知らないと誓えるかと問われて「私決して誓いはたてません」(W 3, 179) と答える箇所がある。

一〇一　Monika Albrecht: a. a. O., S. 146.

一〇二　フリッシュは全集の第六巻に収められた『日記　一九六六―一九七一』(一九七二) のなかで「すべての人々の名前や人格がどうして日記を書く人間の関心を引かないことがあろうか。悪いうわさ話とは限らないではないか。だが逆の場合は無思慮かもしれない。他人の秘密を漏らす権利を私はどこから受け取るのか?」と書いている。
『マリーナ』刊行後に出版。
Vgl. Ebenda, S. 149.
フリッシュ作品からの引用は、
Max Frisch: Tagebuch 1966-1971. In: Hans Mayer unter Mitwirkung von Walter Schmitz. (Hg.): a. a. O., 289.

一〇三　Ebenda, S. 289.

一〇四　Monika Albrecht: a. a. O., S, 151f.

一〇五　Vgl. Monika Albrecht, Dirk Götsche: a. a. O., S. 177.

一〇六　Ebenda, S. 178.

一〇七　Ebenda, S. 178.

一〇八　Ebenda, S. 177.

一〇九　Barbara Agnese: a. a. O., S. 231.

一一〇　古代ローマ帝国属州、今日のスイス。
一一一　Siegrid Weigel: a. a. O., S. 16. ヴァイゲルは同頁の注で、グスタフ・ルネ・ホッケのバッハマン評「女性の直観と男性の知力の混合物」を引き「混合の二つめの構成要素に関して不快感を表現している」と述べる。
一一二　Ebenda, S. 16.
一一三　Ebenda, S. 338.
一一四　Ebenda, S. 337f.
一一五　Ebenda, S. 340.
一一六　Ebenda, S. 340f.
一一七　Vgl. Ebenda, S. 337.
　この頁の注部分でヴァイゲルは次のように述べる、すなわち『ガンテンバイン』の作者はバッハマンとの共同生活を部分的に作品の原型として使用しているという噂がなかったら、小説の中に関係者以外にバッハマンを示しているとわかる痕跡はないと。ヴァイゲルの『マリーナ』観はここに集約されていると言えよう。
一一八　Monika Albrecht, Dirk Göttsche: a. a. O., S. 285.
一一九　Ebenda, S. 79.
一二〇　Vgl. Norman Finkelstein: *The Holocaust Industry: Reflection on the Exploitation of Jewish Suffering*. London 2000.
一二一　Hubert Lengauer: Nachgelassener (oder nachlassender) Skandal? In: Stefan Neuhaus, Johann Holzer (Hg.): a. a. O., S. 492.
一二二　Ebenda, S. 492.
一二三　Ebenda, S. 497.

結語

バッハマンは『マリーナ』刊行後一九七二年に二冊目の短篇集『ジムルターン』*Simultan* を発表する。ここに収められた五篇のうち、最後の「湖に続く三本の道」は短篇というには長い、この一篇でこの短篇集一冊の半分の頁を占める中篇小説である。主人公エリーザベトは四十九歳のパリで活躍するフォトジャーナリストという肩書きを持つ。ロンドンでの弟の結婚式に出席したあと二週間ほどを故郷の父親の元で過ごすべくオーストリアのクラーゲンフルトに帰ってくる。この作品は、エリーザベトが地図の上では湖に達することになっている三つのルートを散策しながら過去を回想するシーンがほとんどを占め、神経質で落ち着きがなく田舎暮らしには向かない都会派のこの女性には作者自身の履歴が付与されていて——この作品にもこれまで見てきたバッハマン作品の例に漏れずいくつもの仕掛けがほどこされているが——自叙伝的性格が強い。

まずバッハマンはこの作品のなかに、ヨーゼフ・ロートの『ラデツキー行進曲』*Radetzkymarsch*（一九三二）の続編にあたる『皇帝廟』*Die Kapuzinergruft*（一九三八）のなかの登場人物トロッタ一族の末裔を登場させている。なるほど虚構であるとはいえ『皇帝廟』の中で第二次世界大戦前夜パリへ亡命させられた幼子フランツ・ヨーゼフ・トロッタは作中のエリーザベトと同世代なので、この人物とエリーザベトが恋人関係にあったというバッハマンの設定に無理は感じられない。しかしいまなぜロートなのか。エリーザベトによる恋人トロッタの記憶はこの小説の中の一つのエピソードにすぎないが、重要なのはエリーザベトがクラーゲンフルトでトロッタのことを回想するという状況であろう。

高地の一番ルートを歩いて彼女は再びベンチのあるツィル丘へやって来た。そしてしばらくそこに腰を下ろしていた、少しの間下の湖を見下ろしていたが、それからその向こうにあるカラヴァンケンの山々に目をあげ、さらに遠くのクライン、スロヴェニア、クロアチア、ボスニアへ目をやった。彼女は再びもはや存在していない世界を探した、というのも彼女にはトロッタの名前といくつかの文章、彼の思考と口調しか残っていなかったから。贈り物も枯れた花もなかった、彼の顔を思い浮かべることさえもうできなかった、なぜなら彼のことを知れば知るほど、彼について実際にあったことは消えてしまったから。幽霊の言葉が遠い下の方から南の方から上がってきた。何も手に入れるな、君の名前を保ちつづけろ、僕を引き受けるな、誰も引き受けるな、それは甲斐のないことだ。(W 2, 429)

クラーゲンフルトの山の上からはトロッタの父祖の地スロヴェニアが見える。ロートの、そしてトロッタ一族の帰属していたハプスブルク帝国はなんと広大な領域を帝国の名の下に一つにまとめあげていたものだろう。エリーザベトの場合、トロッタとはその文章や思考が彼女に多大な影響を与えた存在であり、同時に多民族が比較的平和裡に共生していたハプスブルク帝国を想起させる観念的名前である。バッハマンの半生を知る者ならばトロッタとツェランを同一視することはたやすい。バッハマンにとってツェランは、出自や経験の違いゆえに魅力的で、しかしその違いゆえにいつでも緊張感の伴う対話が試みられねばならない他者だった。両者の立場とその後の方向性の違いはこの小説の中の、トロッタがフォトジャーナリストであるエリーザベトの職業意識に揺さぶりをかける次の会話で象徴的に示される。アルジェリアとスエズの戦地でリポーターとカメラマンの同僚を亡くしたエリーザベトにトロッタは言う。

君たちが写真を撮って他人の朝食の席に供する戦争は、つまり君たちにも容赦はしないってことだね。僕にはわからない、でも君の友人たちのために流す涙はないよ。ある人間が他の人間が死ぬところを優れた数枚の写真に撮って持ち帰るために炎の中に飛び込むなら、スポーツ感覚の功名心から命を落とすこともあるさ。そこに特別なものは何もない、それは職業上のリスクってものでそれ以上のものじゃない。エリーザベトはわけがわからなかった、なぜなら彼女はそれを、彼らがこの時期行っていたことをみな唯一正しいことだと思っていたから。人々は知らなければならない、正確にあそこで何が進行しているのかを、そして「揺すり起こされる」ためにこれらの写真を見なくてはいけなかったのだ。トロッタはこう言っただけだった。そう、彼らはそれを必要としているのかな？　それを望んでいるのかな？　だって目覚めているのは君たちがいなくても想像できる人たちだけなんだよ。（W 2, 416f.）

エリーザベトはトロッタの言葉に憤慨し二人は別れ、しかしトロッタの言葉の意味をエリーザベトは、名前は伏せられて入るものの、すぐにそれとわかるジャン・アメリー――強制収容所を生き延びたユダヤ人――の『拷問について』*Über die Tortur* というエッセイを読んだときに悟ることになる。

彼女はこの男性に手紙を書きたかった、しかし何を言ったらいいのか、どうして彼に何かを言いたいと思うのかわからなかった、というのも彼は明らかに戦慄すべき事実の表層を突き抜けるために多くの年月を必要としていたからで、わずかな人間しか読まないであろうこの数頁を理解するのにはちょっとした一過性の驚きとは別の理解力が必要だったからだ。この男性は彼の身に起こったことを精神の破壊の中に見いだそうとしていたからである、そして一人の人間が実際どんなふうに変わってしまい打ち砕かれて生き延びていたことか。（W 2, 421）

ショアーの問題に対するバッハマンのスタンスは五〇年代から一貫して変っていないということがこのような回想部分の挿入の仕方からも読み取れよう。バッハマンにとってのツェラン体験は、エリーザベトの口を通じて「本物の亡命者であり破滅者であった彼が、自分の人生に、神のみぞ知る、この世から何かを期待していた冒険者の彼女を一人の亡命者に変えてしまった」(W 2, 415) と要約される、やはり決定的なものだった。だがバッハマンは実際のところツェランの問題に関しては、トロッタとエリーザベトのやりとり、エリーザベトの、アメリーのエッセイを読み終えたあとの物思いが象徴するように部外者だったのだ。バッハマンはそのことを十分理解している。よって彼女は五〇年代のうちにツェラン離れの一環として抒情詩から散文へのジャンル替えをし——作中のエリーザベトがトロッタに非難され、アメリーのエッセイから何かを読み取ってもなおフォトジャーナリストであることをやめなかったように——人種差別や民族差別に思索の契機はあるものの、独自の文学モチーフとして性差別に敏感に反応しつつ、自らの作品世界を構築しはじめるのである。個人的な恋愛感情が先行した時代もあったが、恋愛感情よりも長持ちしたのは彼女の知性に裏打ちされた理解だった。そのことはゴル事件の際の彼女のツェラン擁護の態度にも見てとることができる。

六〇年代に入るとバッハマンは自らの抒情詩人のイメージと文学市場の中の自分の立ち位置を理解し、これを逆手に取って時代のジェンダー観を刺激する作品を書き始める。バッハマンのフェミニズムは五〇年代の世論による自作品評価の方向性に対する抵抗、あるいは個別の男女関係の中での経験に基づき、基本的には作中人物が自分の中に内在化しているジェンダー観を客観化する作業を作品化している。バッハマンの場合、ジェンダー観の相対化はヴィトゲンシュタインの言語哲学を観念的支柱とし、社会的慣習、制度と密接に関わる言葉の用いられ方を異化することを通して行われる。よってこの作業は性差を越えた普遍性を獲得することになり「すべて」のような作品が書かれることを可能にする。「ゴモラへの一歩」や「ウンディーネ去る」のような女性が語り手になる作品を批判する批評家が、言葉の問題提起をしているのが女性作家であるということを看過して「すべて」を称賛するというのも皮肉な現象ではある。

バッハマンはこのあとのフリッシュ体験――フリッシュとの決裂の理由――をエリーザベトに次のように要約させている。

> マネのことを彼女は稀にしか考えなくなった、彼が姿を消した理由をもう探さなくなってから彼女は彼が彼女に言ったことをふと思い出した。彼は彼女のような女たちとはかかわりを持ったことがなかった、多分あのとき、すべてはモーリスのせいだが、モーリスは彼に対しエリーザベトの知性について夢中になって話し彼を辟易させたのだ、インテリ女は彼にとって女ではなかった、彼はあのとき彼女がレストランでは黙って不遜な態度で座っていたというのでも腹がたったのだと言ったのを。（W 2, 439）

この作品をヨスト・シュナイダーは「確かに民主主義的多元的時代にあって、たえず極度に空間的社会的心理的な柔軟性を要求されることに対外的には完全に対応しているが、内面的にはこれをうまく処理できず精神的には深刻な傷を負っている『フレキシブルな人間』の悲劇」[二]と要約する。この作品からはなるほど「後期資本主義社会における普遍的問題」とくに伝統的家族モデルの融解、解放の機会と孤独のリスクが読み取れ、エリーザベトは小説の最後で職業的ヒロイズムに駆られてベトナム戦争の取材を引き受ける[三]という解釈も引き出せよう。だが「湖に続く三本の道」[四]はそのほとんどがヒューとトロッタとマネとの、エリーザベトの人生において重要な三つの愛を中心にした男性遍歴の回想で占められ、いわば彼女の異性関係の総括の書である。シュナイダーが触れないこの中篇小説の次の一文は、バッハマンの文学的挑発が最後まで続けられていたことを示している。

唯一の希望も彼女は自分のために残しておいてはいけなかったしそのつもりもなかった、というのも彼女はほとんど三十年の間、一人の男にも会わなかった、彼女にとって唯一重要で不可避なものとなるような男にはただの一人も。力強く、彼女に彼女が待っていた神秘をもたらすようなだれか、正真正銘の男で、変わり者でも敗残者でもなく、意気地なしでもなく、世界に満ちあふれている助力を必要としている男たちの一人でもない、そんな男はまったく存在しなかった、そしてこのような新しい男が存在しなかったのだから、しばらくの間ただ友好的にお互いに大人しくしておくことしかできなかったのだ。（W 2, 449f.）

クラーゲンフルト滞在中三つのルートを辿って繰り返される湖への散策。だが地図の上では湖に続くはずなのにエリーザベトは一向に湖にたどり着けない。散策中のエリーザベトの回想と目的地に辿り着けない散策はあたかも彼女の男女関係における迷誤と絶望を象徴するように見えるのだが、バッハマンは歩いて辿り着くことに見切りを付けたエリーザベトに雨の降る日に父親のマトライ氏と一緒にバスで湖に行き水浴を楽しませるという肩すかしのような筋の展開を用意する。

ツィル丘の上でエリーザベトの思い起こしたトロッタの言葉には続きがある。

ああ、感謝の歌ね。一体、君が感謝しないでいられる人間なんているのかい。ヴィリー、彼は君をパリへ連れて行った、デュヴァリエ、彼と仕事ができた、ヴィーンの二人は君を働かせてくれた、アンドレ、君の仕事を評価してくれている。誰が君をすっかり発見したのかきりがないけど、大声で感謝の歌を歌うあまり君はもっとおばかさんになってしまうよ、その歌はある時点で止む、誰もが一度は誰かに手を貸すんだ。でもだからといってその歌がもう本当でなくなってしまっていたら、君は一人で君の道をゆくんだから、とっくになくなっている恩に執着する必要はないんだ。（W 2, 430）

『マリーナ』において、マリーナがイヴァンのような他者として存在しておらず女性作家の「私」と対話するもう一人の自分であったように、このトロッタがツェランの姿とだぶりはするものの虚構のトロッタであるならば「湖に続く三本の道」はツェランを例外としない異性関係におけるバッハマンの諦念を示すようでもあり、彼女が獲得した自立の何たるかを示す作品だと言えるのかもしれない。

現代ドイツ語文学はバッハマンを仲介としてツェラン、フリッシュという三人三様の問題意識と文学テーマを抱えた者たちの、時にすれ違い、時に噛み合わず、激しい応酬に至る文学的対話のテクストを持ったことになる。テクストによる対話の不成立はそして、ツェランとバッハマン、フリッシュとバッハマン各々の確固たる世界観の対立なのだとするならば、その一見不毛に見える対立からさえそれぞれの世界観をより多面的に理解する恩恵を後世の読者たるわれわれは享受することになるのである。

註

一　このエッセイは一九六五年「メルクーア」に掲載されている。ジャン・アメリーはバッハマンとは面識がなかったが、バッハマンが亡くなった時追悼文を寄せ、一九七八年のバッハマンの命日に当たる日にザルツブルクで自殺する。

二　Monika Albrecht, Dirk Göttsche (Hg.): *Bachmann. Handbuch*, a. a. O., S. 166.

三　Ebenda, 167f.

四　最初のイタリア滞在時、結婚を考えたハンス・ヴェルナー・ヘンツェのことと思われる。

参考文献

◎一次文献

Ingeborg Bachmann: *Die Kritische Aufnahme der Existentialphilosophie Martin Heideggers* (Dissertation Wien 1949) Aufgrund eines Textvergleiches mit dem literarischen Nachlaß. hg. von Robert Pichel. Mit einem Nachwort von Friedrich Wallner. München und Zürich 1985.

Ingeborg Bachmann: *Römische Reportagen. Eine Wiederentdeckung*. München 1998.

Ingeborg Bachmann/Hans Werner Henze: *Briefe einer Freundschaft*. München 2004.

Paul Celan: *Die Gedichte. Kommentierte Gesamtausgabe*. Frankfurt a. M. 2005〔2003〕.

Paul Celan: Der Meridian. Rede anläßlich der Verleihung des Georg-Büchner-Preises. In: *Aus gewählte Gedichte*. Frankfurt a. M. 1968.

Max Frisch: Mein Name sei Gantenbein. In: *Gesammelte Werke in zeitlicher Folge*. hg. von Hans Mayer unter Mitwirkung von Walter Schmitz. 6 Bände. Frankfurt a. M. 1976.

Max Frisch: Montauk. In: *Gesammelte Werke in zeitlicher Folge*. hg. von Hans Mayer unter Mitwirkung von Walter Schmitz. 6 Bände. Frankfurt a. M. 1976.

Ingeborg Bachmann, Paul Celan, Max Frisch, Gisèle Celan-Lestrange: *Herzeit. Ingeborg Bachmann-Paul Celan Der Briefwecksel*. Frankfurt a. M. 2008.

◎二次文献

Barbara Agnese: *Der Engel der Literatur. Zum philosophischen Vermächtnis Ingeborg Bachmanns*. Wien 1996.

Monika Albrecht: »Bitte aber keine Geschichten« Ingeborg Bachmann als Kritikerin Max Frischs in ihrem »Todesarten«-Projekt. In: Heinz Ludwig Arnold (Hg.): *Text +Kritik. Heft 6. Ingeborg Bachmann*. München 1995.

Heinz Ludwig Arnold: *Die Gruppe 47*. Reinbek 2004.

Bettina Bannasch: Das dreißiste Jahr -Poetik einer babylonischen Stilverwirrung. In: Mathias Mayer (Hg.): *Interpretationen. Werke von Ingeborg Bachmann*. Stuttgart 2002.

Hans Bänziger (Hg.): *Max Frisch. Andorra. Erläuterungen und Dokumente*. Stuttgart 2008 〔1985〕.

Kurt Bartsch: *Ingeborg Bachmann*. Stuttgart 1988.

Peter Beicken: *Ingeborg Bachmann*. München 1988.

Hans Bender: Über Ingeborg Bachmann. Versuch eines Porträts. In: Heinz Ludwig Arnold (Hg.): *Text +Kritik. Heft 6. Ingeborg Bachmann*. München 1995.

Horst Bienek: Lieblingskind der deutschen Publizistik. In: Heike Kretschmer, Michael Matthias Schardt (Hg.): *Über Ingeborg Bachmann: Rezensionen-Porträts-Würdigungen*. (*1952-1992*) *Rezensionsdokumente aus vier Jahrzehnten*. Paderborn 1994.

Heinrich Böll: Ich denke an sie wie ein Mädchen. In: Der Spiegel. Hamburg, Jg. 27, No. 43 v. 22. Oktober 1983.

Helmut Böttiger: *Orte Paul Celans*. Wien 1996.

Gerhart Botz: Historische Brüche und Kontinuitäten als Herausforderungen-Ingeborg Bachmann und post-katastrophische Geschichtsmentalitäten in Österreich. In: Dirk Göttsche und Hubert Ohl (Hg.): *Ingeborg Bachmann–Neue Beiträge zu ihrem Werk. Internationales Symposion Münster 1991*. Würzburg 1993.

Klaus Briegleb: Ingeborg Bachmann, Paul Celan. Ihr (Nicht-) Ort in der Gruppe 47 (1952-1964/65) Eine Skizze. In: Bernhard Böschenstein, Siegrid Weigel, (Hg.): *Ingeborg Bachmann – Paul Celan. Poetische Korrespondenzen*. Frankfurt a. M. 2000 〔1997〕.

Theo Buck: Paul Celan und die Gruppe 47. In: *Celan Jahrbuch 7*. Heidelberg 1999.

Laurent Cassagnau: »Am Horizont … glanzvoll im Untergang« Horizont-Struktur und Allegorie in der Lyrik von Ingeborg Bachman. In: Heinz Ludwig Arnold (Hg.): *Text +Kritik. Heft 6. Ingeborg Bachmann*. München 1995.

Paolo Chiarini: Auf der Suche nach wahren Sätzen. Zur Poetik Ingeborg Bachmanns. In: Horst Dieter Schlosser, Hans Dieter Zimmermann (Hg.): *Poetik. Essays über Ingeborg Bachmann, Peter Bichsel, Heinrich Böll, Hans Magnus Enzensberger, Wolfgang Hildesheimer, Ernst Jandl, Uwe Johnson, Marie Luise Kaschnitz, Hermann Lenz, Paul Nizon, Peter Rühmkorf, Martin Walser, Christa Wolf und andere Beiträge zu den Frankfurter Poetik-Vorlesungen*. Frankfurt am Main 1988.

Daniel de Vin: *Max Frischs Tagebücher*. Böhlau, Köln 1977.

Hermann Dorowin: Die schwarzen Bilder der Ingeborg Bachmann. Ein Deutungsvorschlag zu Die gestundete Zeit. In: Primus-Heinz Kucher, Luigi Reitani (Hg.): *In die Mulde meiner Stummheit leg ein Wort. Interpretationen zur Lyrik Ingeborg Bachmanns*. Wien, Köln, Weimar 2000.

Norman Finkelstein: *The Holocaust Industry: Reflection on the Exploitation of Jewish Suffering*. London 2000.

Franziska Frei Gerlach: *Schrift und Geschlecht. Feministische Entwürfe und Lektüren von Marlen Haushofer, Ingeborg*

Bachmann und Anne Duden. Berlin 1998.

Ingeborg Gleichauf: Ohne Grund. In: Mathias Mayer (Hg.): *Interpretationen. Werke von Ingeborg Bachmann*. Stuttgart 2002.

Ortrud Gutjahr: Ironisierter Mythos? Ingeborg Bachmanns Undine geht. In: Irmgard Röbling (Hg.): *Sehnsucht und Sirene. 14 Abhandlungen zu Wasserphantasien*. Pfaffenweiler 1992.

Dagmar Kann-Coomann: Undine läßt den Meridian. Ingeborg Bachmann gegenüber Paul Celans Büchnerpreisrede. In: Bernhard Böschenstein, Siegrid Weigel, (Hg.): *Ingeborg Bachmann – Paul Celan. Poetische Korrespondenzen*. Frankfurt a. M. 2000 〔1997〕.

Ortrud Gutjahr: Rhetorik und Literatur. Ingeborg Bachmanns Poetik-Entwurf. In: Dirk Göttsche und Hubert Ohl (Hg.): *Ingeborg Bachmann–Neue Beiträge zu ihrem Werk. Internationales Symposion Münster 1991*. Würzburg 1993.

Volker Hage: *Max Frisch*. Hamburg 1997 〔1983〕.

Andreas Hapkemeyer: *Ingeborg Bachmann. Entwicklungslinien in Werk und Leben*. Wien 1991.

Geno Hartlaub: Alles und nichts. In: Michael Matthias Schardt (Hg.): *Über Ingeborg Bachmann: Rezensionen-Porträts-Würdigungen. (1952-1992) Rezensionsdokumente aus vier Jahrzehnten*. Paderborn 1994.

Helmut Heißenbüttel: Gegenbild der heillosen Zeit. In: *Kein objektives Urteil – nur ein lebendiges. Texte zum Werk von Ingeborg Bachmann*. München 1989.

Helene Henze: Undine ruft. In: Michael Matthias Schardt (Hg.): *Über Ingeborg Bachmann: Rezensionen-Porträts-Würdigungen. (1952-1992) Rezensionsdokumente aus vier Jahrzehnten*. Paderborn 1994.

Joachim Hoell: *Ingeborg Bachmann*. München 2004 〔2001〕.

Hans Höller: *Ingeborg Bachmann*. Hamburg 1999.

Hans Höller: *Ingeborg Bachmann. Letzte, unveröffentlichte Gedichte*. Frankfurt a. M. 1998.

Hans Egon Holthusen: Kämpfender Sprachgeist. Die Lyrik Ingeborg Bachmann. In: *Das Schöne und das Wahre. Neue Studien zur modernen Literatur*. München 1958.

Hans Egon Holthusen: *Avantgardismus und die Zukunft der modernen Kunst. Essay*. München 1964.

Ritta Jo Horsly: Re-reading "Undine geht": Bachmann and Feminist Theory. In: *Modern Austrian Literature* Vol. 18, Nr. 3/4. 1985.

Constance Hotz: *Die Bachmann. Das Image der Dichterin: Ingeborg Bachmann im journalistischen Diskurs*. Konstanz 1990.

Ariane Huml: *Silben im Oleander, Wort im Akaziengrün. Zum literarischen Italienbild Ingeborg Bachmanns*. Göttingen 1999.

Christine Ivanović: Böhmen als Heterotopie. In: Mathias Mayer (Hg.): *Interpretationen. Werke von Ingeborg Bachmann*. Stuttgart 2002.

Walter Jens: *Deutsche Literaturgeschichte der Gegenwart*. München 1961.

Gerhard R. Kaiser: Kunst nach Auschwitz oder: »Positivist und Mystiker«. Ingeborg Bachmann als Leserin Prousts. In: Dirk Göttsche und Hubert Ohl (Hg.): *Ingeborg Bachmann–Neue Beiträge zu ihrem Werk. Internationales Symposion Münster 1991*. Würzburg 1993.

Heinrich Kauren: Zwischen Engagement und Kunstautonomie. Ingeborg Bachmanns letzter Gedichtzyklus. Vier Gedichte (1968). In: *Deutsche Vierteljahrsschrift H. 15*. Stuttgart 1991.

Eckart Kleßmann: Einleitung. In: Frank Rainer Max (Hg.): *Undinezauber. Geschichten und Gedichte von Nixen, Nymphen und anderen Wasserfrau*. Stuttgart 1995.

Friedhelm Kröll: *Gruppe 47*. Stuttgart 1979.

Hubert Lengauer: Nachgelassener (oder nachlassender) Skandal? In: Stefan Neuhaus, Johann Holzer (Hg.): *Literatur als Skandal. Fälle-Funktionen-Folgen*. Göttingen 2009 〔2007〕.

Volker Ladenthin: Literatur als Skandal. In: Stefan Neuhaus, Johann Holzner (Hg.): *Literatur als Skandal. Fälle-Funktionen-Folgen*. Göttingen 2009 〔2007〕.

Céline Letawe: Max Frisch »Montauk«-eine »Chronique scandaleuse«? In: Stefan Neuhaus, Johann Holzner (Hg.): *Literatur als Skandal. Fälle-Funktionen-Folgen*. Göttingen 2009 〔2007〕.

Hans Mayer: Mögliche Ansichten über Herrn Gantenbein. In: Die Zeit vom 18. September 1964. Nachdruck in: Walter Schmitz (Hg.): *Über Max Frisch II*. Frankfurt a. M. 1976, S. 314–324.

Ruth Neubauer-Petzoldt: Grenzgänger der Liebe. Undine geht. In: Mathias Mayer (Hg.): *Interpretationen. Werke von Ingeborg Bachmann*. Stuttgart 2002.

Marcel Reich-Ranicki: Ingeborg Bachmann oder die Kehrseite des Schreckens. In: Christine Koschel, Inge von Weidenbaum (Hg.): *Kein objektives Urteil – nur ein lebendiges. Texte zum Werk von Ingeborg Bachmann*. München 1989.

Marcel Reich-Ranicki: Plädoyer für Max Frisch. In: Die Zeit vom 2. Oktober 1964. Nachdruck in: Walter Schmitz (Hrsg.): *Über Max Frisch II*, S. 325–334.

Peter Rühmkorf: Das lyrische Weltbild der Nachkriegsdeutschen. In: H. L. Arnold (Hg.): *Geschichte der deutschen Literatur aus Methoden. Westdeutsche Literatur von 1945-1971*. Bd. 2. Frankfurt a. M. 1972.

Cristian Schärf: Vom Gebrauch ›der schönen Sprache‹ Ingeborg Bachmann: Die gestundete Zeit. In: Mathias Mayer (Hg.): *Interpretationen. Werke von Ingeborg Bachmann*. Stuttgart 2002.

Siegfried Unseld: Anrufung des Großen Bären. In: Christine Koschel, Inge von Weidenbaum.（Hg.）: *Kein objektives Urteil –nur ein lebendiges. Texte zum Werk von Ingeborg Bachmann.* München 1989.

Peter von Mat: Im Umstromland des Erzählens Ingeborg Bachmanns Todesarten. In Frankfurter Allgemeine Zeitung, 10. Oktober 1995, Nr. 235.

Volker Weidermann: *Max Frisch. Sein Leben, seine Bücher.* Köln 2010.

Siegrid Weigel: *Ingeborg Bachmann. Hinterlassenschaften unter Wahrung des Briefgeheimnisses.* München 2003〔1999〕.

Barbara Wiedemann: Fermate im Herbst. In: Hans-Michael Speier（Hg.）: *Interpretationen. Werke von Ingeborg Bachmann.* Stuttgart 2002.

◎一次文献　翻訳

インゲボルク・バッハマン『三十歳』生野幸吉訳、白水社、一九六五年。

インゲボルク・バッハマン『マリーナ』神品芳夫、神品友子訳、晶文社、一九七三年。

インゲボルク・バッハマン『ジムルターン』大羅志保子訳、鳥影社、二〇〇四年。

インゲボルク・バッハマン『全詩集』中村朝子訳、青土社、二〇一一年。

パウル・ツェラン『全詩集』1—3　中村朝子訳、青土社、一九九二年。

パウル・ツェラン『パウル・ツェラン詩集』飯吉光夫訳、小沢書店、一九九三年。

マックス・フリッシュ『わが名はガンテンバイン：鏡の中への墜落』中野孝次、三修社、一九六九年。

バッハマン／ツェラン／フリッシュ／ジゼル・ド・レストランジェ『バッハマン／ツェラン往復書簡　心の時』中村朝

子訳、青土社、二〇一一年。

T・S・エリオット『荒地』岩崎宗治訳、岩波文庫、二〇一〇年。

ウィリアム・シェイクスピア『冬物語』小田島雄志訳、白水社、二〇〇五年。

『世界詩人全集22』川村二郎・小笠原豊樹編著、新潮社、一九六九年。

◎二次文献　翻訳

ヘルムート・ベッティガー『パウル・ツェラーンの場所』鈴木美紀訳、法政大学出版局、一九九九年。

J・カラー『ディコンストラクション』I、II　富山太佳夫、折島正司訳、岩波現代文庫、二〇〇九年。

グレアム・アレン『間テクスト性』森田　孟訳、研究社、二〇〇二年。

リンダ・ハッチオン『パロディの理論』辻　麻子訳、未來社、一九九五（一九九三）年。

ハイデガー他、『哲学者の語る建築――ハイデガー、オルテガ、ペゲラー、アドルノ』伊藤哲夫、水田一征編訳、中央公論美術出版、二〇〇八年。

E・ノイマン『女性の深層』松代洋一訳、紀伊國屋書店、一九八九年。

M・ライヒ＝ラニツキ『わがユダヤ・ドイツ・ポーランド――マルセル・ライヒ＝ラニツキ自伝』西川賢一訳、柏書房、二〇〇二年。

クレイグ・レイン『T・S・エリオット　イメージ、テキスト、コンテキスト』山形和美訳、彩流社、二〇〇八年。

リディア・サージェント他『マルクス主義とフェミニズムの不幸な結婚』田中かず子訳、勁草書房、一九九一年。

S・トゥールミン、A・ジャニク『ウィトゲンシュタインのウィーン』藤村龍雄訳、平凡社、二〇〇一年。

エンマ・ユング『内なる異性』笠原　嘉、吉本千鶴子訳、海鳴社、一九九二年。
パトリック・ワルドベルク『シュルレアリスム』巖谷國士訳、河出文庫、二〇〇五年。

◎日本語文献

鈴木瑠璃子『まぼろしの荒地――エリオットの見た現代――』松籟社、一九九五年。
寺田建比古『T・S・エリオット　砂漠の中心』研究社、一九六三年。
西成彦『移動文学論I　イディッシュ』作品社、一九九五年。
野家啓一『物語の哲学』岩波現代文庫、二〇〇五年。
星野美賀子『T・S・エリオット　詩と人生』研究社選書、一九八二年。
森　治『ツェラーン』清水書院、一九九六年。

〈著者紹介〉

高井　絹子（たかい　きぬこ）

1963年宮崎県生まれ。
大阪市立大学大学院文学研究科後期博士課程（ドイツ語ドイツ文学専攻）単位取得退学。
2012年9月、大阪市立大学大学院で博士（文学）の学位を取得。
現在、大阪市立大学准教授。専攻はドイツ文学。

共訳書
マティアス・ポリティキ『アサヒ・ブルース』松本工房

論文
「インゲボルク・バッハマンの放送劇『マンハッタンの善良な神』──二つの顔をもつ神」
『世界文学』第116号
「インゲボルク・バッハマンとウィーン──観念的な地図の書き換えをめぐって」
『人文研究』第65巻
「Ingeborg Bachmanns *Unter den Mördern und Irren* - zur Variierung der Täter-Opfer- Konstellation」
『オーストリア文学』第33号など。

インゲボルク・
バッハマンの文学

定価（本体 2500円+税）

乱丁・落丁はお取り替えします。

2018年 4月 9日初版第1刷印刷
2018年 4月 18日初版第1刷発行
著　者　高井絹子
発行者　百瀬精一
発行所　鳥影社（www.choeisha.com）
〒160-0023 東京都新宿区西新宿3-5-12トーカン新宿7F
電話 03(5948)6470, FAX 03(5948)6471
〒392-0012 長野県諏訪市四賀 229-1（本社・編集室）
電話 0266(53)2903, FAX 0266(58)6771
印刷・製本　モリモト印刷・高地製本

ISBN978-4-86265-672-8 C0098